Für Roland Minder
mit besten Wünschen

E. Fueli Hendu

Sept 99

Esther Zimmerli Hardman

Kleopatra, Kranzler und Kolibris

Esther Zimmerli Hardman

Kleopatra Kranzler und Kolibris

Erinnerungen einer in Ägypten geborenen Schweizerin

Der erste Teil dieses Buches wurde 1998 ins Arabische übersetzt und erschien in Kairo unter dem Titel „Häyäti fi Misr"- Mein Leben in Ägypten, Erinnerungen eines Schweizer Mädchens, das in Alexandrien geboren und aufgewachsen ist: 1934–1950.

Copyright: Esther Zimmerli Hardman,
Postfach 1418, CH-4123 Allschwil
Schutzumschlag: DEsign DEsire, Suzanne Castelberg, Biel/Schweiz
Gesamtherstellung: Freiburger Graphische Betriebe

ISBN 3-00-004841-3

Für meine Kinder
Guy, Christine und Eric

Inhaltsverzeichnis

Teil I   **1929–1950**
Ägypten

Meine Eltern	13
Etwas Geschichte	20
Facettenreiches Alexandrien	22
Allerlei Patienten	27
Nun sind wir drei	29
Zu viert im neuen Heim	32
Erste Schulzeit	36
Kriegsjahre	38
Kleine und grössere Diebe	43
Sonntags	44
Sidi Bishr Nr. 3	49
Marktbesuche	53
Einkaufen in der Stadt	60
Cheiri und Fatma	63
Nicht alle Kleider machen Leute	66
Qaha und Al-Qâhira	67
Erste Nachkriegsreise	77
Zweite Schulzeit	84
Nicht nur Pflichten und Aufgaben	86
Unangenehme Überraschungen	91
Kein Gesprächsstoff	94
Armant	98

Teil II 1950–1956
Wiedersehen mit der Schweiz
Auslandsaufenthalte und Vermählung
Niklaus Kapelle 105

Teil III 1956–1959
Aufenthalte in Westdeutschland und Berlin
Krause 3x klingeln 117

1959–1962
Jamaika
Kolibris und Mangobäume 133
Miss Ersuline oder wie man zu Kindern
   kommt 139
Leben ohne Jahreszeiten 143
Beim Segeln nach Lime Cay 145
Langusten und Ackees 150
Nach Aprikosen duftende Orchideen . . . 154
San San Bay 159
Mozart und Coca-Cola 161
Cotopaxi 165
Seaquarium 168
Aus Vielen ein Volk 171

1962–1964
Rückkehr nach Europa
Prins der Nederlanden 181
La Civetta 188
Kiplingweg 192
Kranzler 198
Gewitterwolken 204
Downpatrik 211

Teil IV	**1964–1991**	
	Heimkehr in die Schweiz	
	Neuanfang	219

1991
Sehnsucht nach der alten Heimat
Rückkehr 225
Kleopatra 230

Anhang 249

Teil I
**1929–1950
Ägypten**

Meine Eltern

Ob das Leben wirklich erst mit sechzig anfängt, wie es uns ein deutscher Liedermacher weismacht, ist wohl eine persönliche Interpretation. Mit meinen vierundsechzig Jahren blicke ich nun, trotz einiger Tiefs – so wie sie ein jedes Dasein mit sich bringt – auf ein überaus reich erfülltes Leben zurück, das sich auf mehreren Erdteilen abspielte.

Der Urheber dieser recht bewegten Lebensgeschichte war mein Vater Erich Zimmerli, der an einem heissen Sommertag des Jahres 1895 im Hause seiner Grosseltern an der Grenzacherstrasse in Basel zur Welt gekommen war. Seine frühesten Erlebnisse und schönsten Kindheitserinnerungen knüpften sich an das Haus mit seinem am Rhein gelegenen Riesengarten, das er liebevoll «d'Gränzi» nannte und das erst Ende der fünfziger Jahre Fabrikbauten des Roche-Areals weichen musste. Ein etwas vergilbtes Bild aus jenen Kindheitstagen zeigt ihn beim Crocketspiel mit seiner geliebten Schwester Alice. Auf einem anderen Photo älteren Datums trägt Vater eine Leinenschürze, auf welcher seine Tante in feinster Handarbeit «Sei artig beim Spiel» darauf gestickt hatte. Auch im Schulalter verbrachte er dort ungezwungene Ferien, als Abwechslung zum strengeren, elterlichen Heim in Luzern. Am Luzerner Gymnasium lernte er mit saurer Mühe Mathematik, liebte dagegen Sprachen und lernte, was ihm später zugute kam, neben den beiden antiken Sprachen Latein und Griechisch auch Englisch und Italienisch. Nach der Maturität begann er im Herbst 1915 sein Medizinstudium in Basel, unterbrochen von vierhundert Diensttagen, mit manchen schönen Erinnerungen an den Gebirgsdienst im Gotthard und Tessin. Während seines Studiums verbrachte er auch ein Wintersemester als Assistenzarzt im St. Mary's Hospital in London und erwarb sich die englische Doktorwürde. Dort lebte er in einem Studentenheim, wenige Minuten vom Britischen Museum entfernt. So erstaunt es wenig, dass er nahezu jeden Sonntag vor dessen unerschöpflichen Schätzen verbrachte. Bereits dazumal faszinierten ihn die Kunstschätze der alten Ägypter, ohne zu ahnen, dass er sie ein halbes Jahrzehnt später in ihrem Ursprungsland bewundern würde. Während seines kurzen Aufenthalts in London lernte er Sir Henry Lunn kennen, der ihm die Hausarztstelle am englischen Lungensanatorium in Montana anbot. Vater nahm sie an, wohl wissend, dass sich damit auf alle Zeiten das besondere Fach seines Berufes festlegte. Vier Jahre lang war er als Hausarzt an diesem rein englischen Haus tätig und lernte dort die englische Lebensart schätzen, in der er sich immer wohl fühlte. Nach einem Wechsel ins Sanatorium in Arosa begegnete er Dr. Burnand von Leysin. Er empfand es als grosses Glück, als ihm dieser die Möglichkeit bot, als sein Nachfolger die Stelle des Direktors des Sanatoriums Fuad Helwan bei Kairo anzutreten.

Im Dezember 1929 reiste Vater also nach Ägypten. Die Schiffsreise von Genua nach Port Said dauerte vier Tage. Er war nun Funktionär der ägyptischen Regierung, damals noch unter König Fuad, der ihn jedes Jahr in Audienz empfing, um sich über den Fortgang des Sanatoriums unterrichten zu lassen. Dr. Burnand war als erster Schweizer nach Helwan berufen worden, um aus einem alten Luxushotel von fünfhundert Betten ein Sanatorium nach schweizerischer Art zu schaffen.

Vater trat eine Stelle mit acht Assistenten und hundertfünfzig Patienten an und damit auch die drei interessantesten Jahre seines Lebens. Es war keine sorgenlose Aufgabe, aber es gelang ihm allmählich mit allen eine gute und reibungslose Zusammenarbeit zu erreichen. Nach und nach stieg die Zahl der Patienten von hundertfünfzig auf vierhundertfünfzig. Wichtig waren vor allem die Patienten der ersten Klasse, die so viel einbrachten, dass der Unterhalt der Klasse der Armen und der Ärmsten dadurch nahezu abgedeckt werden konnte.

Während seiner Amtszeit in Helwan war es ihm gegönnt, für einige Tage nach Oslo zu reisen, um dort als offizieller Vertreter der ägyptischen Regierung am Tuberkulosenkongress teilzunehmen.

Nach den geordneten Verhältnisse in der Schweiz erforderte das Leben im Land der Pharaonen eine grosse Umstellung. In einem seiner Briefe nach Hause berichtet er von der grossen Mühe seiner Mitarbeiter, sich an festgelegte Zeiten zu halten. Das Wort Hygiene war im Spital beinahe ein Fremdwort. In den kleinen Nebenstrassen und Gässchen unweit des Spitals lag die Strassenreinigung zum grossen Teil noch in den «Händen» der streunenden Hunde, Katzen und Geier. Die Umwandlung des Luxushotels in ein Sanatorium war bei Vaters Ankunft noch nicht beendet. So kam es vor, dass Patienten viele Bahnstunden weit in schwerkrankem Zustand hereisten, ohne vorher mit dem Sanatorium Kontakt aufgenommen zu haben betreffend dem Besuchstermin. So geschah es nicht selten, dass sie mit dem nächsten Zug wieder nach Hause geschickt werden mussten, weil kein freies Bett verfügbar war.

Einen grossen Teil seiner Freizeit benützte Vater zum Erlernen der arabischen Sprache. Das klassische Arabisch wird in erster Linie für das geschriebene Wort gebraucht. Die gesprochene Umgangssprache, entspricht eher einem Dialekt. Zu Hause nannten wir es das «Küchen-Arabisch». Papa wollte aber gleich zu Beginn das offizielle Arabisch lernen. Mit einem Privatlehrer und viel Eifer ermächtigte er sich binnen kurzer Zeit dieser so anspruchsvollen Sprache. Neben dem Grammatikbuch benützte er als «Lektüre» die in arabischer Sprache verfasste Bibel der Kopten. So konnte er Satz für Satz mit einer deutschen oder englischen Bibel vergleichen. In seiner übrigen knapp bemessenen Freizeit erkundigte Vater hoch zu Kamel die unmittelbar an das Sanatorium angrenzende Wüste. Daneben hielt er sich eine Zeit lang einen lustigen kleinen Affen namens Jacky als Haustier. Mit der Zeit aber richtete dieser soviel Unfug an, dass er Papa mehr Sorgen als Freude bereitete und er ihn schliesslich weggeben musste.

Kurz nach Amtsantritt bahnte sich die Wirtschaftskrise der dreissiger Jahre an, und das Sanatorium wurde einem anderen Ministerium unterstellt. Dadurch verlor Vater seinen bisherigen, direkten Vorgesetzten und Freund im Ministerium, der ihn berufen und ihm in allen Schwierigkeiten beigestanden hatte. Sein Vertrag war gerade abgelaufen, als er die Gefahr erkannte, im neuen Ministerium in ein orientalisches Intrigenspiel verwickelt zu werden, dem er sich nicht gewachsen fühlte. Am Tage, da er von dem neuen Minister aufgeboten war, um einen Vertrag für weitere drei Jahre zu unterschreiben, erklärte er ihm seine Demission. Um seinen bisherigen Assistenten, die das Sanatorium ebenfalls verliessen und in Kairo zu praktizieren begannen, nicht ins Gehege zu kommen, beschloss er, sich in Alexandrien niederzulassen. Es war kein leichter Entschluss gewesen, die gut dotierte Stelle gerade in dem Moment aufzugeben, da er vor der Heirat stand. Er war im letzten Sommerurlaub noch von Ägypten nach Hause in die Schweiz gefahren und hatte dort meine Mutter kennengelernt. Damals zählte Vater schon sechsunddreissig Lenze und es blieben ihm nur noch zwei Wochen bis zu seiner Rückkehr in die letzten Dienstmonate im ägyptischen Sanatorium. Meine Eltern kannten sich also vor der Ehe nur von drei oder vier Zusammenkünften her sowie einem kurzen Briefwechsel.

Mama, dreizehn Jahre jünger wie Vater, kam in einer Vorortsgemeinde von Basel zur Welt. Ihre Mutter und deren sechs Geschwister, gehörten einer alten angesehenen Basler Familie an. Manch fröhlichen und geistreichen Sonntag verbrachte sie im Kreise dieser Grossfamilie. Nach einer glücklichen Jugend weilte sie zwei Jahre in Paris, las französische Klassiker und vertiefte sich in deren Kulturwelt. Anschliessend verbrachte sie ein Jahr bei einer Offiziersfamilie in England. Dort besuchte sie Sprachkurse an der Universität von Nottingham. Wie Vater mochte auch sie gerne Fremdsprachen. Zu diesem Talent kam auch noch die Begeisterung für die Pflege eines gemütlichen Heims. Sie besuchte die Frauenarbeitsschule in Zürich und wurde diplomierte Hausbeamtin. In jener Zeit lernte sie bei einem Bekannten ihrer Eltern Vater kennen. Sie beschlossen, den Schritt in die Ehe wagen zu wollen und verlobten sich kurz vor Vaters Rückkehr nach Ägypten. So kam es, dass einige Monate später, an einem kalten Wintertag im Januar 1933, meine Mutter in Begleitung ihres Vaters nach Venedig reiste. Mit etwas bangem Herzen verabschiedete sie sich von ihm, um ihre Fahrt übers Mittelmeer anzutreten. Einige Tage später traf sie in Alexandrien ein. Vater war überglücklich, seine junge Verlobte wieder zu sehen. Mutter hatte anfangs fast etwas Mühe, Vater inmitten des Gewimmels der vielen Menschen verschiedenster Rassen und Hautfärbungen zu entdecken. Nach einer siebenstündigen Autofahrt durch das fruchtbare Delta – Ägyptens Kornkammer – trafen sie in

Kairo ein. Dort wurden sie noch im gleichen Monat in der winzigen protestantischen Kapelle in französischer Sprache getraut. Die Hochzeitsreise führte sie ins Mena House zu Füssen der Pyramiden. Dieses altehrwürdige Hotel war aus Anlass der Eröffnung des Suezkanals im Jahre 1869 gebaut worden. Im Rahmen der damit verbundenen Festlichkeiten diente es als Nobelherberge für die zahlreich angereisten Würdenträger und Fürsten aus Europas Königshäusern, unter denen sich auch Kaiserin Eugénie befand. Die dem Komponisten Giuseppe Verdi in Auftrag gegebene Oper «Aida» wurde nicht – wie vorgesehen – bei den Festlichkeiten der Kanaleröffnung den illustren Gästen vorgestellt, sondern gelangte erst im Jahre 1871 in Kairo zur Uraufführung.

Vom Hotelzimmer des Mena House genossen meine Eltern einen prächtigen Blick auf die gewaltige Cheops-Pyramide. In jener Zeit konnte man die Pyramiden noch besteigen. Oben angelangt, bot sich einem ein unvergesslicher Ausblick auf die Überreste der Totenstadt von Memphis, die endlose Wüste und die scharfen Umrisse des angrenzenden fruchtbaren Kulturlandes. Nach zwei herrlichen Wochen fuhren die Eltern, diesmal als Jungvermählte, wieder gegen Norden nach Alexandrien – der Stadt meiner glücklichen Jugend.

Nicht weit vom Zentrum der Stadt bezogen meine Eltern eine sonnige, wenn auch etwas lärmige Wohnung in einem mehrstöckigen Haus. Im südlichen Teil – mit Blick auf den Boulevard Said Ier – wurde die Praxis untergebracht. Auf der gegenüberliegenden Nordseite war ein kleiner Balkon, von dem aus man einen herrlichen Blick hinunter auf den schönsten Quai der Stadt hatte, der in einem gewaltigen kilometerlangen Halbrund den malerischen alten Hafen umspannte. Da Vater nicht viel verdiente, lebten meine Eltern in dieser ersten Zeit in recht bescheidenem Rahmen. Abends, wenn es nicht zu windig war, schlenderten sie mit Vergnügen der Corniche entlang, vorbei an eleganten Restaurants und grossen Hotels, bewunderten das Abendrot der niedergehenden Sonne, schauten den neuesten Automobilen zu, die an ihnen vorbeiflitzten, währenddem gleich um die nächste Ecke eine «Arabeja» sichtbar wurde, deren Kutscher unaufhaltsam auf den Rücken seines alten Gauls die Peitsche niedersausen liess. In den Wintermonaten, wenn ein kalter Wind um alle Ecken pfiff und die Corniche fast leerfegte, gingen sie des öfteren ins Kino, wo sie sich mit Vorliebe französische Filme ansahen. Beide schwärmten sie von Raimus schauspielerischen Leistungen in Marcel Pagnols grossartiger Filmtriologie «Marius, Fanny, César». Mutter schätzte es aber auch mit Vater nach dem Abendessen noch einkaufen zu gehen, da zahlreiche Lebensmittelgeschäfte bis spät abends offen hatten. Manchmal fuhren sie mit der Strassenbahn nach Chatby und besuchten einen der vielen Anlässe des Schweizer Klubs. Sei es einen interessanten Vortrag, einen Schweizer Film, einen ungezwungenen Tanzabend oder ganz einfach, um mit anderen Schweizern gemütlich beisammen zu sein. In ihrem Wohnblock lernten sie ein reizendes englisches Ehepaar kennen. Clement, mit vielen wissenschaftlichen Interessen, war durch seine Tätigkeit im Baumwollgeschäft nebenamtlich noch Korrespondent der «Times» für die Baumwollbörse. Eve betätigte sich zeitweise als freie Schriftstellerin. Den Sommer verbrachten Clement und Eve meistens in ihrem Bungalow am Meer in Agami, etwa 10 km westlich der Stadt. Für die Eltern, die dort regelmässig für mehrere Wochen zu Gast waren, bildeten diese Ferien am türkisfarbenen Meer und dem einsamem Strand unvergessliche Tage.

Etwas Geschichte

Jetzt, kurz vor Beginn des nächsten Jahrtausends, erstreckt sich Alexandrien an die zwanzig Kilometer der Mittelmeerküste entlang. Mit annähernd fünf Millionen Einwohnern ist sie die zweitgrösste Stadt Ägyptens.

Wie ihr Name besagt, wurde sie im 3. vorchristlichen Jahrhundert durch Alexander den Grossen gegründet. Nach dessen Tod gelangten die Ptolemäer an die Macht, unter deren Herrschaft Alexandrien zum wichtigsten Handelsplatz der Welt wurde und zudem als Mittelpunkt des Hellenismus galt. Beachtenswerte ptolemäische Persönlichkeiten fanden Eingang in die Geschichtsbücher. In die Regierungszeit von Ptolemäus I. fiel die Gründung der bedeutendsten Bibliothek der Antike, wo an die 900'000 Papyrusrollen aufbewahrt wurden. Durch die Brandschatzung der Bibliothek durch die Römische Armee wurden sämtliche der wertvollen Schriftstücke zerstört. Während der Regentschaft von Ptolemäus II. wurde eines der sieben Weltwunder errichtet, der über hundertfünfzig Meter hohe Leuchtturm, genannt «Pharos». Dieser berühmte Turm trotzte der wilden See bis er zu Beginn des 14. Jahrhunderts einem grossen Erdbeben zum Opfer fiel. Hundert Jahre später wurden an der gleichen Stelle mit Mauerresten das stattliche Fort Kaît Bey gebaut, welches heute noch besucht werden kann. Die andere schillernde Figur der Ptolemäerzeit, nach deren Namen ein ganzes Quartier in Alexandrien benannt wurde und welche durch Shakespeare und George Bernard Shaw unsterblich wurde, war Kleopatra.

Vom einst berühmten Alexandrien des Altertums ist uns nur wenig erhalten geblieben; dazu gehören die im westlichen Teil der Stadt befindliche 27 m hohe Pompejussäule aus rotem Granit sowie einige grössere und kleinere Kunstgegenstände, die im griechisch-römischen Museum besichtigt werden können. Zu der Zeit als Kleopatra mit Cäsar lustvolle Tage verbrachte, soll die Bevölkerung Alexandriens über eine halbe Million Menschen betragen haben. Wiederholte Christenverfolgungen und Pestepidemien zu Beginn des dritten Jahrhunderts dezimierten jedoch einen grossen Teil der Bevölkerung.

Zu Anfang des 6. Jahrhunderts wurde Alexandrien von den Persern erobert. Wenige Jahre später wurde die Stadt wiederum besetzt, diesmal von den Kalifen, welche ihren Herrschersitz nach Kairo verlegten. Erst unter der Herrschaft Mohammed Alis gelangte Alexandrien zu neuer Blüte. Zu Beginn des 19. Jahrhunderts, als die Stadt nur einige tausend Einwohner zählte und der aus Albanien stammende Mohammed Ali als Statthalter eingesetzt wurde, erwachte Alexandrien aus seinem Dornröschenschlaf. Unter Mohammed Alis Herrschaft wurde mit dem Bau des Mahmûdîja-Kanals begonnen, der nach Vollendung die Stadt mit dem Innern Ägyptens verband und eine Bewässerung der nutzbaren Landfläche ermöglichte. Mohammed Ali war, sozusagen der Gründer des modernen Alexandriens.

Bis 1860 hatten im Baumwollhandel die Südstaaten Nordamerikas weltweit an führender Stelle gestanden, doch durch die nachfolgenden Sezessionskriege erlitten ihre Baumwollplantagen grosse Einbussen. Ferner verhinderte die Handelsblockade der Südstaaten den Export nach England. Da übernahm Ägypten die Vorherrschaft im Anbau, Handel und Export der weltberühmten langfaserigen Baumwolle. Es folgte der grosse Baumwollboom und die damit verbundene Öffnung Alexandriens. Mohammed Ali erkannte die Wichtigkeit der Fremden für sein Land und begrüsste deren Einwanderung, die grösstenteils wegen des Baumwollhandels kamen, andere suchten wegen kriegerischen Auseinandersetzungen,

Pogromen oder der in ihren Heimatländern herrschenden Armut sicheren Boden in Alexandrien. Während des Baumwollbooms wuchs die Stadt beträchtlich. Über ein Dutzend Baumwoll-Exporthäuser wurden gegründet. Drei bedeutende Exporthäuser dieses wichtigen Textilrohstoffes – namentlich die Firmen Reinhart, Kupper und von Planta – waren ganz in Schweizer Händen. So ergab es sich, dass gegen Ende des letzten Jahrhunderts und bereits vor dem Ersten Weltkrieg viele Schweizer nach Alexandrien auswanderten, um dort ihr Glück zu versuchen.

Facettenreiches Alexandrien

Die reichen Baumwollmagnaten hatten grossen Einfluss auf das Leben in Alexandrien. Sie bauten sich prächtige Villen mit zauberhaften Gärten, welche später öffentlich zugänglich wurden.

Der «Antoniadis-Garten» mit den farbenprächtigen Blumenbeeten, seinen mit wasserspeienden Seelöwen verzierten Springbrunnen, mit griechischen Statuen und schattigen Palmenalleen zählte zu Ägyptens schönsten Gartenanlagen. Er gehörte einst einer reichen griechischen Familie, die ihn später der Stadt Alexandrien schenkte. Kleiner, jedoch vielleicht etwas romantischer, war der «Jardin des Roses», wo man sich das ganze Jahr hindurch der süss duftenden Rosen aller Farbschattierungen erfreuen konnte. Aber auch der am Mahmûdija-Kanal gelegene «Nusha-Garten» mit Café und zoologischem Garten war ein beliebtes Ausflugsziel.

Im Quartier von Chatby, wo sich einst die Begräbnisstätte der ersten Ptolemäerzeit befunden hatte, zeugen die jüdischen und christlichen Friedhöfe von den kosmopolitischen Bewohnern der Stadt. Da entdeckt man heute noch Grabinschriften in hebräischer, italienischer, französischer und griechischer Sprache.

Die Juden wohnten in Alexandrien ohne Unterbrechung seit Beginn der Gründung der Stadt durch Alexander des Grossen. Im ersten Jahrhundert n. Chr. bildeten sie bereits einen Drittel der damaligen Bevölkerung. Später gesellten sich viele weitere hinzu, die durch die Pogrome in Europa und anderswo vertrieben worden waren. So ergab es sich, dass ein grosser Teil der Juden Alexandriens ägyptischen Ursprungs war, während die übrigen aus den umliegenden Mittelmeerländern und dem nördlichen Europa stammten. Nach Hitlers Machtergreifung gelangte eine weitere grosse Anzahl von Juden nach Alexandrien. Abgesehen von den reichen Kaufleuten und den Intellektuellen umfasste die jüdische Kolonie auch kleinere Beamte und Handwerker. Nebst verschiedenen grossen Synagogen gab es natürlich auch jüdische Schulen, zahlreiche Vereine, sowie ein Spital, wo Vater manchmal einzelne Patienten betreute.

Die griechische Gemeinschaft war zahlenmässig jedoch die bedeutendste, gehörten ihr die Grossunternehmer der Industrie und die reichen Baumwollmagnaten an. Auch die Kolonialwarenhändler waren fast ausschliesslich Griechen. Stadtbekannte Konditoreien wie «Athineos» und «Pastroudis» gehörten Griechen. Ein bekanntes Fischrestaurant, welches heute noch aufgesucht wird, wurde Mitte der zwanziger Jahre von einem Griechen namens Zéphyrion etabliert. Der «Brazilian Coffee Stores», einer der beliebtesten Treffpunkte Alexandriens, war ebenfalls von einem Griechen gegründet worden. Dort wurde einem an der Stehbar nicht nur der beste frischgeröstete Kaffee ausgeschenkt, sondern es gab auch ein ausgezeichnetes eisgekühltes Schokoladegetränk, an dessen Geschmack ich mich heute noch erinnere. Im Zusammenhang mit dem «Brazilian Coffee Stores» denke ich immer an Vaters kleine «Kaffee-Geschichte», als er mir von einer Zeit der brasilianischen Kaffeeüberproduktion berichtete, wo die Lokomotiven der Kaffeezüge anstatt mit Kohle mit Kaffeebohnen, angetrieben wurden. Nebst ihren zahlreichen eigenen Schulen hatten sich die Hellenen natürlich auch ihr eigenes Spital namens «Cozzika.» gebaut.

Wie alle übrigen Einwanderer Alexandriens so sprachen auch die Griechen mehrere Sprachen. Es war nichts Aussergewöhnliches, dass man am Vormittag dem Diener häusliche Anordnungen in Arabisch erteilte, mit dem Coiffeur Griechisch sprach, sich im Schuhgeschäft auf Italienisch unterhielt, nachmittags aber beim Tee, beim Bridge oder beim Polo-Match seine Bekannten auf Englisch ansprach und schliesslich abends seine Gäste auf Französisch begrüsste.

Die Italiener bildeten nach den Griechen die zweitgrösste europäische Gemeinschaft. Prekäre wirtschaftliche Verhältnisse hatten Ende des letzten Jahrhunderts einen Grossteil von ihnen gezwungen, in andere Länder des Mittelmeeres auszuwandern. Von diesen liessen sich einige tausend in Alexandrien nieder. Nebst einigen angesehenen und reichen Familien, welche prächtige Villen bewohnten, lebten die Handwerker wie Schuhmacher, Schneider oder Mechaniker in mehrstöckigen einfachen Mietshäusern. Die Händler vermischten sich mit den Einheimischen und die arabische Sprache übernahm bald einige ihrer Ausdrücke. Wenn ich Mutter auf den Markt begleiten durfte, hörte ich oft die arabischen Händler ihre schmackhaften Erdbeeren mit «frawla» ausrufen und die grünen Bohnen nannten sie «fassulja». Manchmal musste Vater seinen alten Opel in die von Arabern geführte Garage zur Reparatur bringen. Am nächsten Tag konnte er die reparierte «machina» wieder abholen.

Zahlreiche Armenier, die zu Beginn dieses Jahrhunderts dem Gemetzel der Türken entkommen waren, wie auch die Russen, die vor der Revolution geflüchtet waren, zählten ebenfalls zu dieser bunt zusammengewürfelten Gesellschaft Alexandriens. Bis zu Beginn des Zweiten Weltkrieges wohnten auch viele Deutsche in Alexandrien. So wurde z. B. Rudolf Hess, Hitlers Stellvertreter, in Alexandrien geboren.

Zu den kleineren Gemeinschaften gehörte nicht zuletzt die Schweizer Kolonie. Während des Zweiten Weltkrieges lebten etwas über l'000 Schweizer in Alexandrien. Wir hatten unseren eigenen Klub – den «Cercle Suisse d'Alexandrie» mit zahlreichen gesellschaftlichen Anlässen. An die sechzig, ausschliesslich Schweizer Schüler besuchten die «Ecole Suisse d'Alexandrie». Die vorherrschende Sprache nebst Arabisch war jedoch seit 1880 das Französisch. Während des Zweiten Weltkrieges kam Englisch hinzu. Die französischen Schulen bildeten das grösste Kontingent im fremdsprachigen Bildungswesen. Die Mädchen konnten entweder das «Lycée Français», oder eine der zahlreichen, von katholischen Ordensschwestern geführten Schulen besuchen wie z. B. die «Soeurs St. Vincent de Paul» oder die «Immaculée Conception», eine Schule, deren Namen mir als kleinem Mädchen mehr als rätselhaft erschien. Es gab aber auch die Möglichkeit, sich im ehrwürdigen Internat «Notre Dame de Sion», welches in einem schönen alten Park gelegen war, auszubilden. Den Jungen standen in erster Linie das von Ordensbrüdern geführte «Collège St. Marc», die « Ecole des Frères Ste. Catherine» oder das «Lycée Français» zur Verfügung. Wollte man seine Kinder im englischen «way of life» erzogen haben, konnte man zwischen dem «Victoria College for Boys», der «Scottish School for

Girls» oder dem «English Girls' College» auswählen. Ausser den griechischen, französischen und englischen Schulen gab es unter anderem die «Ecole des Soeurs Arméniennes Catholique de l'Immaculée Conception», die «Union Juive pour l'Enseignement», die «Ecole Allemande» und das italienische Knabeninstitut «Don Bosco». Selbstverständlich fehlte es nicht an ägyptischen Schulen wie der «Faroukia Islamia», der «Banat Al Ashraf» und vielen anderen.

Es gab so viele Nationalitäten und Religionen. Von den Armeniern über die Malteser und Zyprioten, die entweder griechisch-orthodox oder griechisch-katholisch waren, bis hin zu den Bewohnern aus Aleppo, Damaskus und Beirut. Diese Syrier und Libanesen waren zum grössten Teil ägyptische Staatsbürger, jedoch stolz, dem katholischen Glauben anzugehören. Dank dieser Vielfalt an Völkern und Gemeinschaften fehlte es natürlich nicht am entsprechenden gesellschaftlichen und kulturellen Leben. Es gab Vereine und Klubs vieler Sprachen und Konfessionen. Angefangen vom hochkarätigen «Alexandrien Sporting Club» und seinem «Jockey Club of Egypt», dem griechischen Sport- und Yachtklub, bis hin zum «Cercle de la Jeunesse Grecque Orthodoxe Egyptienne» und natürlich den Schweizer Klub. Die englischen und französischen Yacht-Klubs zählten zahlreiche Mitglieder. Obwohl wir Schweizer keine Seefahrernation sind, besassen wir bis Anfang der fünfziger Jahre unseren eigenen Yachtklub. Dazu gab es einen Schweizer Schützenverein, der oft und gerne von König Farouk besucht wurde. Auch das kulturelle Leben Alexandriens bot einem eine bemerkenswerte Palette an international bekannten Künstlern. In den Wintermonaten hatte man die Möglichkeit, Aufführungen der» Scala di Milano», der «Ballets des Champs Elysées» oder der «Comédie Française» beizuwohnen.

Die sprachliche und kulturelle Landschaft Alexandriens war im Grunde genommen ein mediterranes Mosaik so bunt und vielfältig wie der Gewürzstand eines orientalischen Bazars. So präsentierte sich das Kaleidoskop dieser Stadt, das meiner Familie für die nächsten siebzehn Jahre zur Heimat wurde.

Allerlei Patienten

Als sich meine Eltern in Alexandrien niederliessen, zählte die Stadt 800000 Einwohner. Sie war schwer von Tuberkulose durchseucht, und es gab noch keine Lungenfachärzte. Die Tuberkulose-Behandlung erschöpfte sich im wesentlichen in der Verabreichung von Fiebermitteln. Da aber die Tuberkulose stets als eine etwas anrüchige Krankheit galt, von der man nur unter vorgehobener Hand sprach, fehlte Vater am Anfang die so wichtige «Mundreklame», und es begann für ihn der mühsame Aufbau einer Privatpraxis als Lungenspezialist.

Neben der Praxis und den Operationen im Anglo-Swiss Hospital, richtete er dort auch eine Fürsorgestelle für die Armen ein, wo er meistens den ganzen Morgen tätig war. Finanziell brachte ihm dies wenig ein, dafür aber menschliche Genugtuung. Auch wurde er dadurch unter den Einheimischen bekannter, sodass immer mal Fälle von dort nachher in seine Sprechstunde am Boulevard Said kamen. Manchmal wurde er auch zu Konsultationen ins Jüdische, Griechische oder ins einheimische Spital «Al Moassat» gerufen. Sein Tagesablauf war sehr unregelmässig, die Patienten hielten sich selten an die Sprechstundenzeiten, da ihnen der Zeitbegriff des Europäers fremd war.

Mit der Zeit jedoch wuchs seine Praxis beträchtlich. Die Patienten waren teils Fellachen aus der Umgebung, teils arabisches Stadtproletariat, alles Leute, die herzlich dankbar waren für jede kleine Hilfe, die sie eben von ihren eigenen Leuten nicht zu erwarten hatten. Mitte der vierziger Jahre erhielt er eines Tages hohen Besuch. Die Mutter des jungen Königs Faisal von Irak, der wenige Jahre später ermordet werden sollte, suchte Vater in seiner Praxis auf. Ein anderes Mal kam eine schwerkranke Beduinenfrau zur Konsultation. Nach der Untersuchung teilte ihr Vater mit, nur mittels einer kostspieligen Operation könne ihr geholfen werden und fragte, ob sie genügend Geld dafür aufbringen könnte. Er könne ihr zwar einen Spezialpreis machen, aber auch dann bliebe die Behandlung für sie noch teuer. Worauf sie ihn mit grossen Augen anblickte und, auf ihren Arm zeigend, der vom Handgelenk bis zum Ellbogen mit Goldreifen verziert war, erklärte, er müsse ihr bloss sagen wieviel von diesen Armreifen er dafür benötige. Da ein grosser Teil des Volkes weder schreiben noch lesen konnte, vertraute es sein Geld nicht einer Bank an, sondern setzte es um in Gold oder Land. So war es üblich, dass die Frauen ihren ganzen Besitz auf sich trugen und zwar in Form von Halsketten, Arm- oder Fussreifen, oft auch als Ohr- und Nasenringe, während Männer stolz ihre Goldzähne zur Schau trugen. Es freute Vater, dass seine Kranken so international waren; dies erlaubte ihm tagtäglich, Französisch, Englisch, Italienisch und Arabisch zu sprechen. Etwa vierzigjährig fing er noch an, Neugriechisch zu lernen. Auf diese Weise wurde es ihm mit der Zeit möglich, sich mit all seinen Patienten zu verständigen. Manch ein Pope war froh, einen Schweizer Arzt gefunden zu haben, mit dem er sich in seiner Muttersprache unterhalten konnte.

Auf die Festtage hin erhielt Vater von seinen Patienten oft Geschenke in Naturalien. Während des Krieges begrüsste

Mutter diese Bereicherungen des Speisezettels; ein Mal waren es 3 Dutzend Eier, ein anderes Mal eine grosse Kanne mit eingesottener Butter aus Büffelmilch. Das Geschenk, das mir jedoch am meisten imponierte, war der lebende Truthahn, den Papa eines Tages kurz vor Weihnachten nach Hause brachte. Bis zu dessen Schlachtung wurde das Tier einstweilen auf unser Flachdach verbannt. Obwohl seine Flügel etwas gestutzt waren, banden wir das Tier an ein langes, dünnes Seil dessen Ende mit Vaters Hantel beschwert wurde. Dem Hühnervogel schien es auf unserem Flachdach mächtig zu gefallen, nahm er noch an Gewicht zu, ehe er am Weihnachtstag in der Bratpfanne landete.

Nun sind wir Drei

Als ein milder Winter wieder vor der Türe stand, wurde es langsam Zeit, dass Mama das Kinderzimmer herrichtete. Geboren wurde ich im Anglo-Swiss Hospital und getauft durch Herrn Pfarrer Widmer in der «Eglise Protestante d'Alexandrie». Der Geburtsschein wurde in arabischer und französischer Sprache ausgestellt. Auf französisch erschien auch meine Geburtsanzeige in der 1925 gegründeten Zeitung «Journal Suisse d'Egypte et du Proche-Orient». Die Zeitung war das offizielle Blatt der Schweizer Vereine Ägyptens, Syriens und des damaligen Palästinas. Zum freudigen Ereignis kam die Grossmutter mütterlicherseits aus der Schweiz angereist, um für einige Wochen bei ihrem ersten «ägyptischen» Grosskind zu weilen.

Als ich mit meinen blonden Löckchen gross genug war, um im Kinderwagen aufrecht sitzen zu können, fuhr mich Mutter tagtäglich in meinem hellblauen Mäntelchen und weissen

Handschuhen an der frischen Meeresluft spazieren. Mutter hatte alle Mühe, die Schar von Müssiggängern, die sie stets begleitete, von mir fernzuhalten. In ihrer kindlichen Naivität empfanden sie es als ihr gutes Recht, das kleine blonde Püppchen überall anfassen zu dürfen.

Auch nach meiner Geburt hatte Mutter als perfekte Hausfrau noch manchmal recht Mühe, sich an das Leben in Ägypten zu gewöhnen. Alles war so ganz anders, als sie es von früher her gekannt hatte: der Schmutz, die zerlumpten Bettelkinder mit ihren eiternden Augen voller Fliegen, die grosse Hitze während der Sommermonate, wenn das Thermometer mitunter bis auf 37 Grad stieg und der Hygrometer eine relative Luftfeuchtigkeit von 98 % anzeigte. Hinzu kamen oft Probleme mit dem Personal. In Ägypten hatte, wer etwas auf sich hielt, entweder einen Diener, «Suffragi» genannt, oder eine Magd; einige unserer Bekannten hatten zusätzlich noch einen Koch, einen Gärtner und vereinzelt gleich noch einen Chauffeur. Die besten Erfahrungen machte man mit den Nubiern aus dem südlichen Teil Ägyptens. Diese sind von kaffeebrauner Hautfarbe im Gegensatz zu den Ägyptern oder Arabern des Nildeltas, deren Teint wesentlich heller ist und die zum Teil einen türkischen Einschlag aufweisen. Diese «Suffragis» waren stolze, grossgewachsene Männer. Wenn sie bei Tisch servierten, trugen sie meistens eine weisse «Galabijeh» (ein bodenlanges Gewand) mit einem roten Kummerbund und einen weissen Turban oder einen roten kleinen Fez, «Tarbouche» genannt. Ihr häufiges, zum Teil kindliches Lachen erhellte ihr dunkles Gesicht, dessen Wangen mit tiefen Narben versehen waren. Diese Narben verunstalteten jedoch ihr Antlitz nicht: sie waren Zeichen ihrer Stammeszugehörigkeit. Die meisten von ihnen waren ihrer europäischen Herrschaft treu ergeben, ging es ihnen doch in deren Diensten sehr viel besser als bei den eigenen Leuten, den reichen Paschas, von denen sie zum Teil bis aufs Blut ausgenutzt wurden. Man hatte aber nicht immer Glück mit den Hausangestellten und manchmal dauerte es lange bis man unter dem Spreu eine Perle fand. So war es nicht verwunderlich, dass die Eltern in ihrer ersten Zeit in Alexandrien, nach dem sie es zuerst mit einem Mohammed, dann mit einem Hassan, einem Abdou und einem Ali versucht hatten, die Suche schliesslich aufgaben und glücklich waren, eine Ihnen empfohlene Griechin in ihre Dienste zu nehmen.

Meine erste Erinnerung geht zurück in die Zeit, als ich 1938 vierjährig alleine mit Mutter in die Schweiz reiste. Sie erwartete ihr zweites Kind, das sie diesmal in Basel zur Welt bringen wollte. Da es Vater nicht gelang, einen Kollegen zu finden, dem er seine Patienten für mehrere Monate anvertrauen konnte, mussten wir zwei die Reise ohne ihn antreten. Der stolze Dampfer der Lloyd Triestino Linie, die Alexandrien mit Triest verband, lag am Quai und wartete geduldig auf seine Passagiere. Mutter freute sich unbändig auf das Wiedersehen mit ihrer Familie in Basel. Andererseits musste sie schweren Herzens Abschied nehmen von ihrem geliebten Ehemann. Nachdem sich Mutter von Vater verabschiedet hatte, wollte ich meinerseits Vater nicht loslassen. Wie wild klammerte ich mich an ihn, denn ich verspürte solche Angst, als ich die freihängende Treppe sah, die uns vom Quai aus zum Schiffseingang führen sollte. Die einzelnen Tritte dieser Treppe, die einer Falleiter glich, bestanden aus losen Planken, welche an beiden Enden durch dicke Taus miteinander verbunden waren. Dieser mobile Aufgang schwankte bei jedem Wellengang. Der Abstand zwischen den einzelnen Planken betrug fast fünfundzwanzig Zentimeter und so fürchtete ich mich entsetzlich, ich könnte beim Hinaufsteigen in das unter mir auf und ab schwappende schmutzige Wasser stürzen. Mutter beruhigte mich jedoch und nahm mich liebevoll an die Hand. Ich war so froh, als ich endlich wieder «festen» Boden unter meinen Füssen verspürte und nicht ins Leere blicken musste. In der Kabine angelangt, musste ich alles Neue vorerst gründlich erkunden und beim anschliessenden Planschen in der mit geheiztem Meerwasser gefüllten Badewanne waren die ausgestandenen Ängste schnell wieder vergessen.

Die Sommermonate, die ich mit Mutter abwechslungsweise bei Ihren Eltern in Riehen sowie ihren Schwiegereltern in Luzern verbringen durfte, vergingen allzu schnell. Die Tage wurden kürzer und an einem klaren Spätsommertag erfuhr ich, dass Mutter im Basler Frauenspital das für mich lang ersehnte Brüderlein bekommen hatte, welches auf den Namen Christoph Heinrich Alexander getauft wurde. Allmählich wurde es Zeit, den neuen Säugling und Sohn seinem Vater vorzustellen und so reisten wir, diesmal zu Dritt, wieder über das Mittelmeer Richtung Alexandrien.

Zu viert im neuen Heim

Während unseres Aufenthaltes in der Schweiz hatte Vater eine grössere Wohnung für uns ausfindig gemacht. Nicht nur aus Platzgründen, sondern auch aus gesundheitlichen Gründen, wollte er die Praxis von der Wohnung getrennt haben. In einem freistehenden Haus etwas ausserhalb des Stadtzentrums an der rue Marc Aurèle Nr. 59 im Quartier von «Camp de César» fand er eine geräumige, sonnige 5-Zimmerwohnung. Die Vermieterin, Frau Caillat, bewohnte das Erdgeschoss und wir den ersten Stock. Das ockergelb gestrichene Haus mit grünen

Fensterläden und Flachdach war etwas über zwanzig Jahre alt. Es stand mitten in einem zum Teil recht gepflegten Garten. Die Frontseite mit dem grünen Gartentor gab den Blick frei auf kahles hügeliges Niemandsland. Diese kleinen Hügel verbargen Zeugnisse vergangener Kulturen. Die immer wiederkehrenden Sandstürme hatten das ihrige getan; sie hatten mit der Zeit die zerstörten und verlassenen Siedlungen unter mehreren Metern Sand begraben. Da war es keine Seltenheit, dass man mit etwas Glück Bruchstücke von antiken Oellämpchen und dergleichen finden konnte. Ganz in der Nähe fand Vater einmal den grün oxydierten kleinen Finger einer lebensgrossen Bronzestatue. Wenn ich heute an Fundamentausgrabungen vorbeispaziere, treibt es mich unweigerlich dazu, genau hinzuschauen, ob sich nicht gerade hier ein kleiner Schatz verborgen hält.

Leider wurden diese Ruinenhügel zum Teil auch als Abfalldeponie gebraucht. So konnten wir von unserem Balkon aus oft beobachten, wie Aasgeier in steilem Flug hinabstürzten, um mit einer zappelnden Schlange eiligst davonzufliegen. Später, nach Ende des Zweiten Weltkrieges, fuhren Geländewagen diese Hügel hinauf, um ihre Fahrtüchtigkeit zu erproben.

Der uns zustehende hintere Gartenteil wurde durch eine kleine Steinmauer von der rue Marc Aurèle getrennt. Um allfällige unerwünschte Besucher – seien es vierbeinige schnurrende, oder aufrecht gehende Langfinger – abzuschrecken, war der obere Rand der Mauer mit einzementierten scharfen Flaschensplittern versehen. Man hätte diese Mauer mit Glassplittern wohl rings um den Garten herum anbringen müssen, denn eines Sonntag Morgens, als ich auf dem Balkon stand und zum grünen Gartentor blickte, sah ich wie ein Fremder unverfroren über den Gartenzaun kletterte. Als der Gärtner zufällig in diesen Teil des Gartens kam, stürzte er sich auf den Fremden und schlug mit aller Härte auf ihn ein. Mir tat der Eindringling leid, als ich hörte, wie er zum Gärtner sagte *«oh lass mich doch gehen, verrate mich nicht der Polizei, ich komme ja soeben aus dem Gefängnis und habe grossen Hunger»*. Es war jedoch unumgänglich, die Polizei musste benachrichtigt werden und der arme Sünder wurde wieder dorthin gebracht, wo er vor kurzem erst eine Zelle mit anderen geteilt hatte. Andere Delinquenten hingegen waren äusserst geschickt und flink.

Mutter hatte grosse Freude an der neuen Wohnung und richtete sie mit viel Liebe ein. Es waren geräumige und helle Zimmer. Im Elternschlafzimmer und unserem Kinderzimmer hingen grosse Mückennetze. Diese waren nötig, um das Eindringen der winzigen, kaum sichtbaren Sandfliegen, die so unangenehm stechen konnten, zu verhindern. Auch waren alle Fenster mit Fliegennetzen versehen. Neben dem Esszimmer mit Blick in den Garten lag rechter Hand das Näh- und Bügelzimmer und gegenüber das gemütliche Wohnzimmer mit den bunten Perserteppichen, der ledernen Sitzgruppe, und dem kleinen, reich mit Perlmutterintarsien verzierten, orientalischen Kaffeetisch. Neben dem Ausgang zum Balkon auf einem niederen Büchergestell hatte Mutter unser Aquarium aufgestellt, welches mein Bruder und ich einmal zu Weihnachten bekommen hatten. Nach einigen Jahren bekam das Glas jedoch einen Sprung und da es nicht mehr wasserdicht war, wurde es zu einem Terrarium umfunktioniert. Statt den flink herumschwimmenden lieblichen Goldfischen zuzusehen, bestaunten wir jetzt die zwei kleinen Skorpione, die wir eines Tages in der Wüste eingefangen hatten und die wir mit toten Fliegen fütterten. Im hinteren Teil der Wohnung lag das zweckmässig eingerichtete Bad und gleich daneben die grosse Küche. In der Mitte stand der Gasherd und auf einer Marmorplatte zusätzlich noch ein Primus-Kocher. Gegenüber befand sich ein hölzernes

Küchenmöbel, bestehend aus einer Kombination von kleiner Truhe und Schrank, dessen Wände mit dünnem Blech ausgekleidet waren. Während der heissen Monate kam täglich der Eismann mit einem Eisbarren und legte diesen in die sich oben befindliche Truhe. Die Speisen stellte man zur Kühlung in das darunter liegende Fach des Schrankes und zuunterst wurde das Schmelzwasser in einer Schale eingesammelt. Zu jener Zeit kannte man nur diese Art von Eisschränken. Später, nach dem Krieg, waren wir dann stolze Besitzer eines richtigen elektrischen Eisschrankes. Während der kühleren Jahreszeit benutzten wir den sargähnlichen Speiseschrank, den Vater zur Frischhaltung von Speisen vor dem Küchenfenster befestigt hatte.

Das Haus hatte einen Keller, den wir jedoch nur als Unterstand während der Kriegsjahre benutzten. Im obersten Stockwerk, das zum Flachdach hinausführte, befanden sich die Kammer des Dieners und die Waschküche. Dort konnte man Amina zusehen, wie sie im Schneidersitz am Boden vor ihrem grossen verzinkten Waschbecken sass. Auf einem Primus kochte sie das Wasser für die Lauge aus LUX-Seifenflocken und Marseiller Kernseife. Im Sommer liess sich Mama ab und zu von Amina die Beine mit «Halawa» einreiben. Das war eine klebrige Masse bestehend aus mit Zucker eingekochtem Zitronensaft und wurde heiss aufgetragen. Beim Abkühlen erstarrte sie und fixierte dabei alle Körperhaare. Beim Entfernen dieser zuckrigen Schicht wurden alle Härchen ausgerissen. Die Behandlung war äusserst unangenehm, aber wirkungsvoll, denn Mama wollte am Strand doch schöne glatte Beine haben. Wir Kinder hätten die noch ungebrauchte «Halawa» lieber in den Mund gesteckt. Diese zum Teil recht schmerzhafte Prozedur wird von den Frauen in Ägypten, hauptsächlich vor der Heirat, auch zum Entfernen anderer Körperhärchen benutzt.

Ausser Amina, die wöchentlich in der Waschküche tätig war, kam jeden Monat die junge armenische Schneiderin Maria Manoukian für ein bis zwei Tage zu uns. Ich erinnere mich noch gut an sie. Sie war ein stilles, recht scheues Wesen, hörte nicht gut und nähte uns die schönsten Kleider. Sie hatte lange Jahre eine Klosterschule besucht und dort auch ihren Beruf erlernt. Sie tat mir immer etwas leid mit ihrem oft recht traurigen Blick. Nach der Arbeit wurde sie von ihrem älteren, streng blickenden Bruder abgeholt und gleich nach Hause begleitet. Wo war wohl ihre unbeschwerte Jugend geblieben?

Zur Pflege unserer Baumwollmatratzen kam einmal im Jahr ein Mann zu uns, der ein harfenähnliches Gerät mit sich brachte. Dieses Werkzeug war nur mit einer einzigen straff gespannten Saite versehen. Er liess sich auf unserem Flachdach nieder, öffnete jede Matratze und entnahm ihr die Baumwollfasern, die sich durch unser Körpergewicht zum Teil in unbequeme Baumwollklumpen zusammengeballt hatten. Mittels der einen Saite zupfte und lockerte er die einzelnen Baumwollklumpen, bis sich die Fasern wieder verteilt und zu einem homogenen Flor aufgebauscht hatten; dann stopfte er diese erneuerte Baumwolle zurück in die Matratze und nähte sie zu.

Erste Schulzeit

Mein Bruder war noch ein Baby, als ich als Fünfjährige in den Kindergarten der Schweizer Schule kam. Vater brachte mich morgens mit seinem Auto hin, und mittags wurde ich zusammen mit anderen Kindern wieder nach Hause gefahren. Die

Schule, die sich gleich neben dem Schweizer Klub befand, war zu weit von unserer Wohnung entfernt, als dass ich alleine hätte hingehen können.

Die «Ecole Suisse d'Alexandrie» wie sie offiziell hiess, war eine Privatschule, die von einem der Schweizer Baumwollmagnate finanziert wurde. Die Lehrerschaft wie auch die sechzig Schüler und Schülerinnen waren ausschliesslich Schweizer. Die einzige Ausnahme bildete Herr Khoury, ein Angestellter des ägyptischen Staates, dessen Aufgabe es war, uns von der dritten Primarklasse an, seine äusserst schwierige Sprache – das Arabische – beizubringen. Sämtliche Grundfächer wie Lesen, Rechnen, Geschichte und Geographie wurden in französischer Sprache unterrichtet. Einzig der Deutschunterricht, der als erste Fremdsprache für uns Siebenjährige in der zweiten Primarklasse dazu kam, wurde in zwei Klassen durchgeführt, eine für die Deutschschweizer und die andere für unsere französischsprachigen Schulkameraden. Im Kindergarten sprach man mit der Lehrerin nur Französisch. Jeden Morgen wurde zuerst die französische Version der Schweizer Nationalhymne gesungen. Mit voller Kehle und kindlichem Eifer sang man die verschiedenen Strophen ohne jedoch deren Sinn wirklich zu begreifen. Ich hatte immer Mühe zu verstehen, was eine Badewanne wohl mit einer Nationalhymne zu tun haben könnte, sang ich doch stets «sous ta baignoire» anstatt «sous ta bannière» (unter deinem Banner). In der Pause wurde dann abwechslungsweise Französisch oder Schweizerdeutsch geredet. Zu Hause sprachen mein Bruder und ich mit unseren Eltern Mundart, untereinander oft Französisch und mit dem Diener Arabisch. Erst später lernten wir dann noch Englisch. Zum Sprachenlernen von jung auf war Alexandrien eine ideale Stadt, war man doch täglich von vielen verschiedenen Sprachen umgeben. Peter, ein Schulkamerad von mir, der in einem

Mehrfamilienhaus wohnte, unterhielt sich bereits im Alter von nur acht Jahren mit seinem griechischen Nachbarn in dessen Muttersprache, dies sehr zur Verwunderung seiner Eltern, die kein Wort davon verstanden.

In der Pause spielten wir mit Murmeln, kämpften um einen Platz am Rundlauf oder tauschten gegenseitig Seidenraupen aus. Diese fingerdicken kurzen weissen Raupen bewahrten wir in alten Kartonschachteln auf. Sie frassen ausschliesslich Unmengen frischer Maulbeerblätter, um sich nach etwa einem Monat in weisse, zartrosa oder hellgelbe Seidenkokone einzuspinnen, die kaum grösser waren als Erdnüsschen in ihrer Schale, aus denen dann schliesslich die Schmetterlinge ausschlüpften.

Zur Zeit der heftigen Bombardierungen durch die Achsenmächte, die Alexandrien hauptsächlich im Sommer 1942 heimsuchten, hatten wir noch eine andere Pausenbeschäftigung: wir wetteiferten untereinander um den grössten, im eigenen Garten gefundenen, Bombensplitter; in unserer kindlichen Unbeschwertheit waren wir uns des Grauens und Elends solcher Bombenhagel gar nicht bewusst.

Kriegsjahre

Bereits vor den ersten Bombardierungen des Jahres 1941 durch die italienische Luftwaffe wurden entsprechende Massnahmen zur Bekämpfung des Angreifers getroffen. Die allgemeine Verdunkelung wurde eingeführt und Autoscheinwerfer mussten mit blauer Farbe übermalt werden, in der nur noch ein kleines weisses Kreuz das Scheinwerferlicht durchliess. Der Nachthimmel leuchtete durch die kreuz und quer verlaufenden Scheinwerfer der Flugabwehr auf. Abend für Abend wälzten sich Kolonnen von dampfwalzenähnlichen Fahrzeugen durch die Stadt. Diese erzeugten über dem Hafengebiet dichte Rauchschwaden und errichteten somit einen Schutz für die in Alexandrien stationierte britische Kriegsmarine. Einen weiteren Schutz bildeten die zeppelinähnlichen Ballons, die durch dicke Taus mit dem Boden verbunden waren und feindliche Luftangriffe im Tiefflug erschwerten. Bei zahlreichen Haus-, Geschäfts- und Spitaleingängen tauchten plötzlich Sandsäcke auf. Die auf einer leichten Anhöhe gelegenen Britischen Kasernen, wo sich bereits in der Antike ein römisches Lager befand, sowie weitere militärische Einrichtungen wurden mit Stacheldraht versehen.

Die allmähliche Zunahme der Angehörigen der Alliierten Streitmächte veränderte auch in gewissen Hinsichten Stadtbild und Stimmung. So hatte man nun manchmal geradezu Mühe, eine Kutsche oder einen schattigen Platz in einem der zahlreichen Strassencafés zu finden, wo neuerdings die englischen Dialekte der Briten, Australier und Neuseeländer die vorherrschenden Sprachen geworden waren. Ehe diese Männer zurück an die Front gehen mussten, gaben sie oft ihren ganzen Sold bis auf den letzten Piaster aus.

Die Taxifahrer erlebten ihr «goldenes Zeitalter». Das Gleiche galt auch für die zahlreichen jugendlichen Schuhputzer, von denen manche dies auf ihre Art und Weise ausnützten. Kam ein Soldat vorbei, der seine Schuhe geputzt haben wollte, stürzten sich gleich mehrere solcher «bujagis» auf ihn. Der ältere und stärkste dieser Jungen kam schliesslich zum Zug. Der Engländer benützte die Schuhputzzeit, um seine Zeitung zu lesen und bemerkte dabei nicht, dass der listige Kerl nach getaner Arbeit die Schnürsenkel der beiden Schuhe miteinander zu einem Knoten zusammengebunden hatte. Wenn dann der

Soldat dem Jungen eine Pfundnote gab und auf sein Kleingeld wartete, flitzte dieser um die nächste Ecke und lachte sich ins Fäustchen. Der Geprellte hingegen stand da mit einem langen Gesicht und musste sich zuerst von seinen zusammengebundenen Schuhen befreien.

Richtig kritisch wurde es, als sich im Sommer 1942 das Afrika-Korps von Generalfeldmarschall Rommel in beängstigendem Tempo Alexandrien näherte. Zum Glück wurde es jedoch im letzten Moment in der entscheidenden Schlacht von El Alamein (nur etwas über 100 km westlich von Alexandrien) von den Alliierten unter den Befehlen der Generäle Montgomery und Alexander geschlagen und zum endgültigen Rückzug aus Ägypten gezwungen.

In jenen Monaten verbrachten wir jede Nacht unten im Keller. Am Abend füllten wir jeweils die Badewanne randvoll mit Wasser, denn hätten die von den Engländern betriebenen städtischen Wasserwerke einen Volltreffer erhalten, so wäre ein heisser Juli oder August ohne Wasser eine kleinere Katastrophe gewesen. Nur ein einziges Mal, als wir in der Schule waren, mussten wir wegen Feindflugzeugen den Schulunterstand aufsuchen. Wir Kinder fanden dies toll, die Schulstunde unterbrechen und uns dafür im Keller unterhalten zu können. Ich sehe sie noch heute vor mir, die kleinen weissen Wölkchen der abgefeuerten Raketen oben am Himmelszelt. Die Feindflugzeuge kamen nie mehr tagsüber, weil deren Verluste zu hoch gewesen waren. Abgesehen von den schweren nächtlichen Bombardierungen, verlief das tägliche Leben in unserer Stadt mehr oder weniger im gleichen Rhythmus wie zu Friedenszeiten. Einige Lebensmittel wie Tee und Zucker waren rationiert, doch das kümmerte die Wenigsten, denn mit «Bakschisch» und den nötigen guten Beziehungen und leicht korrupten Beamten, konnten eventuelle Engpässe leicht umgangen werden. Wirklich knapp für einige Zeit waren allerdings Kartoffeln: Das merkte ich, als es bei uns plötzlich nur noch Gerichte mit Süsskartoffeln gab.

Die Eltern hatten immer noch schriftlichen Kontakt zu beiden Grosseltern in der Schweiz, jedoch wurden alle Briefe und Postkarten zensuriert. Zahlreiche Briefe zwischen Ägypten und der Schweiz gingen allerdings verloren, brauchten mehrere Monate, oder erreichten den jeweiligen Empfänger sogar erst einige Jahre später. Im August 1945 erhielt Vater einen Brief aus Basel und wunderte sich sehr, dass seine Schwester so niedergeschlagen schien. Sie schrieb unter anderem «wenn Du diesen Brief erhältst, wird sich die Lage für die Alliierten hoffentlich gebessert haben.» Vater war über dessen Inhalt höchst erstaunt, hatten die Deutschen doch bereits am 7. Mai 1945 kapituliert. Er nahm den Brief nochmals zur Hand und bemerkte dann, dass ihn seine Schwester am 31. Mai 1940 geschrieben hatte. Es war geradezu ein Wunder, dass ihm dieser fünf Jahre alte Brief überhaupt zugestellt wurde. Vor mir habe ich eine Anzahl alter Karten liegen: zwei undatierte in Deutsch, die Mutter ihren Eltern sandte und die nebst dem Poststempel Alexandriens einen violetten Aufdruck «Postal Censor» mit arabischen Schriftzeichen aufweisen. Die in Englisch verfasste Ansichtskarte aus Kairo, die Vater am 29. Dezember 1942 seiner Mutter in Luzern gesandt hatte, zeigt einen mit einer Krone und dem Wort «Passed P.129» versehenen Stempel ohne arabische Schriftzeichen, daneben erkennt man einen roten Wehrmachtsstempel mit Adler und Hakenkreuz und der Bemerkung «geprüft» sowie einen viereckigen Stempel in arabischer Schrift.

Im Jahre 1943 wurde Vater vom Internationalen Komitee des Roten Kreuzes angefragt, ob er bereit wäre, zusammen mit einem anderen Schweizer Arzt, sporadisch während einigen

Tagen Kriegsgefangenenlager der Alliierten zu besuchen. Vater nahm diesen zeitlich begrenzten Dienst gerne an, der es ihm ermöglichte, etwas mehr von Afrika und dem Mittleren Osten kennenzulernen. Seine Reisen führten ihn im Westen nach Marokko und Algerien, im Osten nach Palästina und im Süden nach Eritrea und den Sudan. Auch medizinisch gesehen sollte diese Aufgabe interessant und lehrreich für ihn werden. Vater und sein Kollege wurden mit scheusslichen Kriegsverletzungen konfrontiert, Verstümmelungen, wie sie diese in ihrer ganzen medizinischen Laufbahn noch nie angetroffen hatten. Tragisch war der Fall eines Deutschen, der, wie er meinem Vater berichtete, nie mehr in seinem gelernten Beruf als Bühnenmaler in Berlin arbeiten, ja noch nicht einmal seinem Leben ein Ende setzen könnte: Durch die Explosion einer Granate hatte er nicht nur sein Augenlicht verloren, sondern auch seine beiden Arme.

Besonders interessant war die Reise nach Asmara, der Hauptstadt Eritreas. Dort stand Vater ausnahmsweise ein freier Nachmittag zur Verfügung. Er benutzte ihn, um mit einem gemieteten Auto etwas ins nahe Gebirge zu fahren. Auf einem Pass angelangt, verliess er das Auto, um einige Schritte zu Fuss zu gehen. Er war keine zehn Minuten unterwegs, als er plötzlich lautes Geschrei vernahm. Er drehte sich um, da befand sich keine fünf Meter von ihm entfernt ein fauchender Pavian mit einigen Jungtieren. Der Schreck ging Vater durch Mark und Bein. Er duckte sich hinter einem Strauch und war höchst erleichtert als er sah, dass die Affen plötzlich einen anderen Weg einschlugen.

Kleine und grössere Diebe

Das soziale Gefälle zwischen der herrschenden Oberschicht der Paschas und dem einfachen Volk, war unendlich gross. Die unermesslich reichen Grossgrundbesitzer hatten sich zum grössten Teil auf Kosten ihrer Untertanen oder Feldarbeiter, der sogenannten Fellachen, bereichert. Bis Mitte der zwanziger Jahre wurden diese Fellachen zum Teil noch wie Leibeigene ausgenützt. Dem Proletariat in den Städten ging es kaum besser. Korruption bis in die oberen Ränge wurde grossgeschrieben, so war es kaum verwunderlich, dass so viele Leute versuchten, ihr armseliges Dasein auf unehrlichem Wege etwas aufzubessern.

Hauptsächlich während der Kriegsjahre, als zahlreiche Artikel zur Mangelware wurden, weil sie nicht mehr von Europa eingeführt werden konnten, wurde alles gestohlen, was nicht niet- und nagelfest war. Beim Tanken hatte Vater einmal eine kleine Überraschung, als er dem Tankwart die Schlüssel gab, um die Kappe des Benzintanks aufzuschliessen, da kam der Tankwart zurück mit der Bemerkung, er brauche keine Schlüssel, da die Kappe fehle und im übrigen seien auch an den vier Rädern die Raddeckel entfernt worden.

Es war bei uns üblich, die Leintücher am Fenster auszulüften. An einem Morgen aber war unser Mohammed nicht wenig erstaunt, als er feststellen musste, dass die Bettwäsche verschwunden war. Da war einer über den Gartenzaun geklettert und hatte mit einer langen Stange, die mit einem Haken versehen war, sämtliche Leintücher heruntergezogen und mitgenommen. Die Eltern liebten Geselligkeit und hatten abends oft Einladungen. Jeden Mittwoch kam ein langjähriger Bekannter auf Besuch und parkierte seinen Wagen vor unserer Haustür. Als er wieder einmal an einem Abend nach Hause fahren wollte, war dort wo sein Ford gestanden hatte, nur noch gähnende Leere. Erst einige Wochen später fand unser Freund durch Zufall seinen Wagen wieder aufgebockt auf acht Ziegelsteinen – ohne Räder.

Nichts schien vor den Dieben sicher. Es geschahen oft unglaubliche Dinge, wie z. B. die Geschichte vom massgeschneiderten Anzug, den Vater an einem heissen Sommertag bei seinem Schneider abholte. Mit dem Anzug über dem Arm ging Vater zu seinem Wagen hinaus, den er am rechten Strassenrand parkiert hatte. Zuerst öffnete er die rechte Wagentür, kurbelte alle Fenster hinunter und legte den neuen Anzug auf den hinteren Sitz. Dann lief er um den Wagen herum und setzte sich hinter das Steuer. Bevor er jedoch wegfuhr wollte er sich vergewissern, dass der Anzug auch sorgfältig ausgebreitet war. Er drehte sich um und konnte seinen Augen nicht trauen. Der wundervolle Anzug hatte sich in Luft aufgelöst. Vater muss von jemandem vor dem Eingang zur Schneiderwerkstatt aus beobachtet worden sein; denn in jenem Augenblick, da Vater um den Wagen lief, hatte sich der äusserst flinke Dieb durch das offene Autofenster des Anzugs bemächtigt.

Sonntags

Jeden zweiten Sonntag waren wir alle zu Gast bei Herrn Jacot, den wir Kinder liebevoll «Grosspapa» nannten, da wir unsere in der Schweiz lebenden Grosseltern vermissten. Grosspapa Jacot bewohnte eine herrliche Villa in Ramleh, dem Villenviertel betuchter Europäer und anderer wohlhabender Familien Alexandriens. Das zweistöckige Haus war von einem riesigen Garten umgeben. Gleich neben dem Gartentor stand ein schattenspendender Poinciana, der wegen seiner leuchtend roten Blüten auch oft «Flamboyant» genannt wird. Etwas weiter vorne befand sich ein enormer weitverzweigter Banyanbaum. Das Eigenartige dieses Baumes sind die Wurzeln, die von den ausladenden verzweigten Ästen nach unten wachsen bis sie sich schliesslich in der Erde verankern. Sie haben Ähnlichkeit mit den Mangroven, stehen aber nie im Wasser. Für uns Kinder war der Banyanbaum ein herrlicher Ort, um sich zwischen seinen wildwuchernden Wurzeln zu verstecken. Hinter diesem Baum gab es eine kleine Pergola mit rankenden zartrosa und lila Wicken. Von dort hatte man einen herrlichen Blick auf die gepflegten Beete der grell- und zartfarbenen Zinnien und Gerbera inmitten des saftig grünen Rasens. Einer der beiden Gärtner war immer am Spritzen, denn moderne Rasensprenger kannte man kaum. Im hinteren Teil des Gartens, wo zahlreiche Eidechsen quer über die Wege huschten befand sich der Tennisplatz umsäumt von süssduftenden rosa, weiss und dunkelroten Oleandersträuchern. Hier entdeckte Vater eines Tages eine fette grüne Raupe, die sich an einem der dunkelgrünen Blätter gütlich tat. Behutsam nahm er sie samt dem Ast nach Hause. Kurze Zeit danach verwandelte sie sich in eine kleine braune unscheinbare Puppe. Als es dann soweit war, zerriss die hauchdünne Haut und mit noch feuchten Flügel entfaltete sich ein zauberhafter grün rosa, weiss und braun melierter Oleanderschwärmer. Hinter dem Tennisplatz in der Nähe der Feigenbäume befand sich eine künstlich angelegte Wüstenlandschaft mit allerlei Kakteen. Der Garten war so gross, dass wir am Ostersonntag immer fragen durften, ob der Osterhase im vorderen oder im hinteren Teil des Gartens seine Eier versteckt hatte. An einem solchen Ostertag, als mein Bruder und ich den vorderen Teil des Gartens genauestens unter die Lupe nahmen, um ja all die versteckten bunt bemalten Eier zu finden, entdeckten wir mitten im grünen Gebüsch ein smaragdgrünes Chamäleon. Dieses konnte seine Augen, jedes unabhängig vom anderen, um 180 Grad drehen und uns dabei so lustig angucken. Wir nahmen es auf, um es voller Stolz Grossvater und unseren Eltern vorzuzeigen. Später, da wir es nicht nach Hause mitnehmen konnten, setzten wir es auf einen tiefhängenden dunklen Ast wieder nieder und im Nu verwandelte es sein ursprünglich grünes Kleid in ein dunkelgraues. Diese wundervolle Gartenlandschaft war für uns Kinder ein wahres Eldorado. Das Haus selbst jedoch bot ebenso viel Interessantes und Seltenes wie der Garten.

Die Marmortreppe zum Hauseingang wurde durch Töpfe mit kleinen Pfefferbäumchen markiert, deren Äste mit roten, gelben und grünen Pfefferschoten übersät waren. Gleich hinter der Eingangstüre standen zwei grosse Vitrinen, die zahlreiche ägyptische Antiquitäten enthielten. Es war eine ansehnliche Sammlung in Alexandrien gefundener römischer und griechischer Gegenstände, von verzierten Oellämpchen bis hin zu den kleinen Scarabäen der Pharaonen. Anfangs des Jahrhundert als Grosspapa Jacot als junger Ingenieur von Brown Boveri & Co. nach Alexandrien kam, hatte man diese kostbaren Antiquitäten noch zu sehr erschwinglichen Preisen kaufen können. Grosspapa hatte aber nicht nur grosse Freude an den Antiquitäten seiner neuen Heimat, sondern liebte auch spätere Kulturepochen; so war ein Wohnzimmer in reinstem Biedermeier eingerichtet. Er war ein begeisterter Cellist und veranstalte regelmässig in intimen Rahmen kleine Hauskonzerte, die unsere Eltern sehr gerne besuchten. Wenn wir nicht bei Grosspapa auf Besuch waren, verbrachten wir die Sonntage der heissen Sommermonate am Meer.

Während der kühleren Jahreszeit, in der es auch manchmal regnete, verabredeten wir uns bei guter Witterung mit Freunden zu einem Picknick in der Wüste beim nahegelegenen rosa schimmernden Mariutsee. Dieses grosse Binnengewässer, bereits im Altertum unter dem Namen Mareotis-See bekannt, trennte früher die in nördlicher Richtung auf Kalksteinhügeln gelegene Stadt Alexandrien vom Festland und verstärkte somit ihre strategische Lage. Im Laufe der Jahrhunderte trocknete der unter dem Meeresspiegel liegende See allmählich aus und grosse Flächen davon wurden als Kulturland benutzt. Bei der Belagerung von Alexandrien im Jahre 1801 durchstachen die Engländer die Dünen bei Abukir und innerhalb eines Monates überflutete das hereinbrechende Meer Tausende von Quadratkilometern fruchtbaren Ackerlandes. In den zwanziger Jahren des letzten Jahrhunderts scheute Mohammed Ali, der Erbauer des Mahmûdija-Kanals, keine Kosten, das Land für die Kultur wiederzugewinnen. Zu Beginn dieses Jahrhunderts, befasste sich die ägyptische Regierung erneut mit der Trockenlegung dieses Gebietes, indem durch ein Pumpwerk der Wasserstand auf 2,5 m unter dem Meeresspiegel gehalten wurde. So ist es nicht verwunderlich, dass in der heissen Jahreszeit das Wasser des seichten Sees allmählich verdunstet und in gewissen Bereichen sogar eine dicke Salzkruste hinterlässt. Dort wo der See etwas tiefer ist und das Wasser nicht so schnell verdampft, bildet sich im brackigen Wasser jeweils eine Schicht rotfarbener Algen, die dem See seinen eigenartigen orangerosa Farbton verleihen. Eine Fahrt am Mariutsee vorbei und weiter in die angrenzende Wüste war jedesmal ein unvergessliches Erlebnis, hauptsächlich während der Monate Februar bis April, wenn vereinzelte Regentage die Wüstenflora plötzlich zum Erblühen brachten. Die verstreuten Grasbüschel und Dornsträucher erwachten zu jungem Grün. Dazwischen leuchteten die wilden Margeriten, die gelben Astern und die feuerroten Mohnblumen. Verlumpte und traurig blickende

Beduinenkinder säumten die zum Teil sehr holprigen Fahrstrassen und boten dunkelrote, blaue und violette Anemonen zum Verkauf an, während am Ufer des Sees Salzkerzen feilgeboten wurden, die in der Sonne wie tausend Diamanten glitzerten.

Manchmal fuhren wir noch weiter in westlicher Richtung landeinwärts, bis wir die Ruinen der Wüstenstadt von Abû Menâs erreichten. Hier befand sich das Grab des heiligen Menâs, der als Schutzpatron der Libyschen Wüste galt und welcher hier im Jahre 295 den Märtyrertod erlitten hatte. Im 5. und 6. Jahrhundert war Abû Menâs ein beliebter Wallfahrtsort gewesen. Um 900 wurde die Stadt durch Beduinen zerstört und erst anfangs dieses Jahrhunderts durch einen deutschen Gelehrten wieder entdeckt. Damals war ich noch zu jung, um diese Ruinenstadt mit dem nötigen Interesse zu erkunden. Ich erinnere mich jedoch noch lebhaft daran, als ich in den Ruinen herumspazierte, die Erde plötzlich unter mir nachgab und ich mich halbwegs in einer Krypta befand. Ganz in deren Nähe fanden wir lose bunte Steinchen, die Überreste eines Mosaiks.

Ab Mai wurde es bereits schon zu heiss, um in alten Ruinen herumzustöbern und rings um Mariut waren die kräftigen Farben der vielfältigen Blumen verblasst. Die Wüste zeigte jetzt ihr wahres Gesicht von Hitze, Fata Morganas und endlosen kleinen Sanddünen. Da trieb es Jung und Alt ans Meer. An der Küste nicht weit vom Mariutsee entfernt lag der beliebte Ort von Agami. Hier leuchtete das Wasser türkisblau und der Strand war beinahe menschenleer. Nur einige begüterte Europäer hatten hier ihr Wochenendhäuschen.

In der entgegengesetzten Richtung von Agami befand sich der viel besuchte Strand von Sidi Bishr. Dieser Badeort war so beliebt, dass er sich allmählich weiter nach Osten ausdehnt und zusätzliche Buchten umspannte. Daraus entstanden weitere Strände, bekannt unter den Namen Sidi Bishr Nr. 2 und 3. Für uns Kinder hatte jeder numerierte Strand seine Eigenheit. In Sidi Bishr Nr. 1, der ursprünglichen Strandbucht, begegnete man beim Spaziergang auf den Kalksteinklippen dem etwas angsteinflössenden «trou du diable». Aus dieser Felsenhöhle zischten bei starker Brandung in zeitlich begrenzten Abständen hohe Wasserfontänen. Wenn wir in Sidi Bishr Nr. 2 baden gingen, dann schwammen wir stets auf eine etwa einen Kilometer entfernt liegende kleine Insel. Im Innern dieser Insel führten ein paar in die Felsen gehauene Stufen zu einem kleinen Bassin hinunter. Es hiess, Kleopatra hätte in diesem Schwimmbassin gebadet, ehe sie mit Julius Cäsar den Nil hinauffuhr.

Sidi Bishr Nr. 3

Ein Dutzend Stufen führten von der Strasse hinunter zum feinen Sandstrand von Sidi Bishr Nr. 3, wo wir unsere Kabine hatten. Wie bei den Rängen eines Theaters umschlossen hier in einem weiten Halbkreis drei Ebenen von gelbgrün bemalten grossen und kleinen Kabinen unsere geliebte Bucht. Diese gab den Blick frei auf das in der Ferne inmitten eines riesigen Palmenhains gelegene Schloss König Farouks. Der grössere Teil der Strandbesucher, die Syrier und reichen Ägypter, sassen lieber angezogen und pistazienessend im gedeckten vorderen Teil ihrer Kabine und blickten aufs tiefblaue Meer. Die Europäer hingegen hielten sich meistens unter den Sonnenschirmen oder draussen im erfrischenden Meer auf. Zur Mittagszeit, wenn der Hunger sich bemerkbar machte, verzehrten wir genüsslich unter unserem rotweissblau gestreiften Sonnenschirm die mitgebrachten Sesambrötchen mit Käse, die honigsüssen Melonenscheiben und als Krönung ein Stück von Mamas berühmter Schokoladentorte. Während wir unser Picknick assen, sahen wir mitunter wie die Dienerschaft der Pistazienessenden etliche Körbe voller Speisen und Geschirr herbeischleppten, um ihre Herrschaft gebührend zu verköstigen. Für den kleinen Hunger kamen immer wieder fliegende Händler vorbei mit ihren kleinen Glaskistchen voller frisch gerösteter Erdnüsschen, Pistazien und Wassermelonenkernen. Ein anderer Händler, nach dem ich immer sehnsüchtig Ausschau hielt, war der Waffelverkäufer mit seinen knusprigen hauchdünnen, mit Honig bestrichenen Oblaten.

Zur Zeit der grossen Schulferien in den Monaten Juli bis Ende September fuhren wir fast täglich an den Strand. Obwohl während dieser Periode zahlreiche gutsituierte Leute aus Kairo die Sommerfrische in Alexandrien aufsuchten, herrschte kaum ein Gedränge an den Stränden von Sidi Bishr. Eines Tages beobachtete ich einen Jungen meines Alters, der etwas verlegen am Strand spielte. Er tat mir leid, denn obwohl eine Anzahl Leute um ihn herum standen und ihn nach Aussen hin abschirmten, sah er doch eher einsam aus. Es stellte sich dann heraus, dass es der junge König Faisal von Irak war, der einige Jahre später einem Attentat zum Opfer fiel. Ein anderes Mal sah ich ihn mit einem etwa gleichaltrigen Jungen spielen: mit Hussein, dem späteren König von Jordanien.

Wir waren alle begeistert vom Meer und ich speziell vom Fischen. Schon als kleines Mädchen liebte ich es mit anderen Kindern auf Fischfang zu gehen. Mama hatte mir dafür eigenhändig aus einem alten Stück Moskitonetz einen tiefen Sack genäht, welchen Papa an einem langen Stil befestigte. Mit diesem Eigenfabrikat hatte ich meistens mehr Erfolg als die anderen Kinder mit ihren im grossen Warenhaus «Hanaux» gekauften Fischnetzen. Nebst diesem Fischnetz brauchten wir Kinder auch Marmeladegläser zum Fangen kleiner Fische. Die Öffnung des ausgedienten Glases wurde zuerst mit einem alten Taschentuch bespannt. Dann bohrte man ein fingerdickes Loch in den straffen Stoff und beschmierte dessen Unterseite mit Mehl. Das Glas wurde alsdann mit Meerwasser gefüllt und ins seichte Wasser gestellt. Zudem warfen wir als Köder noch ein paar Brocken altes Brot hinterher. Im Nu kam ein Schwarm von Fischen angeschwommen. Sobald das Brot verschwunden war, machten sich die Fische an das Weckglas. Nun kamen wir Kinder in Aktion, wir bewarfen das Marmeladeglas mit einer Handvoll Sand, dies erschreckte die Fische so sehr, dass die meisten fluchtartig ins Meer hinausschwammen. Der kleinere, sorglosere Teil hingegen suchte Schutz im Glas und fand danach dessen Ausgang nicht mehr. War ich nicht am Fischen, ging ich meistens mit meiner Freundin Evi schwimmen. Wenn es der Wellengang erlaubte und die Brandung nicht zu stark war, durften wir ein flaches Paddelboot mieten. Mit ihm paddelten wir hinaus bis zu den kleinen roten Fässlein. Bis dahin war man unter Aufsicht des Strandwärters. Natürlich durfte man auch weiter hinaus rudern, dann allerdings auf eigene Verantwortung.

Eines heissen Sommertags kurz vor Ende des Krieges spazierte ich mit meinem kleinen Bruder Christoph dem Strand entlang. Plötzlich sahen wir eine Woge etwas Blaues ans Ufer spülen. Zuerst dachten wir es wäre eine der blau schimmernden Quallen. Da wir nicht sicher waren, suchte Christoph lange nach einem Stock; endlich fand er einen alten verrosteten Spielrechen. Damit fischte er das blaue Etwas aus dem Meer. Gross war unser Erstaunen als wir feststellten, dass es sich bei unserem Fund um eine Mütze der Deutschen Luftwaffe handelte: der Adler mit dem Hakenkreuz und der Name des einstigen Inhabers waren noch gut ersichtlich. Was war wohl sein Schicksal gewesen? So vergingen unsere Sonn- und Ferientage am Meer.

Abends auf dem Nachhauseweg hielten wir in unserem Camp de César genannten Quartier an, und besorgten uns von der arabischen Bäckerei ein herrliches ganz frisches Fladenbrot. Gegenüber beim Griechen Papayannakis kauften wir etwas Mortadella und eine halbrunde Spanschachtel mit norwegischem Weichkäse der Marke «Primula» und für unsere Gäste einige Flaschen des berühmten «Stella» Biers hiesiger Herkunft. Für den in der heissen Wüste kämpfenden Briten war alleine schon der Gedanke an ein eisgekühltes «Stella», das ihn in Alexandrien erwartete, Auftrieb genug, um in der mörderischen Hitze des Sommers 1942 weiterzukämpfen. Diese grosse Sehnsucht nach einem kühlen Bier in der Hitze des Gefechtes wurde treffend im Roman «Ice Cold in Alex» geschildert.

Eh' wir unsere Einkäufe im Auto verstauten, überquerten wir die Strasse und schlenderten an verschiedenen Marktständen vorbei. Wir hatten stets die Qual der Wahl zwischen den durststillenden «Batichas», den Wassermelonen mit rotem Fruchtfleisch und schwarzen Kernen, und den grossen länglichen honigsüssen «Schammams» Melonen mit hellgrünem Innern und gelben Kernen. Neben diesen Herrlichkeiten türmten sich Berge dunkelblauer Feigen, zuckersüsser kernenloser Trauben und samtbrauner frischer Datteln. Die rötlichglänzenden Granatäpfel und die hellgelben quittenähnlichen «Gawâfas» mit ihrem ganz eigenartigen Geschmack waren pyramidenförmig aufgebaut.

Marktbesuche

Es war jedesmal ein Erlebnis, wenn ich Mama beim Einkaufen auf dem Markt in Ibrahimieh begleiten durfte. Unser erstes Ziel war meistens das von weitem erkennbare, naiv und mit grellen Farben bemalte Schild des Geflügelhändlers Mustafa. Im kleinen dunklen Laden waren sämtliche Hühner und Tauben eng in handgeflochtenen Käfigen aus Palmblattrippen eingepfercht. Der Kauf eines Huhns brauchte einige Zeit. Hatte man nach langem Suchen endlich ein etwas grösseres Federvieh ausfindig gemacht, nahm es Mustafa aus dem Käfig, schnitt ihm mit einem scharfen Messer die Kehle durch und warf es ohne viel Aufsehen blutend zur Ladentür hinaus in den Rinnstein. Dort flatterte das tödlich verletzte Tier noch kurz eh es leblos im Strassengraben liegenblieb. Mustafa hob es auf und legte es auf die Waagschale, die mit einem über Nacht in Wasser eingelegten dünnen Kartonpapier ausgelegt war; die Waage zeigte ein Gewicht von anderthalb Kilo an. Zu Hause musste das Huhn zuerst gerupft und über der Gasflamme gesengt werden. Nachdem unser Mädchen Amina den Kropf des Huhnes, den der Geflügelhändler mit Maiskörner vollgestopft hatte, geleert hatte, wog das Huhn schliesslich nur noch ein knappes Kilo. Nicht das Federkleid des Huhnes, sondern das feuchte Einschlagpapier sowie die vielen Maiskörner im Kropf waren das Zünglein an der Waage. Nach dem Hühnerkauf gingen wir zum alten einäugigen, aber stets lächelnden Ibrahim und besorgten ein Pfund der dunkelvioletten Auberginen «bädingân» und für die Vorspeise «charschûf», denn zuhause mochten wir alle sehr die ägyptischen Artischocken. Neben dem Gemüsehändler befand sich die Hauptmetzgerei des Quartiers. Halbe Rinder und Hammelhälften hingen beim Ladeneingang. Sämtliche grossen Fleischstücke waren mit einem violetten Stempel versehen. Wenn es wärmer wurde, bedeckten ganze Fliegenschwärme dieses rohe Fleisch. Da wurde der Einsatz des Metzgerjungens nötig, der dauernd mit der Fliegenklatsche herumfuchtelte. Wir waren deshalb froh, dass wir das Fleisch und die Wurstwaren bei einem Schweizer Metzger kaufen konnten, der seit vielen Jahren im Stadtzentrum ein gutgehendes Geschäft führte.

Unweit der arabischen Metzgerei befand sich die reichhaltige Auslage des Fischhändlers. Krevetten und zum Teil noch lebende Garnelen, Tintenfische und Seeigel, kleine und grosse Fische, sowie Hummer und Langusten mit furchterregenden Scheren wurden zum Verkauf angeboten. Mitunter lag auch ein Haifischkopf neben den teuren Seezungen. Als ich Mutter fragte, warum wir so selten Fisch assen, antwortete sie, sie fände es zu riskant. Sie hatte nämlich vernommen, dass die Fischhändler die Kiemen der nicht mehr ganz frischen Fische mit roter Tinte färbten. Diese rote Farbe sollte die Bezeichnung «frisch gefangen» vortäuschen, denn frische Fische haben stets gut durchblutete Kiemen.

Eines Tages beobachtete ich vom Fischhändler aus, wie der Geflügelhändler Mustafa alle paar Minuten eine Taube nach der anderen aus ihrem Käfig nahm, seinen Kopf in ein grosses mit Wasser gefülltes Fass steckte, um anschliessend der armen Taube durch den aufgesperrten Schnabel das Wasser in den Kropf zu spucken. Wahrscheinlich waren ihm die Maiskörner ausgegangen.

Das Zentrum des Marktes bildete jedoch das viel besuchte Kaffeehaus. Dort flitzte der kleingewachsene Kellnerjunge behende, ein Brett voller Mokkatässchen geschickt balancierend, von einem Tisch zum anderen. In einer Ecke hockten einige ehrwürdige alte Männer, die ihre Wasserpfeife rauchten und dabei das spannende «tric trac» Spiel ihrer Nachbarn verfolgten. Andere junge Männer sassen stundenlang und in Gedanken versunken vor einem Glas Wasser und dem nicht allzu süssen Mokka «masbut», währenddem sie die kleinen runden Perlen ihrer rosenkranzähnlichen Kette endlos durch ihre Finger gleiten liessen.

Zu keiner Zeit war es je ruhig auf dem Markt von Ibrahimieh. Vor einer immerwährenden Geräuschkulisse herrschte ein ewiges Kommen und Gehen. Jeweils zur vollen Stunde ertönte aus dem Kaffeehaus die immer wiederkehrende Kennmelodie aus «Aida» für die Nachrichten in arabischer Sprache. Unüberhörbar war der Limonadenverkäufer, der anstatt Kastagnetten kleine Messingschälchen aufeinanderschlug und seinen Messingkrug in einem Riemen über der Schulter trug. Den erfrischenden Saft goss er aus dem Messingkrug in Gläser, die in seinem Gurt Platz gefunden hatten. Dazwischen hörte man die Gemüse- und Obsthändler, welche den wild gestikulierenden Hausfrauen lauthals ihre Ware anpriesen. Etwas ruhiger ging es beim Maishändler zu, wo man auf einem kleinen Holzkohlenfeuer geröstete Maiskolben kaufen konnte. Ab und zu tauchte auch ein «gala gala» Mann auf. Dieser Zauberer war innerhalb kürzester Zeit von einer gaffenden Menschenmenge umringt, als er aus seinem Munde kleine Küken hervorholte und hinter seinen Ohren Taubeneier verschwinden liess.

Vom Kaffeehaus aus hatte man einen guten Blick in den Arbeitsraum des «makwagi», der auf seine eigene Art bügelte. Statt die Wäsche vorher einzusprengen, nahm er jeweils einen Schluck Wasser in den Mund und sprühte es dann geschickt auf das zum Bügeln vorgesehene Wäschestück. Auf der Höhe des Rinnsteins sass auf einem mit Rädern versehenen Holzbrett ein wehrloser Bettler ohne Beine. Er wehklagte sein Leid und bat inbrünstig um ein Almosen. Auf der anderen Strassenseite, wo man die herrlichen Düfte der an Spiessen gebratenen

Hammelfleischstückchen erahnte, unterhielten sich einige wohlgenährte Herren und besprachen halb auf Französisch und halb auf Italienisch die letzten Neuigkeiten der Tagespresse. Ab und zu hörte und sah man das Niedersausen einer Peitsche auf den ausgemergelten Rücken eines Maultiers, das mühsam einen mit Wassermelonen schwer beladenen Karren zog.

Gleich um die Ecke des Kaffeehauses befand sich der syrische Süsswarenladen mit allerlei orientalischen Leckereien. Aufgeschichtet auf kleinen rechteckigen Glastellern waren Berge von rosa und weissem «Loukoum» einer türkischen Spezialität, die zum grössten Teil aus dicker Gelatine, viel Zucker, Farbe und Rosen- oder Orangenessenz hergestellt wird. Daneben türmte sich das in Honig getränkte Blätterteig- und Mandelgebäck auf. Natürlich fehlten nicht die in Zuckersirup gerösteten Pistazienkerne. Unübersehbar waren die buntbemalten Spanholzschachteln und für den grösseren Geldbeutel die mit Intarsien ausgeschmückten Holzkistchen voller kandierter Früchte. Da reihten sich dicht aneinander rotkandierte Datteln und mit Mandelkernen gefüllte Aprikosenhälften. Was wir Kinder am meisten mochten, waren die zu einer hauchdünnen Schicht gewalzten vollausgereiften und getrockneten Aprikosen genannt «Ammar el Din». Gekauft wurde es per Bogen wie beim Geschenkpapier. Beim Essen kam es einem vor, als knabbere man an einem Stück orangefarbenen Karton. Man konnte diesen «Fruchtbogen» aber auch über Nacht ins Wasser legen und ihn am nächsten Tag zu einer herrlich feinen Aprikosencreme zubereiten.

Nebst den zahlreichen Marktständen, dem Geflügelladen, der Metzgerei und dem Fischhändler, gab es natürlich auch einige Werkstätten. Fast in jeder Strasse fand man einen Kesselflicker, der die Töpfe zum Kochen des Reises frisch verzinkte.

Von weitem hörte man das Hämmern des «Sängäri», dessen Dienste als Spengler sehr gefragt waren, da die Wasserspülungen in den meisten Häusern mangelhaft funktionierten. Auch einige kleine Tante Emma-Läden säumten die Hauptstrasse des Marktes in Ibrahimieh, wie zum Beispiel dasjenige vom alten Armenier Monsieur Issaverdian, den wir wegen seiner reichen Auswahl an Süssigkeiten oft aussuchten. Eine ganze Reihe dickbäuchiger Gläser gefüllt mit den herrlichsten buntfarbenen Bonbons zierten seine Theke. Weder den Schleckstengel der berühmten Süsswarenfabrik Nadler, noch den Schachteln voller «Kit Kat»-Waffeln konnten wir widerstehen. Nebst den süssen Köstlichkeiten fand man bei Herrn Issaverdian aber auch ein grosses Sortiment an Schreibwarenartikeln: Holzfederhalter in leuchtenden Farben, Stahlschreibfedern für jegliche Schriftart, Watermans rote, grüne und blaue Tinte sowie weitere Papeterieartikel. Diese Art von kleinen Läden führte meistens auch noch Näh- und vor allem Stickgarne in allen Farben des Regenbogens. Da die Wintermonate nicht sehr lange dauerten, war Wolle nicht so gefragt wie farbiges Garn. In fast allen europäischen Schulen wurde den Schülerinnen in erster Linie das Sticken beigebracht. Ferner waren die Levantinerinnen, hauptsächlich aber die Griechinnen berühmt für ihre zauberhaften, mit Kreuzstichen und Petitspoints gestickten Tischdecken. Eine grosse Anzahl dieser Frauen verfügten über sehr viel Freizeit, denn für die täglich anfallenden Hausarbeiten hatte man ja immer eine Amina oder einen Mohammed, der einem zu Diensten stand.

So war es kaum verwunderlich, dass manche dieser Frauen den lieben langen Tag an ihrem Fenster sassen, Wassermelonenkerne assen und dabei kunstgerecht deren Schale ausspuckten und das geschäftige Leben unten in ihrer Strasse verfolgten. Im Quartier des Marktes hatten sich Händler aus sämtlichen Ländern des Mittelmeeres in den billig gebauten, ein- oder mehrstöckigen Mietshäusern niedergelassen. Dazu gehörten nebst einigen Arabern, vor allem Juden, Syrier, Griechen, Malteser, Armenier, Italiener und eine grosse Anzahl Levantiner. Akustisch war es der reinste Turmbau zu Babel. Aus einem Fenster ertönte die Stimme des französischen Schnulzensängers Tino Rossi, der einer seiner Hits zum Besten gab, während vor dem baufälligen Mietshaus sich einige junge Frauen zankten und sich gegenseitig Schimpfwörter in arabisch, griechisch und italienisch zuriefen, derweil' die alte Syrierin, die sich in der Nähe aufhielt und jedes Wort verstand, sich den Bauch voll lachte.

Auf dem Markt begegneten wir des öfteren einem Eselskarren, der mit Zuckerrohr beladen war. Da dieses Zuckerrohr zum Verzehr und nicht zur Herstellung von Zucker bestimmt war, kaufte mir Mutter meistens einen grossen Stengel. Zufrieden trug ich den essbaren Spazierstock, der mich um einen Kopf überragte, nach Hause und übergab ihn Fatma, die ihn mir mit einiger Mühe in mundgerechte Stücke schnitt. Das Kauen von Zuckerrohr war für meinen Kiefer das reinste Krafttraining. Es dauerte eine ganze Weile, ehe ich die holzähnlichen Fasern des Zuckerrohrs ausspucken konnte, während mir ein Teil des süssen Saftes am Kinn herunterlief.

Während der Erdbeerzeit trugen die Händler die reifen und frischgepflückten Beeren in grossen Weidenkörben auf dem Kopf. Stolz liefen sie durch die Strassen und boten mit einem lautstarken aber melodischen «frawlas» ihre Ware an. Eines Tages beobachtete Mama in der Nähe des Marktes einen solchen Händler, der sich mit seinem Korb an den Strassenrand gesetzt hatte. Andächtig entnahm er ihm einzeln die grossen Erdbeeren, steckte jede kurz in den Mund und legte sie, von frischer Spucke glänzend, behutsam wieder obenauf in den Korb. So war es wohl kaum verwunderlich, dass man bei uns zu Hause nie rohe Erdbeeren ass.

Wenn Mama mit einer umfangreichen Liste auf den Markt einkaufen ging und die volle Einkaufstasche nicht nach Hause tragen wollte, borgte sie Vaters alten Opel. Waren wir nicht in Eile bestiegen wir – zu meiner grossen Freude – eines der zahlreichen zum Teil klapprigen «arabejas». Mit dieser Kutsche fuhren wir dann gemächlich der rue Eleusis entlang nach Hause. Andere Leute nahmen ihren Diener mit, der hinter seiner Herrschaft die aus Sisalgras geflochtenen Taschen nach Hause schleppen musste.

Hatten wir nur ein paar Sachen eingekauft, gingen wir zu Fuss. Der Nachhauseweg war kurzweilig, es herrschte immer ein buntes Treiben auf den Strassen. Das schrille Hupen eines vorbeifahrenden Autos erschreckte den in seiner «arabeja» dösenden Kutscher und scheute dessen alten Gaul auf. Ein mit Tonkrügen hoch beladener Eselskarren stiess beinahe mit dem tollkühnen Radfahrer zusammen, der auf seinem Kopf geschickt ein Brett voller Sesambretzel balancierte. Gleich um die nächste Ecke beobachtete man einen Polizisten, der wildgestikulierend einen Bettlerjungen verfolgte. Manchmal begegnete man einer armen Frau, die sich am Strassenrand niedergelassen hatte, um ihrem Neugeborenen die Brust zu geben. Im Schatten des alten Eukalyptusbaumes sass oft eine halbblinde Eierfrau, welche ihr sauerverdientes Kleingeld in ihr schmutziges Taschentuch knüpfte. Einige Meter weiter hatte sich ein ärmlich gekleideter Mann mit einem durch Pockennarben verunstalteten Gesicht an den Bordstein gesetzt und ass mit Zufriedenheit seine recht bescheidene Mahlzeit von «êsch und fûl», Fladenbrot gefüllt mit Saubohnen. Wenn man an ihm vorbei ging war es üblich, dass er einem die

Worte *«Et faddal»* zurief was gleich viel hiess wie *«bedienen Sie sich»*. Die Ägypter, wie alle Orientalen, sind bekannt für ihre grosszügige Gastfreundschaft.

Einkaufen in der Stadt

Auch wenn es bei den Händlern und in den kleinen Geschäften in Ibrahimieh wie in einem typischen orientalischen Bazar zu- und herging, so war das geschäftige Leben im Stadtzentrum dagegen viel europäischer.

Während der Schulferien ging ich gerne mit Mutter in die Stadt. Keine fünf Minuten vom Haus entfernt befand sich die Bushaltestelle. Mit dem blauen Bus fuhren wir der Route d'Aboukir entlang und bogen schliesslich in die Rue Fouad Ier ein. Dort besuchten wir meistens den «Confiseur-Glacier Baudrot» und liessen uns vom griechischen Kellner auf der gedeckten Terrasse ein erfrischendes Eis servieren. Anschliessend spazierten wir in die rue Chérif Pacha zum alteingesessenen Geschäft mit dem Namen «Old England» . Abgesehen vom Personal, das ausser englisch, arabisch, französisch, italienisch und mitunter auch griechisch sprach, hätte man meinen können, man befände sich mitten im Piccadilly Circus in London. Da fand man die schönsten englischen Tweeds, farbige Vyella-Stoffe für geschmackvolle Winterkleider, englische Seifen, sowie allerlei Besteck aus Sheffield. Das berühmte Wedgwood-Geschirr hatte den Ehrenplatz des Ladens eingenommen. Während Mutter sich verschiedene Ballen von Manchester-Tweed zeigen liess, stand ich wie angewurzelt vor dem Regal mit dem beliebten englischen «Peter Rabbit» -Kindergeschirr von Beatrix Potter.

In der gleichen Strasse nicht weit vom «Old England» entfernt befand sich das französische Gegenstück – «Rivoli la maison des cadeaux». Auf dem Weg zu «Old England» besuchten wir des öfteren auch ein Geschäft namens «Tawa», welches ein reichhaltiges Angebot an orientalischen Gegenständen von feinster Handarbeit feilbot. Die Rue Chérif Pacha war bekannt für ihre schönen Geschäfte mit zum Teil recht teuren Auslagen. Gleich zwei Juweliergeschäfte hatten sich hier niedergelassen, die Bijouterie «Horovitz» und die Bijouterie «Zivy Frères». Eines Tages besuchten die Eltern diesen Juwelierladen, damit sich Mutter ein Schmuckstück aussuchen könnte. Ihre Wahl fiel auf eine kleine goldene Brosche in Form von Blättern, die einen herzförmigen Edelstein umfassten. Beim Verlassen des Geschäftes gratulierte ihr der Inhaber zu ihrer Wahl mit den Worten *Mabruk pour le petit coeur de votre mari* – herzlichen Glückwunsch – zum niedlichen Herzchen Ihres Mannes. Die weniger exklusiven Einkäufe konnte man in den, nach französischem Muster gebauten, Warenhäusern «Grands Magasins Chalons» und «Oreco» oder bei dem in der rue Sidi Metwalli alt ansässigen Grosswarenhaus «Sednaoui» tätigen. Letzteres war bereits im Jahre 1878 in Kairo gegründet worden und unterhielt nebst dem mehrstöckigen Gebäude in Alexandrien noch weitere fünf Filialen in Ägypten. Wir besuchten meistens das Warenhaus «Grands Magasins Hannaux», da fand man wirklich alles was das Herz begehrte, vom Lebkuchen aus Dijon bis zu Mutters Lieblingsparfum «Quelques Fleurs» von Houbigant.

Natürlich gab es noch zahlreiche Spezialgeschäfte wie den «Salon Vert» für auserlesene Stoffe oder das «Maison Française – La plus ancienne maison en Egypte spécialisée en laines à tricoter» für Qualitätswolle. Der Bücherwurm konnte sich in der «Cité du Livre» oder im «Victoria Stationary &

Bookstores» umsehen. Schliesslich hatten sich noch weltbekannte Geschäfte wie «Bata» für Schuhe und «Etam» für Strümpfe und Feinwäsche etabliert.

Nach unserem ausgedehnten Einkaufsbummel wurde es langsam Zeit, sich auf den Heimweg zu begeben. Jedoch eh wir in der «Gare de Ramleh» die Strassenbahn bestiegen, kauften wir noch schnell bei der griechischen Konditorei «Pastroudis» oder bei «Délices» einige vorzügliche éclairs, mille-feuilles oder andere Feingebäckspezialitäten. Die Herren der Schöpfung füllten unterdessen die zahlreichen Stadtcafés und lasen die Zeitung. Hier hatten sie unter den Tageszeitungen wahrlich die Qual der Wahl. Entweder kauften sie sich eine der zahlreichen arabischen Zeitungen oder eines der «europäischen», aber in Ägypten verfassten Blätter wie die «Egyptian Gazette», die «Egyptian Mail», «le Progrès Egyptien» oder « Le Journal d'Egypte». Nach dem Krieg kamen noch ausländische Zeitungen und Illustrierte hinzu. Da konnte man, um nur einige zu nennen, zwischen dem «Corriere della Sera», der «London Illustrated News», dem «Picture Post», dem amerikanischen Magazin «Life» oder einem der zahlreichen Frauenjournale wie zum Beispiel das «Jardin des Modes» wählen.

Diejenigen, die auf dem neuesten Stand der Baumwollkotierungen sein wollten, nahmen die Handelszeitung «Le Journal d'Alexandrie et la Bourse Egyptienne» zur Hand. Natürlich war lange nicht jedermann im Baumwollgeschäft oder in der bedeutenden Textilfabrik, der «Filature Nationale d'Egypte», tätig. Es gab zahlreiche Fabrikationsbetriebe der Lebensmittelbranche, verschiedene Glasproduktionen, Papier- und Möbelfabriken wie auch die grosse Zigarettenfabrik namens «Laurens» in Moharram Bey.

Cheiri und Fatma

Es war nicht immer leicht, einen zuverlässigen und ehrlichen Diener zu finden. Mit dem grossgewachsenen kaffeebraunen Cheiri, der aus einem kleinen Dorf südlich von Aswan in Oberägypten stammte, waren wir indessen sehr zufrieden. Er war immer guter Laune und wir mochten ihn alle gerne. Aufgrund ihrer Erfahrungen sagte Mama oft: «je dunkler die Hautfarbe, desto zuverlässiger der Charakter». Eines Tages, als ihn mein Bruder fragte wieviel Frauen er denn habe, antwortete er voller Stolz «ich habe deren zwei, aber so Gott will und Er mir noch etwas mehr Geld schickt, werde ich mir bei meinem nächsten Besuch zu Hause noch eine Dritte kaufen». Laut den Regeln des Korans darf sich ein Muslime bis zu vier Frauen halten, sofern er allen den gleichen Wohlstand bieten kann. Cheiri war ein gläubiger Mohammedaner. Täglich betete er oben auf unserem Flachdach und befolgte während des Fastenmonats Ramadan, der oft in die heisse Jahreszeit fiel, die äusserst strengen Regeln. In dieser Zeit betete er sogar bis zu fünfmal am Tage. Wir bewunderten seinen starken Willen wie er tagsüber auch bei der grössten Hitze keinen einzigen Schluck Wasser zu sich nahm, nicht einmal den Mund hätte er mit Wasser ausgespült. Der Tag des Fastens war lang, begann er doch bereits bei Sonnenaufgang. So war es nicht verwunderlich, dass Cheiri in der Dämmerung recht nervös wurde. Er hielt sich dann immer beim offenen Fenster auf, damit er ja nicht die Kanonenschüsse verpassen würde, die den Sonnenuntergang und somit das Ende des täglichen Fastens ankündigten. Um diese Zeit herum waren die Strassen wie leergefegt, sogar die Busse und Strassenbahnen hielten irgendwo auf der Strecke an, damit das Personal wenigstens den langersehnten Schluck Wasser und den ersten Bissen zu sich nehmen konnte.

Einmal durfte Cheiri mit Vater in die Stadt fahren, so konnte er sich das Fahrgeld sparen. Daraufhin sagte er ganz glücklich, das gäbe ihm wieder Zigaretten, denn er rauche eben auch in der Nacht wie eine Eisenbahn. Ein anderes Mal, als er einen Teller fallen liess, sagte er zu Mama mit einer entwaffnenden Unschuldsmiene *«ja wissen Sie die Tage des Tellers waren eben gezählt»*. Da konnte unsere Mutter natürlich nur noch schmunzeln.

Im Gegensatz zu Vater hatte sich Mutter die arabische Sprache nur im Umgang mit der Dienerschaft und beim Einkaufen auf dem Markt angeeignet. Ihr Arabisch war mangelhaft, aber so lange sie sich mit dem Personal einigermassen verständigen konnte, war sie zufrieden. Manchmal führten ihre Sprachmängel zu lustigen Begebenheiten.

Im Winter war es nachts oft sehr kalt. Wenn man im Zimmer die Hand an eine Aussenwand hielt, fühlte man den Wind, der um das Haus fegte. Die Eltern waren eines Abends eingeladen und Mama bat Cheiri, ihr nach dem Abendbrot eine heisse Bettflasche ins Bett zu legen und zwar unten am Fussende. Als Mama sich nach dem Nachhausekommen auf das warme Bett freute, war sie ganz enttäuscht als sie sich zwischen den kalten Leintüchern ausstreckte. Sie dachte Cheiri hätte wohl vergessen, die Wärmeflasche zu füllen. Doch diese war im Badezimmer unauffindbar. Mama suchte überall und fand sie schliesslich genau unten bei den Füssen aber eben nicht im Bett, sondern unter dem Bett.

Anders als der aus Oberägypten stammende Cheiri, kam seine Nachfolgerin Fatma aus der Provinzhauptstadt Damanhûr im Nildelta. Sie war das fünfte Kind von acht Geschwistern und als ihr Vater starb, kam sie als junges Mädchen von knapp sechzehn Jahren zu uns ins Haus. Sie bezog Cheiris einfache Dachkammer und war selig, erstmals in ihrem jungen Leben ein eigenes Zimmer zu haben. Sie war von zierlichem Körperbau und wesentlich hellerer Hautfarbe wie Cheiri. Im Gegensatz zu unserer alten Waschfrau, die immer in Schwarz daher kam, trug Fatma zu ihrem unifarbenen, mit bunten Glasperlen umrandeten Kopftuch mit Vorliebe grellbunte Kleider, am liebsten in der Farbe «bämbi» einem schreienden Rosa. In den unteren Schichten und auf dem Lande tragen die jungen Mädchen bis zu Ihrer Verheiratung farbige Röcke. Einmal geehelicht, hüllt sich die Araberin in die schwarze «Melaja» ein, ein Baumwolltuch das vom Kopf bis zu den Füssen reicht. In der Oberschicht hingegen kleideten sich die meisten reichen Frauen nach der neuesten Pariser Mode.

Fatma war uns Kindern sehr zugetan. Wenn es ihr die Zeit erlaubte, spielte sie auch gerne mit meinen Zelluloidpuppen der Marke «Schildkröte». Solche Puppen hatte Fatma in ihrer eigenen Jugend nie gekannt. Wenn das Geld reichte, bekam sie zum Frühlingsfest «Shamm an-Nasîm» von ihrer Mutter manchmal eine der begehrten essbaren Puppen. Diese zum Teil buntbemalten Zuckerpuppen waren mit Fransen aus goldenem und farbigem Seidenpapier bekleidet. Mit heller Begeisterung erzählte uns Fatma vom Fest «Shamm an-Nasîm. Da fuhr die Familie mit einem Eselskarren aufs Land hinaus zum Picknick oder begab sich einfach auf die Strasse, wo überall eine festliche und fröhliche Stimmung herrschte. Musikanten schlugen wild auf ihre «Darâbukka» (eine trichterförmige Trommel aus Ton, deren breitere Öffnung mit einer Schafsblase überzogen ist), während andere einer einfachen Flöte helle Töne entlockten. Meistens war auch ein Schlangenbändiger zugegen oder ein Gaukler mit einigen dressierten Äffchen, die für wenige Piaster Kunst- und Zauberstückchen zum Besten gaben. Kinder in neuen Kleidern warteten ungeduldig bis sie an die Reihe kamen, um in die einfachen Holzschaukeln einsteigen zu können. Damit bei all diesem Herumtoben nicht allzuviel Staub aufgewirbelt wurde, erschien ab und zu ein gebeugter Wasserträger mit seiner mit Wasser gefüllten Ziegenhaut und sprenkelte Wasser auf den staubigen und ausgetrockneten Boden.

Nicht alle Kleider machen Leute

Die Einheitskleidung der Fellachen und Arbeiter war die «Galabeja». Ein langes nachthemdartiges fliessendes Gewand aus Baumwolle und aus Wollstoff für die kühlere Jahreszeit. Staatsbeamte, Inhaber grösserer Geschäfte und natürlich die gesamte Oberschicht kleideten sich wie Europäer. Was sie jedoch von den aus Europa Eingereisten unterschied, war ihre Kopfbedeckung – den «Tarbouche» aus rotem Filz. Natürlich gab es auch Ausnahmen.

Als Vater eines Tages bei seinem armenischen Autohändler Monsieur Yapoudjian vorbeischaute, beobachtete er folgende köstliche Szene. Ein mit einer dunkelblau gestreiften «Galabeja» bekleideter Mann kam vorbei und bat Monsieur Yapoudjian, er möge ihm das neue amerikanische Automodell vorführen, das er vor einigen Tagen geliefert bekommen hatte. Der Händler machte den Kunden auf die zahlreichen Vorteile und technischen Errungenschaften des neuen Automodells aufmerksam. Dieser zeigte jedoch kaum Interesse. Statt dessen öffnete er mehrere Male die Autotür und liess sie hörbar ins Schloss fallen. Der Händler machte ein fragendes Gesicht, worauf der Kunde bemerkte: «Wenn ich mit allen meinen Frauen in die Stadt fahre, dann muss es jedermann hören, dass ich mir ein Auto gekauft habe». Weil der Kunde mit dem Geräusch der zufallenden Autotüren zufrieden war, zog er aus seinem etwas verknittertem Gewand ein dickes Bündel ägyptischer Pfundnoten und bezahlte damit sein neues Auto. Während er sein neues Vehikel bestieg, versuchte draussen auf der Strasse ein etwas jüngerer Mann in einer abgewetzten und schmutzigen «Galabeja» seine süssduftenden Jasmingirlanden an den Mann zu bringen. Die Polizisten trugen im Winter dunkelblaue Uniformen und im Sommer beige. Am imposantesten war die königliche Garde hoch zu Pferd in ihren schlohweiss leuchtenden und mit goldenen Knöpfen versehenen Uniformen.

Während das arabische Kaffeehaus als Mittelpunkt des Marktes in Ibrahimieh galt und fast ausschliesslich vom einfachen Volk besucht wurde, trafen sich die besseren Herren mit zum Teil massgeschneiderten Anzügen und dem obligaten «Tarbouche» bei «Athineos», beim «Petit» oder «Grand Trianon» im Boulevard Zaghloul. Dort sassen sie stundenlang an einem Einer- oder Zweiertisch, beobachteten das betriebsame Leben auf der Strasse, tranken den aus kleinen Messingkännchen servierten starken türkischen Kaffee und löschten ihren Durst mit einem Glas eisgekühltem Wasser. In einer Hand hielten sie den Fliegenwedel mit elfenbeinverziertem Griff, der wegen der lästigen Fliegen fast ständig in Bewegung war, in der anderen die rosenkranzähnliche Kette aus Bernstein. Manchmal lasen sie die «Al-Ahram» und liessen sich dabei von einem «Bujaggi» Jungen die Schuhe auf Hochglanz polieren.

Qaha und Al-Qâhirah

In den Weihnachtsferien wurden wir einige Male von Gamil Bey und seiner Frau auf sein riesiges Gut in Qaha nördlich von Kairo eingeladen. Diese ausgedehnten Ländereien gehörten ehemals seinem Vater, der Pascha gewesen war, und diesen hatte unser Vater während seiner Zeit als Direktor des Sanatoriums in Helwan kennengelernt. Als Kinder freuten wir uns immer riesig auf Qaha und die damit verbundene Reise durchs Delta, die uns einen Einblick in das typische ägyptische Landleben vermittelte.

Obwohl die wichtigsten Strassen asphaltiert waren, erlaubten sie keine grossen Geschwindigkeiten, da sie sich als recht holprig erwiesen. Kaum hatten wir die stillen Gewässer des Mariutsees hinter uns und den Mahmûdija-Kanal überquert, erblickten wir bereits die ersten «barsîm»-Felder. Diese frischgrünen Kleefelder wurden vor allem von den geduldigen Lasteseln sehr geschätzt. Weiter ging die Fahrt an riesigen Bohnen- und Weizenfeldern vorbei. Von Zeit zu Zeit unterbrachen einige armselige Lehmhütten das endlose Grün der fruchtbaren Deltaebene. Hin und wieder fuhren wir einem der zahlreichen Kanäle, den Lebensadern der Landbevölkerung, entlang. Würzigduftende und schattenspendende Eukalyptusbäume säumten diese Wasserwege. Ganz in schwarz gekleidete und halb verschleierte Frauen mit schweren Wasserkrügen auf dem Kopf schritten erhobenen Hauptes daher, gefolgt von einer Schar dürftig gekleideter Kinder.

Buntgekleidete junge Mädchen hockten im Schneidersitz am Ufer und verfolgten lachend das fröhliche Planschen der Dorfjungen im schmutzig-braunen Kanalwasser. Manchmal mussten wir kurz anhalten: der Kühler unseres Opels dampfte und aus dem mitgebrachten Kanister musste Wasser nachgefüllt werden. Es wäre uns aus Gesundheitsgründen nie in den Sinn gekommen, das kühle Nass aus einem nahegelegenen Kanal zu schöpfen. Nebst den weitverbreiteten und ständig auftretenden Augenkrankheiten, unter denen bis Mitte der Vierziger Jahre fast neunzig Prozent der gesamten Bevölkerung Ägyptens zu leiden hatte, zählte die Wurmerkrankung Bilharzia zur Hauptplage Ägyptens. Die Übertragung auf den Menschen erfolgt durch Hautkontakt mit den in verseuchten Gewässern lebenden Larven, die sich durch die Haut, bzw. beim Trinken schmutzigen Wassers, durch die Schleimhaut bohren.

Nicht immer hielten wir wegen des heiss gewordenen Motors unseres Opels an, es kam auch vor, dass wir uns ganz einfach die Füsse vertreten wollten. Wir suchten uns dann einen geeigneten Ort, möglichst auf offener Landstrasse ausserhalb eines Dorfes, sonst wären wir innert kürzester Zeit zum Anziehungspunkt der ganzen bettelnden Dorfjugend geworden. Ich erinnere mich noch gut, wie mich Vater einmal auf einen blaugrün und orange schillernden Eisvogel aufmerksam machte, der sich auf dem unteren Ast eines Kasuarine-Baumes niedergelassen hatte und sich emsig sein Federkleid putzte. Seitdem bin ich nur noch einmal – an der türkischen Riviera – einem solchen Prachtsvogel begegnet. In unserem Garten sahen wir ausser Spatzen des öfteren den kecken Wiedehopf. Auf dem Lande überragte meistens ein weiss getünchter Taubenschlag die niedrigen Lehmbehausungen der Fellachen. Die auf den Akazienzweigen gurrenden Tauben boten diesen Bauern eine höchst willkommene Abwechslung zu ihrer eintönigen Mahlzeit von Fladenbrot, braunen Bohnen und Zwiebeln.

Wo immer wir uns auf dem Lande aufhielten, fast immer hörte man das monotone Knarren der «Sâkija», einer baggerähnlichen Vorrichtung zur Bewässerung der Felder. Rinder oder Wasserbüffel, deren Augen verbunden waren, mussten sich unaufhörlich im Kreise bewegen. Dadurch setzten sie ein grosses Holzrad in Bewegung, an dem mit Strickgewinden tönerne Schöpfgefässe befestigt waren. Im Gegensatz zu dieser «Sâkija» wurden der «Schâdûf», einem gewöhnlichen Brunnenschwengel (mit Eimer und Gegengewicht), sowie die ärchimedische Schraube mühsam durch Menschenhand in Bewegung gesetzt. Wenn man an den Reis- oder Maisfeldern vorbeifuhr, sah man nie irgendwelche landwirtschaftliche Maschinen, alles wurde durch billige menschliche Arbeitskräfte erarbeitet. Vor dem zweiten Weltkrieg betrug bei drei Vierteln der ägyptischen Bevölkerung das Jahreseinkommen pro Kopf nur gerade drei ägyptische Pfund. So war es nicht verwunderlich, dass nebst den gebückten Fellachen auch viele ihrer Kinder für ein lächerliches Entgelt und unter Aufsicht eines stockschwingenden Aufsehers schwer arbeiten mussten. Auf unserer Fahrt Richtung Qaha passierten wir die zwei grossen Provinzstädte Damanhûr, einem wichtigen Stapelplatz für Baumwolle, und Tanta, einer Stadt mit imposanten öffentlichen Gebäuden, Basaren und Moscheen.

In Qaha angekommen wurden wir jeweilen aufs herzlichste von unseren Gastgebern begrüsst und gleich zu einem reichhaltigen Gastmahl gebeten. Da gab es nebst europäischem Essen auch zahlreiche ägyptische Spezialitäten. Es war unglaublich was da alles aufgetischt wurde und dies mitten im Krieg. Manche der aufgetragenen Speisen waren sehr fett und es konnte einem fast traurig stimmen zu wissen, dass etliche Gerichte unberührt blieben und zum Teil weggeschmissen wurden. Zum Anfang gab es die berühmte «Mulukheya», eine mit Koriander und Knoblauch gewürzte spinatähnliche Kräutersuppe, die ich jedoch gar nicht mochte. Darauf folgten Schalen mit «Filäfil», den kleinen würzigen Gemüsefrikadellen, sowie kleine Schüsselchen voller «Kofta» Bällchen aus Hammelfleisch gewürzt mit Knoblauch, Petersilie, Pfeffer und anderen Gewürzen umringten eine Riesenplatte mit aufgeschichteten Lammspiessen und gebratenen Tauben. Andere Schalen enthielten mit Reis und Pfefferminze gefüllte Weinblätter. Ferner konnte man sich auch von der «Salata Tihina» bedienen, einer kalten Sauce aus gemahlenem Sesam, die als «Dip» zum «êsch bälädi», dem hiesigen Fladenbrot serviert wurde. Zum Nachtisch wurden silberne Schalen voller «Konâfa», mit Zucker, Honig und Nüssen überbackene Fadennudeln gereicht. Inmitten dieser Herrlichkeiten thronte ein riesiger Früchtekorb mit frisch gepflückten Mandarinen, Orangen, Mispeln und als Farbkontrast gelbe süsse Zitronen, die jedoch ausser ihrem Zuckergehalt gar kein Aroma hatten.

Anschliessend begab man sich in den mit bunten Kacheln verzierten Raum, in dessen Mitte ein kleiner Springbrunnen leise vor sich hin plätscherte. In einer Ecke stand ein mit kostbaren Perserteppichen belegter Divan, in der anderen gruppierten sich weiche Lederhocker um niedrige Tische, die mit Elfenbein- und Perlmutterintarsien verziert waren. Auf diesen «Kursis» standen Kaffeekännchen aus fein ziseliertem Messing. Die dazugehörenden Kaffeetassen bestanden aus kleinen ebenfalls ziselierten eierbecherähnlichen Messinggefässen, welche henkellose Porzellanschälchen umfassten. Auf einem etwas grösseren Tisch erblickte man ein exklusives Teeservice aus feinstem weissen goldumrandeten Porzellan. Die Teekanne sowie sämtliche Tassen waren mit Porträts von Gamil Beys Eltern und Geschwistern geschmückt. Gamil Beys Vater hatte dieses Teegeschirr extra für sich in Europa anfertigen lassen. Nachdem sich die Erwachsenen zum Kaffeetrinken niedergelassen hatten, erschien ein kostbar gekleideter Diener mit einem Silbertablett in der Hand. Darauf standen eine hellgrüne und eine türkisblaue Karaffe aus mundgeblasenem Glas mit dazupassenden kleinen Gläsern. Die eine Karaffe enthielt Granatapfelsaft, die andere den für uns dazumal recht exotischen Mangosaft.

Nebst dem reichhaltigen Mittag- und Abendessen erinnere

ich mich noch gut des Frühstücks in Qaha. Da gab es frisches Joghurt, selbstgebackenes arabisches Fladenbrot, Feigenkonfitüre oder «bänäti» Marmelade, welche aus den zuckersüssen kernenlosen Sultaninen hergestellt war. Zum starken Tee wurde gekochte Büffelmilch gereicht. Diese war so fett, dass sich nach dem Kochen derselben eine fingerdicke Sahneschicht bildete, die uns an Stelle von Butter vorgesetzt wurde. Nach dem Frühstück besuchte ich zuerst die sechs Araberhengste in ihrem Stall und fütterte sie mit dem saftigen langstieligen Klee. Täglich durfte ich unter Aufsicht auf einem geduldigen Esel ausreiten. Bei diesen Ausritten konnte ich den Bauern zusehen, wie sie mit einfachsten Pflügen, die bereits die alten Ägypter gekannt hatten, die Erde auflockerten oder wie sie das Getreide mit der Sichel abschnitten oder ganz einfach mit der Hand aus der Erde rissen. Ein anderes Mal hatte ich Gelegenheit, den Drescharbeiten zuzuschauen. Der dazu verwendete Dreschschlitten, der auf drehbaren, mit halbrunden scharfen Eisenscheiben versehenen Walzen ruhte, wurde von Büffeln, manchmal auch von Kamelen, auf dem Getreide so lange im Kreise herumgezogen, bis Halme und Ähren zerkleinert waren. Anschliessend wurde der Weizen durch Schütteln auf einem grossen Sieb vom Spreu getrennt. War ich nach dem Reiten durstig geworden, begab ich mich in den am Rande des Grundstückes gelegenen Obstgarten. Gamil Bey hatte mir erlaubt, zu jeder Tageszeit seine kleine Plantage zu besuchen. In Reih und Glied standen Zitrusbäume reichbeladen mit in der Sonne glänzenden Orangen und faustgrossen saftigen Mandarinen. Dazwischen erblickte man die «Lamûns», die kleinen gelbgrünen Früchte der Limonenbäume. In einer anderen Ecke des Obstgartens standen Aprikosen- und Granatapfelbäume, einige Dattelpalmen sowie eine Gruppe indischer Mangobäume.

Angrenzend an den Obstgarten hatte Gamil Bey für seine jüngere Tochter einen kleinen Zoo mit lauter Jungtieren einrichten lassen. Obwohl die bunten Papageien unaufhörlich kreischten, lag das Nilkrokodil lethargisch neben seinem etwas engen Bassin und schien fast immer zu schlafen. Auch der kleine hellgraue Wüstenfuchs liess sich durch nichts aus der Ruhe bringen und träumte vor sich hin. Betrieb herrschte dafür immer im Gazellengehege und bei den Makakenäffchen.

Vor der Villa befand sich ein parkähnlicher Garten, welcher herrlich nach Rosen und Jasmin duftete. Von weitem erblickte man die feuerrot schimmernden Poinciana-Blüten des Flamboyant sowie die blauen Blüten des Jacaranda-Baumes. Diese Farbtupfen hoben sich ab von den Grüntönen der Fächerpalmen und der in den Himmel ragenden eleganten Bambusgruppen. In der Mitte des kleinen Rosengartens hatte man für Ägyptens älteste Kulturpflanze – die Papyrusstaude – einen ovalförmigen Teich angelegt.

Wenn wir über die Weihnachtszeit nicht nach Qaha eingeladen waren, besuchten wir einige Male die Stadt der Pyramiden. Wir benützten dann die zweihundert Kilometer lange Wüstenstrasse, die Kairo mit Alexandrien verbindet und welche im Jahre 1917 erstellt worden war. Die Fahrt dieser «Desert-Road» entlang bot wenig Abwechslung und erschien uns Kinder eintönig und endlos, nahm aber weniger Zeit in Anspruch als die kurzweilige Autofahrt durch das Nildelta. Vater musste gut aufpassen, denn das Fahren auf der schnurgeraden Strecke konnte einem leicht dazu verleiten, am Steuer einzunicken. Die einzige Abwechslung in der sandigen Einöde waren die leeren Ölfässer, die alle paar hundert Meter die schwarze Asphaltstrasse säumten und auf der einen Seite die aneinandergereihten am Horizont verschwindenden Telegraphenstangen. Manchmal begegnete man einem einsamen Beduinen mit seinem Kamel oder erspähte vorne am Horizont einen kleinen dunklen Hügel, der sich beim Näherkommen als ärmliches Nomadenzelt entpuppte. Auf halbem Weg hielten wir zu einer kleinen Erfrischung im «Rest House» an, um dann gestärkt die restlichen hundert Kilometer unter die Räder zu nehmen.

Unvergesslich bleibt mir, wie man – sich Kairo langsam nähernd – vorerst aus weiter Entfernung nur die Umrisse der Pyramiden im Dunst erahnen konnte, diese dann allmählich aus der Wüste emporzusteigen schienen und schliesslich in ihrer ganzen gewaltigen und faszinierenden Schönheit unmittelbar vor einem standen. In jenen Jahren herrschte eine wundersame Stille in diesen Gefilden. Weder mit Touristen vollgestopfte und nach Abgas stinkende Reisebusse, noch aufdringliche Souvenirverkäufer, lästige Dragomane oder Bettler bevölkerten die Umgebung dieses einzigartigen Weltwunders. Nur ab und zu sah man einige Kameltreiber, die langsamen Schrittes beinahe geräuschlos an einem vorbeiritten; so war es uns vergönnt, diese antike Stätte von Gizeh in aller Ruhe auf uns einwirken lassen zu können. Ein anderes Mal besuchten wir des Abends die rätselhafte Sphinx und unternahmen anschliessend einen einsamen Kamelritt in die angrenzende Wüste. Das Bild der drei grossen Pyramiden vor der Kulisse des Farbenspiels der untergehenden Sonne hat sich für immer in mein Gedächtnis eingeprägt.

Heute erstreckt sich die über sechzehn Millionen Einwohner zählende Hauptstadt Ägyptens fast bis zu den Pyramiden. Damals in den vierziger Jahren als nur ein paar Millionen Menschen in der Stadt am Nil wohnten, säumten einige wenige Prachtvillen die breite Strasse, welche den Vorort Gîza mit

Kairo verbindet. Das ganze Leben in den Strassen und den verschiedenen Quartieren Kairos folgte einem gemächlicheren Rhythmus. Kaum gab es unübersehbare Menschenmassen, die sich in den grossen und kleineren Gassen tummelten. Anlässlich unseren Besichtigungen der verschiedenen Sehenswürdigkeiten begegneten wir sozusagen nie irgendwelchen Touristen. Bei Museumsbesuchen konnten die übrigen Besucher fast an einer Hand abgezählt werden. Vorrangiges Ziel unserer Besichtigungen war meistens der Besuch des Ägyptischen Museums. Wir Kinder waren noch zu jung, um die ausgestellten Objekte der Pharaonenzeit gebührend zu schätzen. Da fühlte sich Vater verpflichtet, uns auf einige der bedeutendsten Exponate aufmerksam zu machen, wie zum Beispiel die Holzstatue des als «Dorfschulze» bekannten Priesters «Scheich El Beled». Wir hingegen waren von der grossen schweren Steinstatue des sitzenden Königs Chephrên, Erbauer der Zweiten Pyramide, weit mehr beeindruckt. Auch vor den damals ausgestellten Schätzen des vom englischen Forscher Howard Carter 1922 entdeckten Königgrabes des Tutanchamûns blieben wir lange stehen. Natürlich besuchten wir auch das in Alt-Kairo gelegene Koptische Museum. Hier faszinierten mich nicht nur die feinen Holzschnitzereien mit Elfenbeineinlagen, sondern auch die phantasievollen «Maschrabîjen» – aus Holz geschnitzte zierliche Fenster- und Erkergitter – welche bis zum Ende des 19. Jahrhunderts die Fassaden der meisten mohammedanischen und koptischen Wohnhäuser zierten.

Anschliessend an unsere kulturellen Strapazen fuhren wir entweder zu «Groppi», wo es herrliches Pistazieneis und Eclairs gab, oder bestellten uns eine feine Mahlzeit auf der Terrasse des altehrwürdigen Shepheard's Hotels.

Es ergab sich einmal, dass unser Freund Gamil Bey zusammen mit seiner Familie zur gleichen Zeit wie wir in Kairo weilte. Wir waren natürlich hoch erfreut, dass er diese Gelegenheit benützte, um uns zu einem feudalen Mittagessen auf seinem Hausboot, das am Nilufer unweit des Gezirâs Sporting Club angelegt hatte, einzuladen.

Nie verliessen wir Kairo ohne Aladins Höhle, den Bazar von «Chân el-Chalîli», aufzusuchen. Da reihten sich dicht aneinander gedrängt die kleinen Geschäfte mit orientalischen Süssigkeiten, Parfüms und Gewürzen. Daneben versuchten Buden mit bis zur Decke aufgetürmten Ballen an Baumwoll- und Seidenstoffe in den schillerndsten Farben des Regenbogens einander auszustechen. Von Weitem leuchteten die unzähligen silbernen und goldenen Arm-, Ohr- und Nasenringe der Juweliergeschäfte mit ihren kostbaren Auslagen an eingefassten Edelsteinen, Fatmahänden aus Türkissteinen und anderen erlesenen orientalischen Kleinoden. In einer anderen Strasse des weitverzweigten Marktes befanden sich die Werkstätten der Kupferschmiede. Diese fertigten feinziselierte Kupferkannen mit dazu passendem Becken an, welche die Mohammedaner für die rituelle Waschung vor dem Gebet benutzten. Nebst diesen Krügen wurden auch Teller, Schalen und weitere Gegenstände für den täglichen Gebrauch hergestellt. Eine grosse Anzahl dieser Kupfersachen wurde mit Koransprüchen verziert, welche reinste kalligraphische Meisterstücke darstellten. Zur Herstellung dieser Art von kunstsvollen Objekten wurde der kupferne Gegenstand mit einem spitzen Werkzeug eingeritzt. In die entstandene Kerbe wurde anschliessend ein feiner Silberdraht eingehämmert. Die gleiche Methode wurde bei der Verzierung von Messinggegenständen mit Kupfer- und Silberdekorationen angewandt. Der Bedarf an kleinen Pyramiden, Pharaonen, Nefertiti-Köpfen und anderen schlecht kopierten und angefertigten Gegenständen entwickelte sich erst in späteren Jahren, als die Bazare und Souvenirläden in erster Linie für die Touristenscharen zu produzieren begannen.

Erste Nachkriegsreise

Eines Morgens Mitte der vierziger Jahre als ich noch die Schweizer Schule besuchte, war ich ganz überrascht, als zwei Angestellte der Konditorei Flückiger während der Pause Rosinenschnecken und Brioches verteilten. Auf unsere Frage mit was wir dies verdient hätten, hiess es heute schreiben wir den 8. Mai 1945, Tag des Waffenstillstandes.

Sieben Jahre waren ins Land gezogen. Während dieser Zeit hatten unsere Eltern den Kontakt mit ihren Lieben in der Schweiz nur mittels Briefwechsel aufrechterhalten können. Dabei blieben sie oft monatelang ohne jegliche Nachricht. Wie gerne wären sie deshalb mit uns Kindern schon im Sommer 1945 nach Basel und Luzern gereist, aber dies war zu diesem Zeitpunkt noch völlig unmöglich. Fast ganz Europa lag in Trümmern. Das Überqueren des Mittelmeeres war wegen der zahlreichen Schiffswracks und Seeminen noch recht gefährlich und überhaupt gab es für Zivilpersonen kaum irgendwelche Schiffspassagen. Schliesslich konnte Vater im Frühjahr 1946 unter Beihilfe eines guten Bekannten, dessen Familie auch mit uns in die Schweiz reisen wollte, einen schwedischen Frachter ausfindig machen, der noch über zwei grossräumige Kabinen verfügte. Vater begegnete aber noch manchen Schwierigkeiten, brauchte viel Geduld und nicht zuletzt auch eine Menge «Bakschisch» bis er nur alle nötigen Unterlagen und Formalitäten für unsere Reise in die Schweiz zusammengetragen und erledigt hatte. Wie bereits 1938, als Mutter mit mir alleine in die Schweiz reiste, so war es Vater wegen der notwendigen medizinischen Betreuung seiner Patienten erneut nicht möglich, uns zu begleiten. Er sollte gute drei Monate später nachfolgen, nachdem es ihm schliesslich gelungen war, einen geeigneten Kollegen zu finden. Endlich war es so weit, der Tag unserer Abreise war da.

Palmsonntag 1946 fuhr uns Vater mit dem Handgepäck zum grossen Hafen am südwestlichen Ende der Stadt, welcher im Altertum «Eunostus» (Hafen der guten Heimkehr) genannt worden war. Am Quai Central unweit der Schuppen und Hallen, in denen die ägyptische Baumwolle gereinigt, gepresst und verpackt wurde, lag unser Schiff, die S/S «Fernebo», deren Ziel Genua war. Während Vater den grossen Kabinenkoffer, den er schon ein paar Tage früher zum Reedereibüro gebracht hatte, abholen ging, beobachteten wir das hektische Treiben am Kai. Hier trafen täglich tausende von Baumwollballen aus ganz Ägypten ein. Halbnackte Gestalten stiessen und schoben schwere Lasten herum. Esel und Maulesel zogen zweirädrige Karren, auf denen sich – unwahrscheinlich hoch – gewaltige Ballen dieser weissen Faser türmten.

Unterdessen hatte sich auch Frau Fierz mit ihrem Mann und den beiden Jungen, die gleichen Alters waren wie mein Bruder und ich, eingefunden. Auch Herr Fierz konnte seine Frau nicht begleiten und musste vorderhand zurückbleiben. Es wurde Zeit, sich von unseren jeweiligen Vätern zu verabschieden, denn unser Schiff sollte in Kürze ausfahren. Wir erklommen die bewegliche Schiffstreppe, die ich nach wie vor nur widerwillig bestieg. Kurz darauf lichtete unser Schiff die Anker, die Maschinen dröhnten, die «Fernebo» hatte Kurs auf die Hafenausfahrt genommen. Wir hielten uns noch lange an der Reling fest bis unsere Väter nur noch als zwei kleine Punkte am Kai auszumachen waren.

Die Seereise verlief ohne nennenswerte Zwischenfälle. Nur einmal passierten wir auf knappe fünf Meter Entfernung eine noch intakte, auf der Meeresoberfläche treibende, Seemine. Glücklicherweise waren wir uns damals als Kinder der Katastrophe, der wir entgangen waren, noch gar nicht bewusst. Bei unserer Verpflegung schien es, als ob der Koch nur wegen der paar zahlenden Passagiere angeheuert worden war. Recht merkwürdiges Essen wurde uns manchmal aufgetischt. Ich erinnere mich noch gut als wir einmal als Nachspeise einen giftgrünen Pudding serviert bekamen, der nach gar nichts schmeckte. Am Nachmittag gab es immer Schwarztee, Zucker und Milch und Platten voller Trockengebäck. Wir Kinder stürzten uns jeweilen mit Heisshunger auf die gefüllten Teller, bis wir von unseren Müttern ermahnt wurden, uns bescheidener zu verhalten und die angebotenen Kekse nicht bis zum letzten Stück zu vertilgen. Eines Abends als wir bei der Küche vorbeispazierten, beobachteten wir wie die Biskuits vom Koch in hohem Bogen über Bord gekippt wurden. Von diesem Tage an, nahmen wir den Rest der nicht gegessenen Kekse in unsere Kabinen. Die Fische haben sie bestimmt nicht so gemocht wie wir, und später als wir in Genua den Zug bestiegen, waren wir froh, unsere hungrigen italienischen Mitreisenden damit beglücken zu können. Zum Frühstück gab es als Getränk immer frisch gemahlenen Kaffee. Manchmal war ich morgens schon früh angezogen und da konnte ich vor der Kombüse den sitzenden Schiffsjungen beobachten, wie er auf seine Art Kaffee mahlte. Er klemmte sich ganz einfach die Kaffeemühle zwischen seine beiden Füsse, dabei war mir aufgefallen, dass er am linken Fuss nur noch vier Zehen hatte. Es war deshalb auch nicht verwunderlich, dass immer einige Kaffeebohnen am Boden liegenblieben.

Das Elend des Krieges in Europa wurde mir erst so richtig bewusst, als die «Fernebo» in Genua anlegte. Noch ehe wir unsere schwimmende Unterkunft verlassen konnten, beobachtete ich, wie eine Menge zerlumpter und ausgehungerter Hafenarbeiter unser Schiff betraten, um dessen Ladung an Baumwolle und Zwiebeln zu löschen. Dabei fiel mir am meisten ein altes gebücktes Männlein auf, welches vor der Kombüse jede liegengebliebene Kaffeebohne mühselig auflas und sie in eine alte Tüte aus zerknittertem Zeitungspapier steckte.

Die vorletzte Etappe unserer Reise bildete die Bahnfahrt vom zum Teil schwer zerstörten Genua bis hinauf nach Mailand. Obwohl diese Stadt nicht so stark bombardiert worden war, hatten wir recht Mühe eine passende Übernachtungsmöglichkeit zu finden. Die Pension, die wir schliesslich entdeckten war bescheiden, aber die Signora, die sie führte bestand darauf, uns hausgemachte Tagliatelle aufzutischen. Mitten in einer grossräumigen, ungeheizten und recht primitiven Wohnküche thronte die Nudelwalze und auf einem weissen Laken lag der hausgemachte Nudelteig.

Am nächsten Morgen bestiegen wir voll freudiger Erwartung den Zug, der uns endlich in die Heimat bringen würde. Ein unbeschreibliches Glücksgefühl überkam unsere Mutter, als sie an diesem Ostersonntag kurz nach Einfahrt des Zuges in Basel nach fast achtjähriger Trennung endlich wieder ihre Eltern und Geschwister in die Arme schliessen konnte. Wir Kinder standen etwas scheu daneben, vor allem mein Bruder, den die Familie nur als zwei Monate alten Säugling gekannt hatte, als wir uns kurz vor dem Krieg zum letzten Mal in der Schweiz aufgehalten hatten.

Die Ostertage vergingen wie im Flug, denn man hatte sich ja so unendlich viel zu erzählen. Eine meiner Tanten, die nicht sehr sprachgewandt war, konnte es nicht verstehen, warum ihre Nichte und ihr Neffe fast immer nur Französisch miteinander parlierten. Durch den Besuch der Schweizer Schule in

Alexandrien waren wir mit der französischen Sprache gleich wohl vertraut geworden wie mit dem Basler Dialekt, den wir zu Hause mit den Eltern sprachen und auf den Vater viel Wert legte. So blieben wir für das nächste Vierteljahr zu Gast bei der Familie unserer Mutter. Diese bewohnte ein geräumiges Einfamilienhaus mitten in einem herrlichen Obst- und Blumengarten unweit des Waldes. Was mich am Garten am meisten faszinierte war das kleine muntere Bächlein, das die Grenze bildete zwischen unseren Kirsch- und Apfelbäumen und den Gemüserabatten des Nachbars. Auf der gegenüberliegenden Seite stand ein alter Haselnussstrauch mit weitverzweigten schattenspendenden Ästen, unter denen wir an heissen Sommertagen gerne zu Mittag assen. Es gab so viele Herrlichkeiten, die wir von Alexandrien her gar nicht kannten. Schwarze und dunkelrote Kirschen, Himbeeren, Brombeeren, Johannis- und Stachelbeeren, dunkelviolette Pflaumen, hellgrüne Sommeräpfel und herbstlich gefärbte Birnen. Was wir allerdings weniger mochten war das recht saure Rhabarberkompott, das so viel Zucker benötigte. Da zu dieser Zeit in der Schweiz noch zahlreiche Lebensmittel rationiert waren und nur gegen spezielle Lebensmittelkarten abgegeben wurden, war Grossmutter froh, dass wir auch solche Karten erhielten. Die monatliche Zuteilung dieser Lebensmittelmarken wurden sorgfältig in Mamas Reisepass vermerkt.

Natürlich weilte ich auch einige Zeit bei der väterlichen Grossmutter, die auf einer Anhöhe oberhalb Luzerns wohnte. Die im letzten Jahrhundert erbaute stattliche Villa stand mitten in einem grossen Park mit altem Baumbestand. Der Südbalkon, umrankt von süssduftenden Glyzinien, gab den Blick frei auf den mit einem kleinen Schneekragen versehenen Pilatus. Etwas weiter in der Ferne glitzerten die kühlen Gewässer des Vierwaldstättersees vor den Umrissen des Bürgenstocks.

Ich war sehr traurig, nicht mehr mit meinem Lieblingsgrossvater spazieren gehen zu können. Er, der als Schöpfer der Musikstadt Luzern galt und während vielen Jahren als deren hochgeschätzten Stadtpräsidenten geamtet hatte, war Anfang des Krieges einer schweren Lungenentzündung erlegen.

Manchmal ging ich mit Grossmutter im See baden und anschliessend, obwohl kurz vor dem Mittagessen, spendierte sie mir die herrlichsten Erdbeertörtchen, die ich je in meinem Leben gekostet hatte. Nachdem was Mutter in Alexandrien beim Erdbeermann gesehen hatte, waren bei uns in Ägypten nie mehr rohe Erdbeeren auf dem Tisch erschienen.

Besonders denkwürdig blieb mir jener warme klare Sommertag als ich mit Grossmutter auf einem alten Schaufelraddampfer von Luzern über den Vierwaldstättersee fuhr: die hohen Felswände, die steil aus dem grünblauen See emporstiegen, weiter oben die saftig grünen Wiesen, umrandet von dunkelgrünen Tannenwäldern, und ganz im Hintergrund die in der Sonne glitzernden Firne der grossartigen Bergwelt. Mit etwas Stolz in der Brust stellte ich fest, dass dies alles meine mir noch recht unbekannte Heimat war. Als Vater für einen Monat im August in die Schweiz kam, verbrachten wir zu Viert zwei Wochen in Grindelwald. Die übrige Zeit verging für ihn allzu schnell mit ausgedehnten Besuchen bei seiner Mutter in Luzern, seiner geliebten Schwester und den übrigen Familienmitgliedern.

Da wir während des ganzen Krieges nie in die Schweiz hatten reisen können und es auch nicht einfach gewesen war, zu einem gewünschten Termin eine Schiffspassage zur Rückfahrt nach Alexandrien zu erhalten, sollte unser erster Nachkriegsaufenthalt in der Heimat schliesslich fast ein halbes Jahr dauern. Aufgrund dieser Umstände, war es Vater möglich gewesen, die nötigen Schuldispense zu erhalten. Die Eltern wollten jedoch nicht, dass wir während dieser langen Zeit nur Ferien hätten und hatten deshalb beschlossen, uns für einige Monate in die Dorfschule in Riehen zu schicken. Hier wurde der ganze Unterricht in Deutsch anstatt in Französisch abgehalten. Hinzu kam, dass mir die Sprache Goethes nicht so geläufig war wie die Molières. Auf dem Pausenhof ausschliesslich Dialekt sprechen zu können, anstatt auch noch Französisch und Englisch fand ich recht langweilig. So war ich froh, dass diese Schulzeit nicht allzu lange dauerte.

Allmählich stand der Herbst vor der Tür und die Zeit des Abschiednehmens war nicht mehr allzu weit entfernt. Unter den zahlreichen Stempeln in Mutters Pass entziffere ich denjenigen vom französischen Konsulat in Basel, mit welchem Mutter und ihre zwei Kinder ein Visa für Frankreich gewährt worden war. Dieses Transitvisa, datiert vom 19. November 1946, erlaubte uns, zwecks Einschiffung nach Ägypten, innerhalb eines Monats in Frankreich einzureisen. Mutters Eltern begleiteten uns bis nach Genf. Dort bestiegen wir erneut den Zug und bei Bellegarde passierten wir am 25. November 1946 den Französischen Zoll. Zu Beginn unserer langen Eisenbahnfahrt, als es anfing zu dämmern, fuhr der Zug an einer bestimmten Stelle nur noch ruckartig Meter um Meter. Wir schauten durch das halbgeöffnete Wagenfenster und stellten mit Schrecken fest, dass wir uns auf einer Brücke hoch über einer tiefen Schlucht befanden. In unserem Abteil sass noch ein alter Mann mit abgewetzten Hosen und Kittel. Als Mutter ihn fragte, warum der Zug auf solch merkwürdige Weise die Brücke passiere, antworte er in ausführlicher beinahe etwas sadistischer Weise, dass diese während des Krieges vollständig zerstört worden war und wir uns jetzt auf einer erst seit kurzem provisorisch erstellten Brücke befänden. Wir bekamen es natürlich alle mit der Angst zu tun und waren äusserst froh, als wir heil die Brücke passiert hatten. Wir rollten noch die ganze Nacht hindurch bis wir am darauffolgenden Tag endlich den Hafen von Toulon erreichten und von weitem die «Orduna» erblickten, ein englisches Truppenschiff, das uns nach Alexandrien zurückbringen würde.

Zweite Schulzeit

Während des letzten Jahrhunderts wurden in Ägypten durch christliche Missionare französische und englische Schulen gegründet. Die Mehrheit der einheimischen Bevölkerung sprach zwar weiterhin Arabisch, aber um die Jahrhundertwende begann die ägyptische Oberschicht Französisch und später auch Englisch zu sprechen. Zu meiner Zeit, als die kostenlose Schulbildung voranschritt, wurde unter dem Einfluss zunehmenden Nationalismus das Arabisch als Schrift- und Umgangssprache wieder wichtiger.

Nach Beendigung der 4. Primarklasse schickten mich meine Eltern in die «Scottish School for Girls» zum Erlernen der englischen Sprache. Das Lehrpersonal dieser Missionsschule war zum grössten Teil englischer Muttersprache. Ich erinnere mich noch gut an Miss Blake, die als Missionslehrerin viele Jahre in China gelebt hatte und die, zu unserem grössten Erstaunen, mit schwarzer Tusche wundervolle chinesische Schriftzeichen malen konnte. Meine Klassenkameradinnen, fünfundzwanzig an der Zahl, verewigten sich in meinem Poesiealbum, und wenn ich ihre Namen lese, so sind beinahe alle Länder des Mittelmeeres vertreten: Magda Kamel, Denise Halifi, Kiki Partheniades, Sona Yeghiayan, Fofo Isataliou, Simone Zeitouneh, Fifi Alvares, um nur einige zu nennen. Verlassen steht da ein einziger englischer Name Peggy Wood und daneben jener der Inderin Usha Baveja.

Während man in den Schulstunden dazu angehalten wurde, sich ausschliesslich in der Sprache des jeweiligen Unterrichtes auszudrücken, ertönte auf dem Pausenhof ein nie versiegendes Sprachendurcheinander. Die Sätze, die wir gebrauchten, waren durchsetzt von Wörtern aus allen uns geläufigen Sprachen, während andere sich nur auf griechisch, armenisch oder dem typischen Französisch der Levantiner unterhielten. Wir hatten einen reich befrachteten Stundenplan, neben dem Englischen hatten wir noch Französisch und Arabisch. Letzteres schwierige Fach lernte ich mit viel Mühe und wenig Enthusiasmus. Unsere Arabischlehrerin, Mme Fahmy, hatte – sehr zu meinem Vorteil – die Gewohnheit, uns ohne Ausnahme immer in alphabetischer Reihenfolge aufzurufen, um eine Seite aus dem arabischen Übungsbuch vorzulesen. Da mein Name am Schluss des Alphabetes figurierte und ich somit benanntes Lesestück zigmal von meinen Mitschülerinnen vorgelesen bekam, konnte ich den Text fast auswendig. Mme Fahmy sagte mir dann jedesmal: «*je ne comprends pas: tu lis si bien l'arabe mais en dictée tu es une catastrophe.*»

Wie in allen ausländischen und arabischen Schulen, ausgenommen der Schweizer Schule, war es üblich, dass sämtliche Schülerinnen Uniformen trugen. Meistens waren es langärmelige Schürzen aus Baumwollstoff in dunklen Farben mit weissen Krägen oder bunten Schlaufen. In unserer Schule trug man eine hellrote Schürze mit weissem Kragen und rotem Gurt. In einigen der französischen Missionsschulen wurden die guten Leistungen der Schüler und Schülerinnen mit Medaillen belohnt, die diese stolz auf ihrer Brust tragen durften.

Trotz all meiner Bemühungen hatte ich wenig Erfolg im Erlernen der arabischen Sprache. Dieses schulische Manko meinerseits zwang meine Eltern, mich in eine andere Schule zu schicken, wo ich vom obligaten Arabischunterricht dispensiert werden konnte. Während drei Jahren bis zu meiner Heimkehr in die Schweiz durfte ich deshalb das vornehme «English Girls' College» besuchen. Es war eine Schule ganz nach Muster der englischen Privatschulen, der sogenannten «Public Schools». Es gab «day girls», Schülerinnen die jeden Tag nach Hause gingen, und «boarders», Pensionäre, deren Eltern in entfernten Ländern wie den Emiraten, Saudi Arabien, Syrien oder Palästina wohnten. Die Schule war sehr grosszügig gebaut, mit viel Umschwung und privatem Schwimmbad. Wir hatten eine grosse Aula mit einer Bühne, wo wir jedes Jahr Shakespeare und andere englische Klassiker aufführten. Hier hatten wir eine Sommer- und eine Winteruniform. Im Sommersemester trugen wir ein unifarbenes einfaches Baumwollkleid in den Pastellfarben rosa, grün, gelb, weiss oder blau und einer grauen Jacke für kühlere Tage. Im Winter trugen wir Röcke mit Blusen in denselben Pastellfarben wie unsere Sommerröcke. Dazu gehörten eine graue Krawatte und ein grauer Blazer.

Nicht nur Pflichten und Aufgaben

Seit jeher herrschte im Winter wie auch im Sommer bei den mittleren und oberen Schichten der in Alexandrien niedergelassenen Bewohner aus Griechenland und anderen Ländern der Levante ein regsames gesellschaftliches Leben. Da es nie an Hauspersonal fehlte, waren grosse mondäne Privatanlässe keine Seltenheit. Einladungen zum Nachmittagstee wechselten einander ab mit eleganten Tischgesellschaften und Cocktailparties. Man kannte sich von den Pferderennen des «Alexandria Sporting Club», der bereits 1890 gegründet worden war, vom erlesenen «Union Club» oder vom Königlichen Yachtklub. Nicht einmal während der Kriegsjahre fehlte es an Unterhaltung und Tafelgesellschaften jeglicher Art. Eine, ausser für den Betroffenen, lustige Begebenheit, ereignete sich eines Abends bei einem grossen Bankett, an dem einige Persönlichkeiten der Regierung teilnahmen. Es war bekannt, dass einer der Gäste sich bei grossen feierlichen Abendessen stets seine Hosen- und Jackettaschen mit herumstehenden kleinen Süssigkeiten füllte. Bei der nächsten sich bietenden Gelegenheit, als besagte Person an einem langen gedeckten Tisch sass, beschloss man, ihm eine Lektion zu erteilen. Nach einem mehrgängigen reichlichen Abendessen war man beim Kaffee mit Konfekt und Pralinen angelangt. Genau vor besagtem Gast stand eine feinziselierte Kristallschale voller Pralinen. Unser etwas kleptomanisch veranlagter Gast wartete sehnsüchtig auf den günstigsten Augenblick zum Füllen seiner Taschen. Plötzlich ging das Licht aus und eh er die opportune Gelegenheit wahrnahm, hatte man schnellstens die Pralinenschale durch eine silberne Schüssel voller Schlagsahne ausgetauscht. Als die elektrischen Kronleuchter kurze Zeit danach wieder angezündet wurden und den Speisesaal in glanzvollem Licht erleuchten liess, hätte sich unser Gast mit Händen voller Schlagsahne wohl am liebsten in ein Mauseloch verkrochen.

Das gesellschaftliche Leben der Schweizer hingegen spielte sich vor allem rund um den Schweizer Klub ab. Eines der Hauptereignisse des Klubs war der alljährlich stattfindende Wohltätigkeitsbazar, der lange im voraus geplant und vorbereitet wurde. Jeden Montag Nachmittag traf sich ein handarbeitsfreudiges Damenkränzchen bei der einen oder anderen Teilnehmerin in deren Villa. Bei schönem Wetter sass man draussen im gepflegten Garten unter schattenspendenden Bäumen. Man strickte, nähte oder häkelte eifrig für den wichtigen Anlass. Dabei unterhielt man sich lebhaft über Kinder, die neueste Mode, über Angelegenheiten das Hauspersonal betreffend, zum Beispiel dass man froh war, endlich einen ehrlichen und arbeitsamen Diener gefunden zu haben. Manchmal erfuhr man auch unter vorgehaltener Hand Einzelheiten über die letzte Romanze oder den neuesten Skandal, der die Schweizer Kolonie in Aufruhr versetzte, derweil die Gastgeberin für das leibliche Wohl ihrer Gäste sorgte und erfrischende Säfte und Assam oder Earl Grey Tee servieren liess. Dazu wurden auf silbernen Tabletts fein zubereitete Sandwiches und köstlicher Konfekt gereicht. Schliesslich war es so weit. Der grosse Saal des Schweizer Klubs an der rue Ambroise Ralli Nr. 24 im Quartier von Chatby wurde festlich geschmückt. In Schweizer Sonntagstracht gekleidete Damen standen stolz hinter ihren reichlich bestückten Verkaufsständen. Kunstvoll bestickte Teewärmer und Tischtücher aus feinster ägyptischer Baumwolle, gehäkelte und gestrickte Bettjäckchen und Babywäsche in zarten Pastellfarben lagen neben filzüberzogenen Kleiderbügeln und lustigen handgenähten Puppenkleidern. Dann war da noch der Stand mit hausgemachtem Gebäck, Torten und echter Schweizerschokolade. In einer Ecke des Saales konnten die Kleinen ihr Glück beim «Fischen» versuchen: ein hölzernes Kinderlaufgitter enthielt eine Unzahl kleiner Päckchen, die mittels einer Angelrute mit grossem Haken herausgefischt werden konnten. Den Stand mit den farbigen Schweizerwappen aus Holz sowie den Puzzles von Schweizer Kalenderbildern, welche ein Meisterwerk der Laubsägekunst darstellten, konnte man auch nicht übersehen.

Das Christusfest mit Krippenspiel und Weihnachtsbaum (während der Kriegsjahre schmückte man eine Thuja) wie auch der Nationalfeiertag mit Lampions, loderndem Feuer und inbrünstigem Singen der Nationalhymne, wurden gebührend gefeiert. Selbstverständlich gab es auch zahlreiche

Tanzanlässe, einzelne in kleinerem Rahmen und andere, wie Masken- und Neujahrsbälle, in grosser Abendtoilette oder Schweizer Nationaltracht. Auch das Kulturelle kam nicht zu kurz. Vorträge wurden gehalten, Theaterstücke und bekannte Schweizer Filme wie «Landammann Stauffacher» und «Marie Louise» gelangten zur Aufführung. Generalversammlungen fanden statt und sportliche Anlässe wie die der Schützen, Ruderer oder Kegler fanden reges Interesse; wobei die Sektion der Kegler auch ausserhalb des Klubs bestens bekannt war. Das «Journal Suisse d'Egypte et du Proche Orient», in dem man über alle jeweiligen Klubanlässe genauestens orientiert wurde, bat zum Beispiel in seiner Ausgabe vom 28. Mai 1947 die Dienstagabend-Kegelgruppe, sich im Schweizer Klub beim Faktotum Mohammed mit Adresse und Telephonnummer einzutragen, damit gegebenenfalls innert vierundzwanzig Stunden mit der Kegelmannschaft der im Hafen vor Anker liegenden Schiffe U. S. S. «Hyman» und U. S. S. «Dickson» der amerikanischen Flotte, ein Wettkampf organisiert werden könne. Ein anderes Exemplar dieser Zeitung, diesmal vom 29. November 1944, hält Rückblick auf ein Kegelfest, an dem S. M. König Farouk teilgenommen hatte, denn der König kam des öfteren in den Schweizer Klub zum Kegeln. Ich war höchst erstaunt, als ich den König, kurz vor meiner Rückkehr in die Schweiz, zum ersten Mal bei einem Fest im Schweizer Klub zu Gesicht bekam. Da ihm an jenem Abend mein Vater, zusammen mit einem anderen Arzt, vorgestellt wurde, hatte ich gute Gelegenheit, ihn aus der Nähe zu betrachten. Wie ganz anders sah er aus als der Herrscher, den ich nur von Porträts her kannte, die in allen grösseren Geschäften und amtlichen Gebäuden aufgehängt waren. Auch die Briefmarken, besonders die braunen 1 mill und die orangenen 2 mills der vierziger Jahre zeigten einen gut aussehenden Jünglingskopf. Von der späteren dunkelgrünen 30 mills Marke mit den Pyramiden im Hintergrund blickt bereits ein etwas korpulenter König in die Welt. Den Mann, vor dem sich mein Vater verbeugte, erkannte ich jedoch kaum. Was ich am allerwenigsten erwartet hatte, waren sein blondes Haar und seine blauen Augen, die seine albanische Herkunft verrieten. Hinzu kam, dass er erheblich zugenommen hatte.

Abgesehen vom vielseitigen Vereinsleben des Schweizer Klubs und der privaten Einladungen, konnte man ganz ungezwungen auch eines der zahlreichen Kinos aufsuchen, in denen Filme in Originalsprache gezeigt wurden. Der grösste Teil der Filme waren amerikanischer, französischer und englischer Herkunft. Die lokale Filmindustrie befand sich noch in den Kinderschuhen und man hatte nur selten Gelegenheit, einen arabischen Film zu sehen. Aber diese boten einem in ihrer Volksverbundenheit meistens ein göttliches Vergnügen. Ich erinnere mich noch gut an einen arabischen Film, den ich im Kino «Strand» an der Gare de Ramleh sah; hauptsächlich an die Szene, in welcher Mokkatassen, die wie Soldaten in Reih und Glied aufgestellt waren, die ganze Bildfläche dominierten. In der Mitte dieser Ansammlung stand eine etwas grössere Tasse, aus der sich beim Erklingen der arabischen Musik eine vollschlanke Bauchtänzerin in sinnlichen Bewegungen hinaufschlängelte. Ein anderes Mal sah ich bei einer Filmvorschau die damalige nicht gerade prüde französische Filmschauspielerin Martine Carol, wie sie hinter einem von einem Lakaien vorgehaltenen Seidentuch nackt in eine freistehende muschelförmige Badewanne stieg. Plötzlich erhob sich ein Zuschauer der vorderen Reihe auf die Zehenspitzen und streckte seinen Kopf weit nach vorne: er dachte wohl, er könne so einen Blick der nackten Martine erhaschen.

Die amerikanischen und europäischen Filme waren je nach

Originalton entweder mit französischen oder englischen Untertiteln versehen. Rechterhand erschien gleichzeitig die arabische Übersetzung. Zu Beginn der Kinovorstellung ertönte jeweilen die ägyptische Nationalhymne und gleichzeitig zierte König Farouks Bildnis die ganze Leinwand.

Abgesehen von den Vorstellungen französischer und englischer Filmklassiker, bildeten Gemäldeausstellungen, Konzerte und Theateraufführungen einen wichtigen Bestandteil im kosmopolitischen und kulturellen Lebens Alexandriens. In den Vor- und Nachkriegsjahren wurden oft berühmte Künstler und nennenswerte Persönlichkeiten aus Europa nach Ägypten eingeladen. Ich erinnere mich noch an das Chopin-Rezital meisterhaft gespielt vom blinden Klaviervirtuosen Georges Themeli, ebenso an einen Liederabend des berühmten italienischen Opernsängers Tito Gobbi; unvergesslich bleibt mir auch General Guisans Besuch im Schweizer Klub. Alle Drei bereicherten übrigens mein Poesiealbum mit ihrer Unterschrift.

Unangenehme Überraschungen

An jenen Sonntagen, an denen wir «Grosspapa» nicht besuchten und es zu kalt war, um an den Strand zu gehen, fuhren wir oft mit dem Auto zum Zoologischen Garten unweit des Mahmûdîja-Kanals. Über einige Treppen hinunter gelang man rechter Hand zum grossen Käfig, wo der König der Wüste meistens faul in einer Ecke lag und laut schnarchte. In den angrenzenden Käfigen waren verschiedene Affen untergebracht. Sehr zum Ärgernis von Vater stand immer eine Anzahl junger Araber davor und hänselte unaufhörlich diese spielfreudigen

Tiere mit kleinen Handspiegeln und Erdnüssen. Die Halbaffen, die wir gerne durch das feinmaschige Gitter mit Rosinen fütterten, schienen nur auf uns gewartet zu haben. Neben den Stachelschweinen war das Gehege der Gazellen, die uns mit ihren sanften Augen immer etwas traurig anblickten. Wahrscheinlich vermissten sie die weite Steppe ihrer Heimat. Wenn wir zu den Seelöwen gingen, baten wir Vater, dem Wächter ein «Bakschisch» zu geben. Sobald dieser die kleine Silbermünze in Vaters Hand blitzen sah, holte er aus einem Verschlag einige Fische und warf diese in grossem Bogen den Seelöwen zu. Im schmutzigen Wasser des gegenüberliegenden Bassins wälzten sich zwei dickbäuchige Nilpferde. Hier brauchte man kein Trinkgeld, wenn man zuschauen wollte, wie der Wärter eine Handvoll Futterklee dem Nilpferd bis hinten in den Rachen schob. Natürlich besuchten wir auch den indischen Elefanten, die bunten Papageien, verschiedene Kriechtiere sowie die Riesenboa. In einem weiteren Käfig befanden sich die grossgetupften Katzen.

Immer wenn ich vor deren Käfig stand, musste ich unwillkürlich an das furchterregende Erlebnis von Miss Oatway denken. Diese nette Engländerin, eine langjährige Bekannte unserer Eltern hatte viele Jahre in Übersee verbracht und erzählte uns Kindern gerne von ihren abenteuerlichen Zeiten in Indien. Nachdem ihr langjähriger Freund und Verlobter aus dem ersten Weltkrieg nicht zurückgekommen war, hatte sie sich eine Anstellung als Gouvernante ausserhalb Europas gesucht. Nach langem Suchen fand sie schliesslich eine gut dotierte Stelle als Erzieherin bei einem reichen Maharadscha. Dieser indische Grossfürst bewohnte mit seiner Gemahlin und seinen drei Kindern ein märchenhaftes palastähnliches Haus inmitten einer weitläufigen Gartenanlage. Diese reichte in südlicher Richtung bis zu einem träge dahinfliessendem Gewässer, das eine natürliche Grenze bildete. Der übrige Teil des Grundstückes wurde durch dicht wuchernden Bambus vom nahegelegenen Urwald getrennt. Im Schatten der violett blühenden Jacaranda-Bäume und des hohen Bambus, hatten Miss Oatway und ihre drei Schützlinge einen herrlichen Picknickplatz ausfindig gemacht, den sie an Wochenenden oft aufsuchten. An jenem Sonntag hatten die Kinder zuerst wie immer die mitgenommene Decke ausgebreitet, sich hingesetzt und geduldig gewartet, bis Miss Oatway die lecker zubereiteten Sandwiche ausgeteilt hatte. Anschliessend reichte sie jedem einen Bakelitbecher mit eisgekühltem Tee aus der Thermosflasche und alle Vier fanden es herrlich, ungezwungen in freier Natur essen zu können. Nach dem Picknick wurden die Becher und die Sandwichdose wieder in den Picknickkorb verstaut und jeder legte sich noch etwas hin. Obwohl niemand ausser ihnen von diesem Picknickort etwas wusste, hatte unsere Bekannte auf einmal ein ungutes Gefühl, als würde sie von einem ungebetenen Gast beobachtet. Sie schaute umher und plötzlich sah sie nur einige wenige Meter von ihr entfernt, oben auf einem dicken Ast die Umrisse eines schwarzen Panthers, der sie mit leuchtend grünen Augen anstarrte. Sie wusste genau, dass wenn sie die nichtsahnenden Kinder auf die drohende Gefahr aufmerksam machen würde, diese laut schreiend davoneilen würden, was den lauernden Panther erst recht zum Angriff bewogen hätte. Mit einer bewundernswert stoischen Ruhe – obwohl sie am ganzen Körper zitterte – liess sie sich nichts anmerken. Sie bat die Kinder inbrünstig, keinen Lärm zu machen, sich ganz leise zu erheben und den kürzesten Weg nach Hause einzuschlagen. Auf die fragenden Blicke der Kinder, murmelte sie kaum hörbar, dass es ihr ganz plötzlich schlecht geworden wäre und dass sie von schrecklichen Kopfschmerzen geplagt würde. Ganz leise und fast auf Zehenspitzen gehend eilten sie davon. Obwohl ihr Picknickplatz nicht allzu weit vom Haus entfernt lag, schien ihr diesmal der Rückweg unendlich lang. Als sie schliesslich mit ihren Schützlingen unversehrt die grosszügige Hauseinfahrt erreichte, fühlte sie sich wie neu geboren.

Ein anderes Mal, als sie bei Dämmerung in ihr Schlafzimmer ging, um aus der Kommode ein Taschentuch zu holen, hatte sie auch eine etwas unangenehme Überraschung. Sie öffnete die Schublade und wollte eines ihrer bestickten Batisttaschentücher herausnehmen, als sie statt dessen ein kühles glattes Etwas spürte. Mit Schrecken stellte sie fest, dass sich eine – zum Glück vollgefressene – kleinere Schlange, auf ihren Taschentüchern zur Ruhe gelegt hatte. Es war ihr nicht ganz klar, wie das Tier den Weg in die geschlossene Kommode gefunden hatte. Schliesslich fand sie die Antwort: am hinteren Teil der freistehenden Kommode waren die Bretterteile der einzelnen Schubladen nicht dicht zusammengefügt und bildeten somit eine kleine Öffnung, durch welche die Schlange hineingeschlüpft war.

Kein Gesprächsstoff

Da die Sonne beinahe täglich aus einem tiefblauen wolkenlosen Himmel schien, sorgte das Thema, «Wetter» kaum je für Gesprächsstoff. Allerdings sind die Wintermonate, vor allem Dezember bis Februar, im Delta und hauptsächlich in den Küstenstädten wie Alexandrien wesentlich ausgeprägter als in Kairo oder Oberägypten. Da ist die Stadt den heftigen Stürmen des Mittelmeers ausgesetzt. Ein Spaziergang der Corniche entlang bei Windstärke zehn und gewaltiger Brandung war für uns Kinder jedesmal ein unvergessliches Erlebnis. Mitunter bedeckte sich von einem Augenblick zum anderen der Himmel mit dicken schwarzen Regenwolken, die sich in Kürze entluden. Man suchte beim nächsten Haus Deckung oder wartete ungeduldig auf eine leere Kutsche. Tagelanges Regnen gab es jedoch nie, hingegen blies des öfteren ein heftiger kalter Wind. Ein einziges Mal hatte ich Hagel erlebt. Schnee kannte ich nur aus Kinderbüchern und vom Hörensagen. Gegen Mitte Dezember war es üblich, dass einzelne Geschäfte ihre Schaufenster mit pflaumengrossen Wattebäuschen beklebten. Damit wollten sie eine vorweihnächtliche Stimmung hervorzaubern. So war es nicht verwunderlich, dass ich, bei meinem ersten längeren Nachkriegsbesuch in der Schweiz recht enttäuscht war, als ich zum ersten Mal in meinem Leben die kleinen unscheinbaren Schneeflöckchen sah, die lautlos vom Himmel herabfielen. Im Winter sanken die Temperaturen nie unter Null Grad. Gottseidank, denn dies wäre schlimm gewesen für die zahlreichen, umherirrenden Bettelkinder, die kein Zuhause hatten und meistens im Freien übernachten mussten. Diese beklagenswerten Gestalten verdienten sich ihr Brot, indem sie achtlos weggeschmissene Zigarettenstummel in alten Blechbüchsen sammelten und diese zur Wiederverwertung bei den Zigarettenfabriken für einige Münzen ablieferten. Ich erinnere mich eines kalten Tages solch armselige Geschöpfe gesehen zu haben, wie sie gierig aus einer Mülltonne weggeworfene Blumenkohlstorzen assen.

Zwischen den Monaten März bis Mai kämpfte man jeweilen während einigen Tagen gegen den trockenen heissen Wüstenwind, den «Chamsîn». Dann verwandelte sich das sonst azurblaue Firmament in einen bleiernen winterlichen Himmel, der die Sonne nur schwach erahnen liess. Die gewaltigen, vom Winde dahergetriebenen Sand- und Staubmassen deckten alles unter sich zu und gelangten bis in die kleinsten Ritzen hinein.

Man rieb sich konstant die Augen und knirschte unaufhörlich mit den Zähnen. Bei der Hausreinigung war es in dieser Zeit sinnlos, Teppiche zu klopfen (Staubsauger waren dazumal noch unbekannt) oder den aus Truthahnfedern gefertigten Staubwedel zu benützen. Innert kürzester Zeit war alles wieder mit feinstem Wüstenstaub überzogen. Während der Monate Mai bis Anfang Oktober war es trocken und heiss. Die ersten hochsommerlichen Tage stellten sich bereits im Mai ein und erreichten ihren Höhepunkt in den Monaten Juli/August. Beim Meer war es anders, es brauchte einige Zeit bis es aufgeheizt war. Im Wonnemonat hätte man sich noch nicht ins Meer gewagt, andererseits konnte man bis Mitte November ohne Zähneklappern schwimmen gehen. Sämtliche Schulen schlossen ihre Tore während der Monate Juli bis Ende September.

Ganze Heerscharen von Leuten, die es sich leisten konnten, der glühenden Hitze Kairos zu entrinnen, füllten die endlosen Strände, vor allem die sehr beliebte Bucht von «Stanley Bay». Da kam es oft vor, dass man vor lauter dicht aneinandergereihten bunten Sonnenschirmen kaum noch ein Stückchen Sand ausmachen konnte. Natürlich hielten sich nicht alle unter den Schirmen auf, die meisten suchten Kühlung im Wasser, andere sassen vor ihren überdeckten Kabinen. Das Meer war jedoch nicht immer ruhig. Manchmal wurde sogar die schwarze Fahne gehisst und dann war das Schwimmen verboten. Dies hinderte einen jedoch nicht, gut mit «Nivea» Crème eingerieben, ein Fussbad zu nehmen. Im Gegensatz zu den windigen Sommermonaten, wenn der Wellengang den Sand aufwirbelte und das Wasser trüb wurde, war das Meer im Septemberlicht spiegelglatt und glasklar und lud einen zum langen Verweilen ein.

Um so schlimmer empfanden wir es, als im September des Jahres 1947 das Baden strengstens verboten wurde. Im Juli des gleichen Jahres war eine Choleraepidemie ausgebrochen, eine

Krankheit, welche seit 1883 in Ägypten nicht mehr gewütet hatte. Am Anfang dieser Nachkriegsepidemie wurden nur vereinzelte Todesfälle bekannt. Doch innert der nächsten paar Tage stieg die Zahl der Toten bereits auf über sechzig. Es war allgemein bekannt, dass die Zeitungen die genauen Zahlen der Toten herunterspielten, um ja keine Panik aufkommen zu lassen. Am schlimmsten grassierte die Epidemie auf dem Lande, wo das Volk in grösster Armut lebte und die Begriffe sauberes Trinkwasser und Kanalisation Fremdwörter waren.

Die unglaublichsten Geschichten machten bald die Runde. Der Nil mit seinen zahlreichen Kanälen und kleinsten Wasserarmen hat von jeher einen wichtigen Bestandteil im Leben des Fellachen gebildet. Er benützte dieses Wasser zum Baden, zum Verrichten seiner Notdurft, zum Waschen, zum Reinigen des Geschirrs und zum Kochen. Manchmal sah man auch tote Wasserbüffel und anderes Aas in diesen Gewässern treiben. Lag ein Dorf etwas abseits vom nächsten Kanal, so verfügte es wenigstens über einen Brunnen. Nun, in der Zeit der Choleraepidemie, sobald an einem Ort auf dem Lande ein Toter gemeldet wurde, kamen die Männer der Sanitätsbehörde. Diese entseuchten nicht nur seine Behausung, sondern verbrannten gleichzeitig sein ganzes Hab und Gut wie auch den armseligen Besitztum seiner Familie. Diese Leute verloren somit das Wenige, das sie besassen und das ihnen, trotz wiederholter Zusicherungen seitens der Regierung, nie ersetzt wurde. Diese leeren Versprechungen veranlassten gewisse Dorfbewohner ihre Toten, vor dem Besuch der Sanitätsmänner, im Brunnenschacht des Dorfes zu verstecken. Nach Abzug der Beamten wurden die Toten wieder heraufgeholt und bestattet. Das von den Leichen verseuchte Brunnenwasser wurde weiterhin bedenkenlos von den noch gesunden Dorfbewohnern für deren täglichen Bedarf gebraucht.

Armant

Im Sommer des Jahres 1948 verbrachten wir abermals einige Ferienmonate in der Schweiz. Obwohl die Reise mit dem Flugzeug von Kairo nach Genf weit weniger Zeit beanspruchte als die Schiffsreise im Frühjahr 1946, so bedeutete es für Vater erneut eine langwierige Angelegenheit bis all die nötigen Visen erworben waren. Es geschah mitunter, dass er für einen einzigen Stempel im Pass Tag für Tag von Amt zu Amt gehen musste und überall mit einem hilflosen Achselzucken und einem ergebenen Lächeln abgefertigt wurde; oder dann an irgend einen Beamten weitergewiesen wurde, der entweder gar nichts mit der Sache zu tun hatte, gerade in den Ferien war oder überhaupt nicht existierte. Diese Inkompetenz vieler Beamter war für Vater nicht nur zeitraubend sondern auch höchst frustrierend.

Ein Freund von uns, der manchmal gerne einen über den Durst trank, begrüsste jedoch die saumselige und nachlässige Arbeitsweise gewisser Zollbeamten: Sie hatte ihm erlaubt, eine ganze Literflasche Kirschwasser ohne Strafzoll aus der Schweiz einzuführen. Er hatte den Kirsch in einer Basler Drogerie in eine braune Einliter-Medizinalflasche umfüllen lassen, die mit dem Etikett «deux cuillerées à soupe trois fois par jour» versehen war. Als unser Freund in Alexandrien eintraf und die ominöse Flasche von den Zollbeamten mit fragendem Blick gemustert wurde, setzte unser Freund eine beklagenswerte Mine auf und versicherte den Beamten, er leide an schrecklichen Magenschmerzen und sein Arzt in der Schweiz hätte ihm dieses Mittel verschrieben. Darauf hin wünschten ihm die Zollangestellten alles Gute und viel Erfolg bei der Einnahme des Flascheninhaltes.

Verschiedene Gesichtspunkte veranlassten Vater gegen

Ende der vierziger Jahre, sich mit dem Gedanken einer endgültigen Rückkehr in die Schweiz zu befassen. Er hatte die fünfzig bereits überschritten, gedachte aber noch weitere zehn bis fünfzehn Jahre zu arbeiten. Da unsere Weiterbildung in der Schweiz erfolgen sollte, stellten sich ihm zwei Möglichkeiten, sollte er jetzt den grossen Schritt wagen und in Basel noch eine neue Praxis aufbauen, oder noch weitere fünfzehn Jahre in Ägypten bleiben, während wir in der Schweiz fern der Eltern aufwachsen würden. Hinzu kam, dass das Fliegen eine allzu kostspielige Angelegenheit war, als dass die Eltern jedes Jahr in die Schweiz hätten reisen können, um uns zu besuchen. Ferner erschienen am ägyptischen politischen Himmel einmal mehr dunkle Wolken.

Mit teils schwerem Herzen entschlossen sich deshalb meine Eltern, im Sommer 1950 endgültig in die Schweiz zurückzukehren. Aber ehe es soweit war, wurden wir alle von einem von Vaters ehemaligen Patienten, dessen Vater Direktor einer Zuckerfabrik war, zum Weihnachts- und Neujahrsfest nach Armant in Oberägypten eingeladen. Mit Recht freuten wir uns riesig auf diese Einladung, denn es war das erste Mal, dass wir das Ägypten der Pharaonen kennenlernen würden.

Unsere Zugsreise durch das Delta bis Kairo und weiter südlich dem Niltal entlang war trotz seiner Länge interessant und abwechslungsreich. Wir waren jedoch froh, als wir schliesslich gegen Abend den 20 km südwestlich von Luxor gelegenen Ort Armant erreichten, wo wir von der Familie Pischler aufs herzlichste empfangen wurden.

Unsere Gastgeber bewohnten eine geräumige Villa inmitten eines herrlichen Gartens mit grossangelegtem Schwimmbad, was zu jener Zeit noch als ziemlicher Luxus galt. Was ich jedoch in Armant als Krönung der Verschwendung empfand, waren die Vorbereitungen zum Neujahrsfest. Da wurde ein

Teil des grossen Schwimmbades mit einer Tanzbühne überdeckt, während dem der freiliegende Teil des Bassins mit einem dichten Teppich von auf der Wasseroberfläche schwimmenden Rosenblütenblättern bedeckt wurde.

Die Tage in Armant waren reich ausgefüllt. Fast täglich besuchten wir die eine oder andere Ruinenstätte. Wir sammelten unvergessliche Eindrücke, wenn wir alleine durch die ausgedehnten und mit Relief reich verzierten Tempelanlagen von Luxor und Karnak wanderten, wo einzig der Laut unserer Schritte und der Aufschrei eines aufgeschreckten Vogels die Totenstille unterbrachen. In Theben waren wir überwältigt von der Grösse der Monumentalstatuen und ich fand es lustig, mich auf einen der Füsse der Memnonkolosse setzen zu können. Als wir im unweit gelegenen Ramesseum auf den am Boden ruhenden Kopf von Ramses II stiessen, war es mir unerklärlich, wie die alten Ägypter mit ihren primitiven Werkzeugen Granitblöcke zu solch wundersamen Riesenstatuen mit spiegelglatter Oberfläche hatten verarbeiten können. Selbstverständlich besuchten wir auch die Zuckerfabrik, wo Tag und Nacht 3200 Arbeiter täglich 6'000 Tonnen Zuckerrohr zu 600 Tonnen Zucker verarbeiteten. Anschliessend war es herrlich, vom Sprungbrett oder Sprungturm ins kühle Wasser des Schwimmbads einzutauchen oder im Garten im Schatten der schlanken Dattelpalmen den bunten Blumenbeeten entlang zu schlendern. Des Abends begab man sich an die Ufer des Nils und bewunderte den Farbenwechsel der untergehenden Sonne. Vater bedauerte es stets, dass dieses leuchtende Farbenspiel nicht auf die Platte seines Photoapparates gebannt werden konnte. Dazumal waren Farbfilme in Ägypten leider noch unbekannt. Diese Traumferien gingen allzu schnell vorbei und bald hiess es Abschied nehmen von unseren reizenden Gastgebern und vom Land der Pharaonen überhaupt.

Eine strenge Zeit stand mir bevor, da ich vor Beginn meiner letzten Sommerferien in Alexandrien als Schulabschluss des English Girls' College, das «Cambridge and Oxford School Certificate» bestehen musste, was mir auch gelang.

Die Sommermonate waren wie immer recht heiss. Da es aber am Meer manchmal recht windig war, fuhren wir des öfteren in den westlichen Hafen hinunter, wo das klubeigene Segelschiff «Mutz» in den Gewässern des «Club Nautique Suisse» vor Anker lag. Wir waren froh, immer jemanden zu finden, der gut segeln konnte und uns zu einer Hafenrundfahrt mitnahm. Auf diesen Segeltouren kreuzten wir oft vor der königlichen Yacht «Mahrousa» auf, aus dessen Schornstein immer eine Rauchfahne emporstieg. Im Schweizer Klub hiess es, die Yacht wäre zu jeder Tages- und Nachtzeit bereit auszulaufen, falls sich Farouk entschliessen sollte, freiwillig oder unter Druck sein Land innert kürzester Zeit zu verlassen. Dies geschah dann auch als die damals jungen Offiziere Naguib und Nasser anlässlich eines Staatsstreiches Farouk am 26. Juli 1952 aufforderten, innert zwölf Stunden abzudanken und das Land auf dem Seeweg zu verlassen.

Unsere – jedoch ganz freiwillige – Einschiffung fand zwei Jahre früher statt. Am 3. September 1950 bestiegen wir schweren Herzens die «Zagreb», die uns mit weiteren zehn Passagieren nach Venedig bringen sollte. Der grössere Teil des Hausrats inklusive mein Klavier wurde einige Wochen früher einer bekannten Transportfirma zur Beförderung in die Schweiz übergeben, die alles in einer einzigen 21 Kubikmeter messenden Kiste verpackte. Die restlichen Sachen gelangten zur Versteigerung. Ausser unseren Schrankkoffern wurde auch Papas «Morris Ten» im Laderaum der «Zagreb» verstaut.

In Alexandrien hiess es immer: «*Wer einmal Nilwasser getrunken hat, den zieht es früher oder später wieder zurück ins geschichtsträchtige Land der Pyramiden».* In meinem roten Handköfferchen befand sich ein kleines Büchslein mit feinem Sand aus Sidi Bishr, den Strand, den ich vierzig Jahre später von meinem Hotelzimmer aus kaum mehr erkannte.

Teil II

1950–1956
Wiedersehen mit der Schweiz
Auslandaufenthalte und Vermählung

Niklaus Kapelle

Nach unserer Rückkehr in die Schweiz bezogen wir ein Einfamilienhaus unweit des Basler Zoos. Im Erdgeschoss war Vaters Praxis untergebracht, während die Familie die oberen zwei Stockwerke bewohnte. Der Umzug in die Schweiz bedeutete für uns alle eine recht grosse Umstellung und wir hatten Anfangs Mühe, uns an das manchmal geradezu pedantische Leben wie auch an unsere etwas engstirnigen Miteidgenossen zu gewöhnen. Obwohl wir Kinder von warmherzigen Familienmitgliedern wie Grosseltern, Tanten und Onkel liebevoll umsorgt waren und die Eltern ihre Geschwister in nächster Nähe wussten, so vermissten wir doch sehr die aufgeschlossene Lebensweise Alexandriens, die Unbeschwertheit, Herzlichkeit und Gastfreundschaft ihrer Bewohner; nicht zuletzt auch den tiefblauen Himmel, die uns umgebende Wärme und die kosmopolitische Lebensart und Weltoffenheit der Levante.

Da Vater für die ersten drei Jahre keine Kassenpatienten behandeln durfte, bahnte sich für ihn eine recht schwierige Zeit an. Jedoch nach etwa vier bis fünf Jahren hatte er sich einen Namen gemacht und seine Praxis wuchs beträchtlich. Für Mutter kam auch eine anstrengende Zeit: sie half Vater in der Praxis und vermisste das treue Lächeln des stets vergnügten und arbeitsamen Cheiri. Das Einkaufen auf dem Basler Markt war keineswegs vergleichbar mit unseren Besuchen beim Geflügel- oder Gemüsehändler von «Ibrahimieh», wo alles nur so überschäumte von heiterem orientalischem Lokalkolorit.

Da ich allgemein Freude hatte an Sprachen, jedoch nicht studieren wollte, entschied ich mich zum Besuch der Kantonalen Handelsschule. Vater hatte mir vorsorglich noch in unserem letzten Sommer in Alexandrien private Deutschstunden geben lassen, damit ich dem Unterricht in der Schweiz einigermassen folgen konnte. Anfangs hatte ich grosse Mühe, machte jedoch allmählich Fortschritte und war schliesslich glücklich, drei Jahre später mein Handelsdiplom in Empfang nehmen zu können. Anschliessend unternahm ich mit meinen Schulkameradinnen eine zwölftägige Diplomreise nach Rom und Neapel, die gemäss eines mir kürzlich wieder in die Hände genommenen Programms nur Fr. 240.- kostete. Am besten erinnere ich mich noch an den Ausflug nach Pozzuoli und Solfatara, wo die flüssige Erde wie in einem Hexenkessel brodelte und wo wir bald alle an unseren Strümpfen Laufmaschen entdeckten, die durch die austretenden Schwefeldämpfen verursacht wurden. Aus der Antike war es vor allem der majestätische Neptuntempel in Paestum, der mich in seinen Bann zog.

Während meiner Lehrjahre an der Handelsschule durfte ich an einem Austausch von Schülerinnen aus Dänemark teilnehmen und verbrachte im Sommer 1952 zwei Wochen bei der reizenden gleichaltrigen Lone Erikson. Ihre Eltern, beides Zahnärzte, bewohnten eine schöne Villa ausserhalb Kopenhagens und besassen an der Nordküste in Hornbaek ein kleines Fischerhaus mit Strohdach, das sie zu einem niedlichen Sommerhaus umgebaut hatten. Die Eriksons waren zuvorkommende Gastgeber und zeigten mir eine Menge interessanter Sehenswürdigkeiten: Kopenhagen mit seinen Kanälen und grünspanigen Dächern, Kuppeln und Türmen, die kleine Meerjungfrau, das Jagdschloss in Klampenborg sowie Hamlets

Schloss in Helsingoer, um nur einige zu nennen. An wärmeren Tagen fuhren wir hinaus auf das Land vorbei an saftig grünen Wiesen und die im Wind wogenden, bis an den Horizont reichenden, goldenen Kornfelder bis wir das Seebad von Hornbaek erreichten. Zum Schwimmen fand ich den Oresund zwar viel zu kalt, dafür unternahmen Lone und ich zusammen mit dem kleinen schwarzen Foxterrier ausgedehnte Spaziergänge entlang der Brandung und den mit Seegras bewachsenen Sanddünen.

Im Sommer in der Schweiz vermisste ich oft das tiefblaue warme Meer und den Strand von Sidi Bishr; dafür lud mich Tante Elizabeth einige Male in die Berge ein. Anlässlich eines solchen Aufenthaltes in Mürren im Berner Oberland lernte ich meinen späteren Mann kennen. Thomas war Engländer und Berufsoffizier der Britischen Armee, und als begeisterter Alpinist verbrachte er seine alljährlichen Sommerferien entweder im Gastern- oder Lötschental.

Nach Erhalt des Handelsdiploms reiste ich im Frühjahr 1954 für ein Jahr nach London. Ich freute mich sehr, Thomas wieder zu sehen, hauptsächlich da er zu dieser Zeit nicht allzu weit von London stationiert war und wir uns einmal monatlich sehen würden. Da mir die englische Sprache keinerlei Mühe bereitete, wollte ich nicht als «au pair» Mädchen nach England gehen, sondern hoffte meine neuerworbenen kaufmännischen Fähigkeiten auf einem englischen Büro erproben zu können. So wandten sich die Eltern an Herrn Wertheimer, den sie von Alexandrien her gut kannten und welcher sich nach Ende des Krieges in England niedergelassen hatte. In der Londoner City leitete er die englische Filiale eines Eisenhandelgeschäftes, dessen Stammhaus in Norddeutschland domiziliert war. Dank Herrn Wertheimers Vermittlung beim englischen Arbeitsamt war es mir möglich, während eines Jahres bei ihm auf dem

Büro zu arbeiten, allerdings zu einem sehr bescheidenen Wochenlohn von £5½. Die Arbeit war oft eintönig und ich konnte weder meine Französisch- noch Deutschkenntnisse anwenden, obwohl die Firma weltweite geschäftliche Beziehungen unterhielt. Als uns eines Tages eine südamerikanische Firma eine in Spanisch verfasste Anfrage zustellte, wurde diese dem Absender retourniert mit der Bitte, man möge den Brief auf Englisch schreiben. Im Postbüro schnupperte ich hin und wieder «fremdländische Luft», wenn ich mir die interessantesten Briefmarken der eingegangenen Überseepost aussuchen durfte. Mein Hauptinteresse galt den mit Kolibris und Kokospalmen versehenen Marken von Jamaika, einer dazumal noch Britischen Kolonie. Ich konnte nicht umhin, von dieser Insel zu träumen und wünschte mir im Stillen, einmal dieses Stück Paradies aus nächster Nähe kennenzulernen.

Eine kleine Wohnung zu finden war auch damals in London nicht sehr leicht und da ich kontaktfreudig war, meldete ich mich statt dessen beim Christlichen Verein Junger Töchter in London. Das YWCA-Hostel befand sich in einem etwas düsteren alten Haus unweit der U-Bahnstation von Earls Court. Es wurde von zwei älteren katzenfreundlichen Damen geführt, in dessen Büros sich der Katzengeruch für ewig «eingenistet» hatte. Die Hausordnung war recht streng. Beabsichtigte man nach zehn Uhr abends zurückzukehren, musste man sich in einem speziellen Buch eintragen. Eines Abends, als ich erst kurz vor Mitternacht nach Hause kam, weil ich länger als geplant bei meiner Freundin gewesen war und mich deshalb nicht ordnungsgemäss vorher ins Buch eingetragen hatte und weil ich zudem noch das Pech gehabt hatte, beim Umsteigen in der Untergrundbahn in den falschen Zug zu steigen, geschah es, dass man mir trotz andauerndem Läuten der Hausklingel nicht öffnete. Es war Herbst und ich war nicht gewillt, die ganze Nacht auf der kalten Steintreppe vor der Haustür zu übernachten. Was sollte ich tun? Da erinnerte ich mich an eine ehemalige Pensionärin des Hostels, die kürzlich zusammen mit einer Freundin in eine Wohnung in Hammersmith eingezogen war. So ging ich zurück zur U-Bahn Haltestelle und war sehr froh, noch den letzten Zug zu erwischen. Als ich nach Mitternacht schliesslich in Hammersmith ankam, war es stockfinster. Da ich mich fürchtete alleine in der dunklen Nacht die Wohnung der Freundin aufsuchen zu müssen, begab ich mich zum nahegelegenen Polizeiposten. Der Satz «der Polizist Dein Freund und Helfer» traf hier zu. Der diensthabende Offizier, nachdem er von meinem Ungemach vernommen hatte, fuhr mich gleich in seinem Dienstwagen zur Freundin. Diese bekam natürlich einen Schreck, als die Polizei bei so später Stunde bei ihr aufkreuzte und ihr einen unerwarteten Gast brachte.

Im Hostel wohnten etwa zwanzig Pensionärinnen, die fast alle aus England stammten, mit Ausnahme einer Kanadierin und Mary, deren Familie sehr weit entfernt auf der Insel St. Helena im Südatlantik wohnte. Zu zweit teilten wir uns in ein Zimmer, dessen einzige Heizung aus einem spärlichen offenen Gasofen bestand, welcher unaufhörlich mit six-pence-Münzen gespiesen werden wollte. Gemütlich war es dafür, sich beim Aufwärmen seiner gefrorenen Glieder, gleichzeitig Brotscheiben toasten zu können. Dieser heisse Toast mit Butter und Chivers-Marmelade bildete eine herrliche Abwechslung zu dem eher matschigen Weissbrot meiner belegten Lunchbrote. Am meisten vermisste ich jedoch das warme Badezimmer mit Heisswasser «à discrétion» von zu Hause. Wollte man Samstags genüsslich ein heisses Vollbad nehmen, war man gezwungen früh aufzustehen. Kam man hingegen nach zehn Uhr morgens frisch und ausgeschlafen ins Badezimmer, musste man mit einem lauwarmen Tümpel Vorlieb nehmen.

Der Krieg lag keine zehn Jahre zurück und die meisten Häuser und Wohnungen Londons heizten mit Gas oder mit stark rauchender Kohle. Zentralheizungen wie wir es hier seit langem gewohnt sind, waren in Grossbritannien noch im Anfangsstadium. Wenn sich im November die bekannten undurchdringbaren Nebelschwaden – auch «pea soup» genannt – über die Stadt legten, so geschah es mitunter, dass es bereits zur Mittagszeit stockfinster wurde.

Zu essen gab es genug im Hostel, wenn auch abends manchmal undefinierbare Fleischstücke in der mit «bisto» künstlich angerührten Sauce schwammen. Frischobst dagegen schien mir recht teuer. Wenn ich von meinem Bürofenster am Finsbury Pavement auf die Preisschilder der auf einem Obstkarren schön aufgetürmten Orangen und rotbackigen Äpfel hinunterblickte, sah ich zwar einen wie mir schien angemessenen Preis pro Gewicht-Pfund; während der Lunchpause musste ich dann leider feststellen, dass vor dem «lb-Zeichen» kaum leserlich ½ oder ¼ geschrieben stand.

Während den Wochenenden sah ich mir London an, besuchte Museen und Kinos. Ab und zu leistete ich mir auch einen Konzertplatz. Am schönsten war es von Thomas ins Theater ausgeführt zu werden: «The King and I» mit Valerie Hobson oder Rex Harrison mit Lilli Palmer und deren Siamesischer Katze in dem amüsanten Stück von Van Druyten «Bell, Book and Candle». Ein anderes Mal wurden wir von einem seiner Freunde zu einem grossen Air-Force-Ball eingeladen.

Im Sommer, wie auch im Frühling und Herbst, wenn die Natur ihr hellgrünes oder kupferfarbenes Kleid überzogen hatte, zeigte mir Thomas die vielfältige Schönheit Südenglands: die Obstgärten der Grafschaft Kent, die lieblichen, grasbewachsenen Kreidehügel der Salisbury Plain mit ihren zahlreichen sehenswerten Orten, oder Maidenhead, das beliebte

Ausflugsziel an der Themse. Manchmal fuhren wir der Küste entlang bis Dover und weiter zu dem malerischen Städtchen Rye mit seinen gepflasterten steilen Gässchen und uralten Gasthöfen. Eines Abends, als wir uns auf der Strasse nach Windsor befanden und Hunger verspürten, gelangten wir nach einigem Suchen zu einem gemütlichen Pub. Das beinahe historische Wirtshaus mit seinem alten, vom Russ geschwärzten Gebälk und blank geputzten Messing-Kerzenständern und Pferdegeschirr über dem offenen Kamin machte einen überaus einladenden Eindruck. Da das Abendessen etwas später serviert wurde als angenommen, beschlossen wir, in der Umgebung noch etwas spazieren zu gehen. Nach einiger Zeit gelangten wir zu einer breiten endlos scheinenden Mauer, deren Tor offen stand. Die sandige Auffahrt führte in einen gepflegten weitläufigen Park. Da wir nirgends weder ein Haus, noch Türmchen oder Giebel durch die Baumkronen erblickten, wollten wir einen kurzen Blick des Parks erhaschen und spazierten Richtung Toreinfahrt. Nach wenigen Schritten vernahmen wir das Geräusch eines herannahenden Fahrzeugs. Wir hielten am Wegrand inne und warteten auf das Auto. Da die schwarze Limousine, die wir für einen Daimler hielten, so langsam an uns vorbeifuhr, konnten wir die Frau, die auf dem Hintersitz Platz genommen hatte gut sehen. Sie trug ein smaragdgrünes Kleid und schenkte uns ein wohlgeübtes Lächeln. Wir waren beide etwas erstaunt, dass die uns unbekannte Dame so freundlich zugelächelt hatte. Nachdem der elegante Wagen vorbeigefahren war, begaben wir uns erneut zur Einfahrt, aber da stand plötzlich ein uniformierter Wächter vor uns und versperrte uns den Weg. Unsere Frage wer denn hier wohne, war ihm unbegreiflich. Wussten wir denn nicht, dass wir uns vor den Toren von Windsor Castle befanden und dass I. M. die Königin soeben zum Tor hinausgefahren war. Die Königin sah ich nie mehr aus nächster Nähe, nur ihre Schwester Prinzessin Margaret und deren Gatten anlässlich eines Empfangs im August 1962 in Kingston, Jamaika.

Da meine Arbeitsbewilligung auf ein Jahr befristet war, verliess ich England im folgenden Frühjahr und reiste nach Paris. Da ich als ABC-Schütze zuerst Französisch gelernt und in meiner Jugend mit Vorliebe französische Bücher gelesen hatte, war es ein langersehnter Jugendtraum gewesen, Paris nicht nur als Touristin kennenzulernen, sondern für einige Zeit in der Seine-Stadt wohnen zu können.

Kurz vor Ende meines Londoner Aufenthaltes, erfuhr ich durch Zufall, dass Herr Wertheimers Geschäftsfreund in Paris, Herr Silbernagel, auf Anfang Mai eine neue Sekretärin suchte. Ich liess mir diese Gelegenheit nicht entgehen, erinnerte Herrn Wertheimer an das bevorstehende Ende meines Arbeitsvertrages und fragte ihn, ob er eine Möglichkeit sähe, dass ich in Paris arbeiten könnte, worauf er mir entgegnete, es wäre sogar sehr opportun, wenn ich nach Paris ginge, und er würde mich bei Herrn Silbernagel aufs wärmste empfehlen.

Das Pariser Büro befand sich am Boulevard Haussmann ganz in der Nähe der alten Oper. Da ich wusste, dass Herr Silbernagel dringend eine Sekretärin brauchte, gelang es mir, finanzielle Forderungen zu stellen, sodass ich mir in Paris einiges mehr leisten konnte. Trotzdem zog ich es vor, erneut in ein Heim des CVJT zu ziehen, welches sich an der rue de Naples unweit vom Parc Monceau befand. Der Frühling in Paris war wundervoll. Anders wie in London, wo ich meistens die U-Bahn benutzte, um von einem Ort zum anderen zu gelangen, durchstreifte ich Paris fast immer zu Fuss. Die reizvolle Place des Vosges, die vor sich hinträumende Place Fürstenberg, das Rodin-Museum oder die Sainte-Chapelle mit ihren farbenprächtigen mittelalterlichen Glasfenstern gehörten zu den Or-

TEIL I: 1930–1950 Aegypten

Mai 1930: Besuch des Ministers H. E. Bassim Bey im Sanatorium zu Helwan, Vater – ebenfalls mit Tarbouche – 6. von links

Vaters knapp bemessene Freizeit: Kamelritt-Pause in der Wüste bei Helwan

1932: Vater an seinem Schreibtisch im Sanatorium zu Helwan, an der Wand das Portrait von König Fouad I.

Mutter kurz nach ihrer Ankunft in Ägypten

Alexandrien: Die Corniche entlang dem alten Hafen, wo meine Eltern als Jungverheiratete des Abends gerne spazierten

MUNICIPALITÉ D'ALEXANDRIE

SERVICE SANITAIRE

Certificat de Naissance

شهادة ميلاد

EXTRAIT du registre sanitaire du Kism

ملخص من دفتر مواليد صحة قسم محرم بك
1934

N° d'enregistrement et date de la naissance .... 1947 .... نمرة القيد ۱۹٤۷ وتاريخ الميلاد ١٦ يناير

Nom et sexe du nouveau-né .... Esther .... اسم الطفل ونوعه .... استير ....

Nom et prénom du père .... اسم ولقب الوالد ....

Nom et prénom de la mère .... اسم ولقب الوالدة .... ترووى نزهرلى

Profession du père (ou de la mère) .... Agent .... صناعة الوالد (او الوالدة) ....

Nationalité .... الجنسية .... يوغوسلافية

Religion .... الديانة .... رومان كاثوليك

Sage-femme .... الداية ....

Habitation et rue .... جهة السكن والشارع .... شارع سعد الزغلول

Le .... 193 .... ۱۹۳٤ .... حررا فى

Pour copie conforme, à délivrer gratuitement هذه الصورة طبق الاصل تعطى مجانا

Signature de l'employé chargé de l'enregistrement توقيع الموظف المسئول عن التسجيل

L nommé .... المسمى ....

a été vacciné .... en date du .... 193 .... ۱۹۳ .... بتاريخ .... طعم ....

et .... pustules ont réussi en date du .... 193 .... ۱۹۳ .... وباسورات نجحت فى ....

N° d'enregis' du registre de la vaccination de .... نمرة القيد من دفتر المطعمين الصحى بجهة ....

Signature ou cachet du Médecin, توقيع او ختم الطبيب

Le .... 193 .... ۱۹۳ .... سنة .... حررا فى ....

L'enfant devra être vacciné dans les trois mois de sa naissance. Tout retard sera puni d'une amende de P.T. 10 à 100 (voir Décrets sur la vaccination en Egypte, 17 Décembre 1890 et 6 Août 1897, et loi No. 9 de 1917).

Dans le cas de déplacement des parents de l'enfant à une autre localité, avant la vaccination, les parents doivent faire la vaccination de l'enfant à la nouvelle résidence, pour éviter d'être mis en contravention ; en même temps ils doivent prévenir le médecin du District ou l'Omdeh du Village pour que ces derniers en avertissent le Bureau où l'inscription de la naissance a été effectuée.

Mein Geburtsschein mit Vaters handschriftlichen Erläuterungen

Als Anderthalbjährige auf
Mutters Schoss

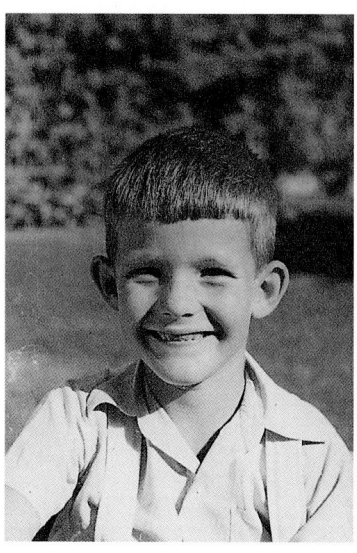

Mein kleiner Bruder Christoph

ECOLE PRIMAIRE SUISSE
° ALEXANDRIE °

ESTHER ZIMMERLI — Kindergarten 1939.
DESSIN.

Mein erstes Zeichnungsheft

Gruppenbild sämtlicher Klassen meiner ersten Schule in Alexandrien (Erster ganz links in der fünften Reihe: mein Arabischlehrer Herr Khoury siebter von links in der ersten Reihe: mein Bruder Christoph achte von links in der dritten Reihe: meine Wenigkeit)

Die Confiserie Baudrot: mein Lieblingsort, wenn ich Mama zum Einkaufen in die Stadt begleiten durfte

DR. E. ZIMMERLI
(Dipl. Féd. Suisse, M.R.C.S. L.R.C.P. Lond.)

ANCIEN DIRECTEUR DU
SANATORIUM FOUAD A HÉLOUAN

SPÉCIALISTE POUR
MALADIES DES ORGANES RESPIRATOIRES
RADIOGRAPHIES

Consultations { de 12 à 1 hs.
{ de 5 à 6 hs.

EXCEPTÉ SAMEDI APRÈS - MIDI

21, Boulevard Said 1er
Tél. 26617

الدكتور زيمرلي
الطبيب بعصحات سويسرا
ومدير مصحة فؤاد بحلوان سابقاً
العيادة من الساعة ١٢ الى الساعة ١
ومن الساعة ٥ الى ٦ مساء
ما عدا السبت بعد الظهر ويوم الاحد
٢١ شارع سعيد الاول بالاسكندرية
تليفون نمرة ٢٦٦١٧

11 JUNE 1940

My dears, ~~Alexandrie,~~

Last night Mussolini entered the spectacle, meanwhile Trudy's letter had been lying here, just to give me time to add this. Alex. is pitch dark again at night and driving about is a nuisance. Otherwise nothing happening so far. I wonder if Egypt will be drawn into the war this is hardly decided yet. At any rate, don't worry about us. If Egypt enters the war the Italians are still not likely to throw a great mass of bombs on the town because their hope is to

Teil eines Schreibens mit Briefkopf seines Rezeptblockes, den Vater zu Beginn des Krieges seiner Schwester und seinem Schwager in Basel sandte mit folgendem Wortlaut:: «Meine Lieben, während dem Trudys (Mutter) Brief hier lag, um Euch dies noch mitteilen zu können, trat Mussolini gestern Nacht ins Spektakel ein. Alex ist nachts wieder stockfinster und mit dem Auto unterwegs zu sein ist eine wahre Plage. Ansonsten passiert hier bis jetzt noch nichts. Ich wundere mich, ob Ägypten in den Krieg hineingezogen wird, darüber wurde noch kaum entschieden. Auf alle Fälle müsst Ihr Euch unsertwegen keine Sorgen machen. Sollte Ägypten in den Krieg eintreten, so werden die Italiener höchst wahrscheinlich kaum eine grosse Anzahl Bomben auf die Stadt werfen, da sie hoffen dass'…

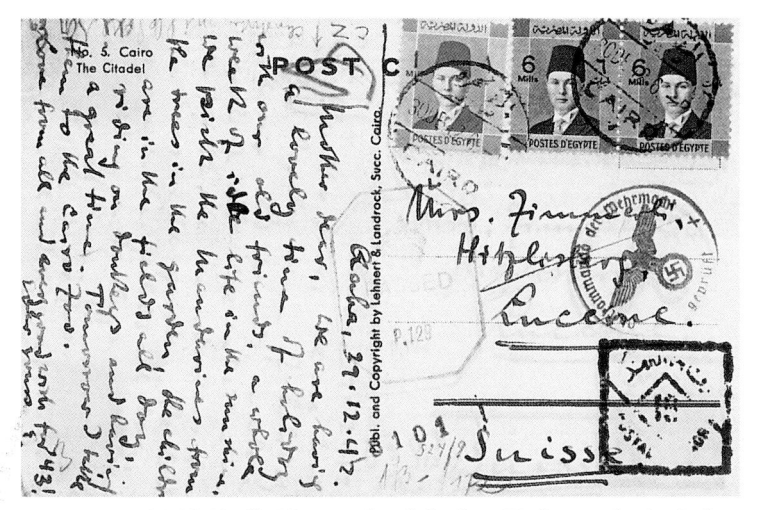

Karte vom 29.12.42, die Vater anlässlich einer Ferienwoche in Qaha seiner Mutter nach Luzern sandte. Interessant sind die verschiedenen Stempel vor allem der Zensurstempel der deutschen Wehrmacht.

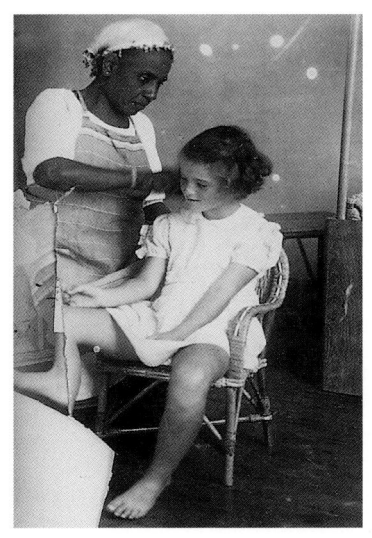

Ich liess mir von Fatma gerne die Haare bürsten

Qaha: Fellache auf Dreschschlitten

Die ganze Familie startbereit zum Sonntagsausflug mit dem Opel.
Am rechten oberen Bildrand erkennt man noch einen Teil unseres
Hauses an der rue Marc Aurèle

General Guisan, der im Winter 1950 den Schweizerklub mit seinem
Besuch beehrte und der sich in mein Poesiealbum eintrug

In diesem Laden kaufte Vater gerne seine Schreibwaren ein

Zuckerfabrik in Armant:
Abladen des Zuckerrohrs auf die Förderbänder

Löschen von Zuckerrohr

Aswan: Cataract Hotel
zu Zeiten als Massentourismus noch ein Fremdwort war.

In Theben waren wir überwältigt von der Grösse der Monumentalstatuen. Ich fand es lustig, mich auf einen der Füsse der Memnonkolosse setzen zu können, währenddem Christoph sich vor dessen Sockel stellte.

Teil II: 1950–1956 Wiedersehen mit der Schweiz und Vermählung

Thomas als begeisterter Alpinist auf dem Doldenhorn ein Jahr vor unserer Begegnung

Thomas und ich freuten uns auf unsere bevorstehende Hochzeit, die am 16.3.1956 stattfand

Teil III: 1956–1959 Westdeutschland und Berlin

Die Bannerträger des Border Regimentes anlässlich der Abschiedsparade in Göttingen. Dazu schrieb das Göttinger Tageblatt unter anderem: «wer hätte am Ende des Krieges gedacht, dass Hunderte von Göttingens Bewohner sich auf die Strasse begeben würden, um die letzten britischen Truppen, die in ihrer Stadt stationiert sein würden, zu begrüssen?'

Unser Sonnenschein Guy

Form BTD/B

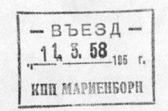

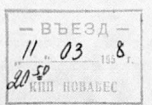

— ВЪЕЗД —
14. 3. 58
КПП МАРИЕНБОРН

UNITED KINGDOM
ROYAUME UNI
СОЕДИНЕННОЕ КОРОЛЕВСТВО

— ВЪЕЗД —
11. 03. 58
20:50 КПП НОВАВЕС

MOVEMENT ORDERS
LAISSEZ-PASSER
ПУТЕВКА

Name / Nom, Prénom / Фамилия, Имя	Rank / Qualité / Чин	Nationality / Nationalité / Гражданство	Identity Document No. / Pièce d'identité No. / № удостоверения личности
HARDMAN, T.	CAPT	BRITISH	104728
HARDMAN, E, A.	MRS	BRITISH	C 101530
HARDMAN, G, T.	MASTER	BRITISH	C 101530

is / are authorized to travel from ... to ... and return
est / sont autorisé(s) à se rendre de ... à ... et retour
уполномочен/уполномочены следовать из HELMSTEDT в Berlin и обратно

by train or by vehicle No.
par le train ou par voiture No.
поездом или на автомашине № Z 493 BZ

from (date) 10th MARCH 1958 to (date) 18th MARCH 1958 inclusive

by
par

Commander-in-Chief, British Army of the Rhine
Commandant-en-Chef de l'Armée Britannique du Rhin
Главнокомандующим Британской Армией при Рейне

HEADQUARTERS
Q (MOVEMENTS)
BAOR

Signature / Подпись *HavB Sykes.*
Title / Qualité / Звание Major, Headquarters B.A.O.R.
Date / Число 10th MARCH 1958

Das für unsere Fahrt von Herford nach Westberlin und die Durchquerung der russischen Besatzungszone benötigte dreisprachige Dokument, welches beim «Allied Check Point» in Helmstedt dem russischen Posten vorgewiesen werden musste.

Als sich Thomas mit dem «Movement Order» beim Russen im Inneren des Holzgebäudes befand, versteckte ich mich im Auto hinter dem Armaturenbrett und schoss – unerlaubterweise – dieses Foto

Zonengrenze Helmstedt Autobahn-Kontrollpunkt

Anlässlich unserer Fahrten nach Ostberlin im Jahre 1958 empfing
uns eine der damalig üblichen politisch angehauchten
«Parolenwände» mit folgenden Worten:
«Friedenfahrer
Herzlich Willkommen
Mit Westberlin als freie Stadt
Wird ganz Berlin
zur Stadt des Friedens»

Britisches Besatzungsgeld

Alleine auf weiter Flur vor dem russischen Kriegsdenkmal mit dem
Reichstag im Hintergrund anlässlich unseres Blitzbesuches in Berlin
im November 1957

Postkarte der fünfziger Jahre

Berlin: Vater und Sohn beim Wannsee

Nun haben wir ein Pärchen. Die stolze Urgrossmutter mütterlicherseits mit Guy und der wenigen Monaten alten Christine

Berlin Sommer 1959

Mit unserem Morris Minor am Fusse der Siegessäule

Blick von der Aussichtsterrasse des Grossen Sterns auf den Tiergarten und dem spärlichen Verkehr Richtung Brandenburger Tor

Kurfürstendamm in den Fünfziger Jahren

Berlin: das Speise- und Tanzlokal mit echtem Gewitter

Jamaika – 1959–1962

Thomas (links im Bild) als diensthabender Offizier der Ehrengarde des West India Regiments zusammen mit Sir Kenneth Blackburne, dem englischen Gouverneur, anlässlich der Eröffnung der 1960/1961 Legislaturperiode des jamaikanischen Parlaments

Stets freuten sich Guy und Christine, wenn Miss Ersuline vom Landesinneren frischgepflücktes Obst und Gemüse nach Newcastle brachte; dann durften die beiden nämlich abwechslungsweise auf ihrem Esel sitzen.

Unser Lieblingsausflugsziel an der Nordküste: die Dunn's River Falls, wo wir oft fast die einzigen Besucher waren

Thomas' Bursche, Adolphus Broadbelt, zusammen mit seiner Braut beim Anschneiden seiner vierstöckigen Hochzeitstorte

Einige Monate vor unserer Rückkehr in die Schweiz wurde Eric – als letzter Spross der Familie – zusammen mit seinen Geschwistern auf die Platte gebannt

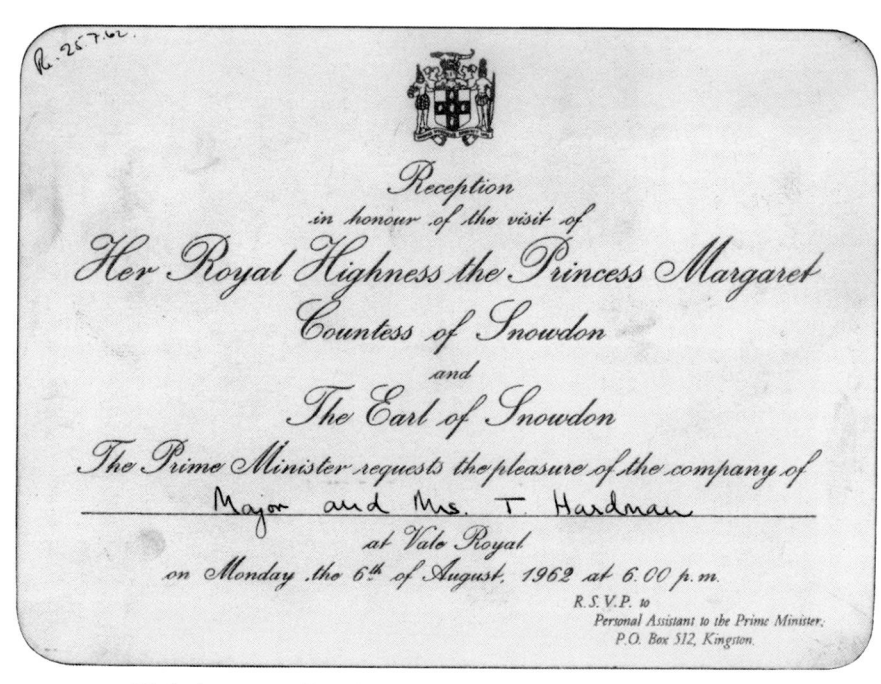

Reception
in honour of the visit of
Her Royal Highness the Princess Margaret
Countess of Snowdon
and
The Earl of Snowdon
The Prime Minister requests the pleasure of the company of
Major and Mrs. T. Hardman
at Vale Royal
on Monday, the 6th of August, 1962 at 6.00 p.m.

R.S.V.P. to
Personal Assistant to the Prime Minister,
P.O. Box 512, Kingston.

Einladung zum Empfang von Prinzessin Margaret und ihrem Gemahl am 6. August 1962 in Vale Royal, der Residenz des Premierministers von Jamaika

Rückkehr nach Europa 1962–1964

Nach dreijährigem Aufenthalt in den Tropen geniessen Guy und Christine die sonnigen Wintertage im verschneiten Garten der Civetta im Tessin

Von dem einst imposanten Bau der Kaiser-Wilhelm-Gedächtniskirche blieb nach dem Krieg nicht mehr viel übrig (Aufnahme von 1959)

Als wir 1963 nach Berlin zurückkehrten, hatte sich deren Erscheinung prägnant verändert. Ein freistehender moderner Glockenturm und ein achteckiger Kirchenneubau flankierten links beziehungsweise rechts die Kirchenruine

TEIL IV: Rückkehr nach Alexandrien 1991:
Damals und heute

Die gepflegte Anlage des ehemaligen griechischen Spitals Cozzika

Nach 40 Jahren fast das gleiche Bild, nur dass die griechischen
Buchstaben durch arabische Schriftzeichen ersetzt wurden

Damals : Die sehr beliebte Bucht von Stanley Bay

Heutige Ansicht von Stanley Bay

English Girls' College, die vor der Türe des Rektorates
angebrachten Schilder

Die vom Schweizerklub zu unserem Empfang aufgetischte prächtig
dekorierte Torte mit dem ehemaligen «Schweizergeschirr»

Zwei Reproduktionen aus der arabischen Fassung

لوحة الغلاف : سلفادور دالى

الإخراج الفنى للغلاف : محمد هلال

رقم الإيداع ١٦٨١-١٩٩٨

الترقيم الدولى I.S.B.N

977 - 5911 - 00 - 1

حقوق الطبع محفوظة للمؤلف

© ESTHER ZIMMERLI - HARDMAN

الناشر : جرين ليف

ت : ٢١٥٠٠٩٧ - فاكس : ٢١٤٠٥٣٦

١ شارع توفيق - قليوب المحطة

حياتى فى مصر

ذكرات فتاة سويسرية عاشت فى الاسكندرية

١٩٣٤ - ١٩٥٠

Mein Leben in Aegypten,

Erinnerungen eines Schweizer Mädchens,

das in Alexandrien geboren und aufgewachsen ist

1934 - 1950

Ein Klassenzimmer voller fröhlicher Schüler und Schülerinnen im Gebäude der ehemaligen «Ecole Suisse d'Alexandrie»

ten, wo ich mich am liebsten aufhielt. Gerne durchstöberte ich auch die Auslagen der Bouquinisten entlang des Seineufers und war beglückt, als ich zwei, zum Teil etwas vergilbte, alte ägyptische Stiche entdeckte, einer von Alexandrien aus dem letzten Jahrhundert, der andere ein kolorierter Stich von Alt-Kairo.

Am Abend ging ich in die «Comédie Française», besuchte kleine Kellertheater und hörte die Chansonniers-Künstler Jacques Brel oder Juliette Greco, oder liess mich bei Sidney Bechets Gastspiel im Olympia von der frenetisch klatschenden Menge mitreissen.

Während der Sommermonate kam Thomas für einige Tage nach Paris. Bei sonnigem Wetter fuhren wir hinaus nach St.-Germain-en-Laye und Versailles. Anders als heute, da die Touristenscharen der ein- und doppelstöckigen Reisebusse wie wilde Bienenschwärme über das Schlossareal herfallen und man nur im Gänsemarsch die Staatsgemächer besuchen kann, so begegneten wir dazumal nur einzelnen wenigen Besuchern. Die weitverzweigten Alleen, die Gärten und Lustwäldchen waren beinahe menschenleer, was wir als verliebtes Paar äusserst schätzten. Ehe Thomas nach England zurückfuhr, verlobten wir uns inoffiziell und beschlossen, im darauffolgenden Jahr zu heiraten.

Da ich nun über ein Jahr von zu Hause weggewesen war, baten mich die Eltern im November heimzukehren. An einem sonnigen klaren Herbsttag verliess ich mit etwas schwerem Herzen mein geliebtes Paris Richtung Basel.

Thomas war inzwischen zusammen mit seinem Regiment – dem «Border Regiment» – nach Göttingen in Niedersachsen versetzt worden, das damals zur Britischen Besatzungszone gehörte und nur etwa zwanzig Kilometer von der damaligen DDR-Grenze entfernt war. Im «Daily Telegraph» vom 12. November 1955 erschien unsere Verlobungsanzeige und wir setzten den Hochzeitstermin auf den folgenden März an.

Während der Wintermonate belegte ich an der Frauenarbeitsschule Näh- und Kochkurse und arbeitete nachmittags als Sekretärin in einem kleinen Reisebüro. Da Thomas – wie auch sein Freund Fergus, den er zum Brautführer bestimmt hatte – am Hochzeitstag die dunkelblaue Paradeuniform mit Schwert und Offizierskappe tragen wollte, musste er in Bern um eine entsprechende Bewilligung ersuchen. Ich trug ein langes Brautkleid aus weissem Damast, dessen Stoff Mama vorsorglich noch in Alexandrien gekauft hatte. Aus Dänemark kam meine Freundin Lone angereist. Mit ihrem blonden Haar und dem himmelblauen langen Kleid war sie eine bezaubernde Brautjungfer. Die Sonne lachte aus einem tiefblauen Himmel, als wir am 16. März 1956 durch den englischen Pfarrer in der Sankt-Niklaus-Kapelle des Basler Münsters getraut wurden. Nach der Trauung trafen sich die Hochzeitsgäste zu einem Mahl in der unmittelbar am Rhein gelegenen «Solitude». Nach einer lustig vorgetragenen Schnitzelbank, verabschiedete Vater Thomas und mich mit einer gehaltvollen Rede.

# Teil III
1956–1959
Aufenthalte in Westdeutschland und Berlin

Krause 3x klingeln

Nach unserer im Bündnerland verbrachten Hochzeitsreise liessen wir uns in Göttingen nieder, wo wir unweit des Hainparks und dem Fritjof-Nansen-Haus in den oberen Stock eines am Rasenweg 7 gelegenen Zweifamilienhauses einzogen. Die kleine Wohnung war, wie es bei der BOAR (British Army of the Rhine) üblich war, durch die englische Armee mit allem Nötigen an Möbeln, Vorhängen, Geschirr bis hin zur Bettwäsche reichlich ausgestattet worden. Um unserer Wohnung den kleinen individuellen Akzent zu geben, freute ich mich, im Esszimmer die mit Blumen bemusterte schwarzgoldene Neuenburger Pendule aufzuhängen; verschiedene Gemälde und Stiche von Schweizer Städten und Landschaften fanden ihr Plätzchen an der Wand. Im Buffet wurde das Silberbesteck eingeräumt und die Vitrine im Wohnzimmer zeigte stolz einige antike Kostbarkeiten aus Ägypten. Wir waren beide froh, dass uns der Grossteil des Haushaltes leihweise von der Armee zur Verfügung gestellt wurde, denn das erleichterte in mancher Hinsicht die zahlreichen späteren Versetzungen. Wenn ich mir für den Haushalt etwas kaufen wollte, kam stets die Überlegung: kann ich es gut einpacken, braucht es viel Platz in der Kiste oder ist es zu umständlich, um von A nach B geschickt zu werden? Im Kochen hatte ich noch nicht viel Erfahrung. Deshalb bereitete mir die Umwandlung der in meinem Schweizer Kochbuch angegebenen Gewichte in die englischen «pounds» und «ounces» wie sie auf der von der Armee gestellten Waage angezeigt waren, einiges Kopfzerbrechen. Sollte ich mir nun eine neue deutsche Küchenwaage kaufen und die bei jedem Wohnungswechsel wieder ein- und auspacken? Da war es einfacher ein englisches Kochbuch zu kaufen und mich mit den englischen Massen vertraut zu machen. An allen Orten in Deutschland, in denen Britische Streitkräfte stationiert waren, gab es entsprechende englische Einrichtungen wie Primarschule, Kino, Offiziersklub, Mannschaftskasino und einen Laden, der ein breitgefächertes Sortiment an englischen Lebensmitteln einschliesslich taxfreiem Alkohol führte. Zusätzlich fand man in diesen Geschäften ein begrenztes Angebot an Kleidern, Schuhen, Büchern- und Papeterieartikel. Obwohl diese Lokalitäten für jedermann zugänglich waren, wurden sie von den Deutschen kaum besucht, da man nur mit speziellen Banknoten, dem sogenannten Besatzungsgeld, zahlen konnte. Das Kleingeld bestand zum Teil auch aus den üblichen englischen Münzen.

Bei den Offizieren des «Border Regiments» herrschte ein reges gesellschaftliches Leben. Wir wurden oft zu Cocktails oder Diners eingeladen. Ab und zu suchten wir mit Bekannten den Göttinger Ratskeller auf, wo man für wenig Geld vorzüglich essen konnte.

Die im Terminkalender 1956 wichtigen Regimentsereignisse waren die Ende Mai in Hannover – zu Ehren des Geburtstages Ihrer Majestät Königin Elizabeth II (obwohl sie persönlich nicht anwesend war) – stattfindende Parade und dem Vorbeimarsch vor dem englischen Kommandeur des Hannover-Distriktes. Im Anschluss an die Parade und die einundzwanzig Salutschüsse luden der Brigadier und der General Major sämtliche Offiziere mit ihren Frauen zu einem Empfang in der Offiziersmesse an der Heiligengeiststrasse 17 in Hannover ein. Einige Wochen später fand auf Brigade-Ebene ein

Wettschiessen mit Amerikanern und Belgiern statt mit anschliessender Cocktailparty.

Bald darauf kam unsere erste Trennung als Thomas zu mehrwöchigen Manövern in Sennelager nördlich von Paderborn einrücken musste. Kurz nach seiner Rückkehr kamen meine Eltern auf Besuch und ich fand es herrlich, sie tagsüber mit den Sehenswürdigkeiten der Universitätsstadt Göttingen bekannt zu machen. Übers Wochenende ging es dann etwas weiter zum Nachmittagstee auf die Terrasse des 1369 erbauten Schlosses «Berlepsch» oder bis zu den prächtig verzierten alten Fachwerk- und Patrizierhäusern von Münden am Zusammenfluss von Werra und Fulda.

Im Sommer lud uns Lone nach Dänemark ein und ich war entzückt, Thomas die zahlreichen interessanten und sehenswerten Orte dieses bezaubernden Landes zeigen zu können.

Die Zeit in Göttingen verging allzu schnell, denn bereits im Herbst des gleichen Jahres stand uns der erste Ortswechsel bevor. Aus beruflichen Gründen sollte Thomas für eine Zeitlang, Erfahrungen im Hauptquartier der vierten Infanterie-Division sammeln und aus diesem Grunde wurden wir nach Herford in Westfalen versetzt.

Wie bereits in Göttingen, so wurde uns auch hier – am Schildkamp 6 – ein von der Armee beschlagnahmtes Mietobjekt zugewiesen. Diesmal handelte es sich allerdings um ein geräumiges Einfamilienhaus, in dem sich noch vereinzelte Möbelstücke der ehemaligen deutschen Besitzer befanden. In der recht dunklen Küche fand ich in einem altmodischen schwerfälligen Küchenbüffet aus den zwanziger Jahren sogar noch ein altes deutsches Kochbuch. Zwar vermisste ich ein wenig die kleine praktische Wohnung in Göttingen, andererseits hätte sie sich kaum für den Familienzuwachs geeignet, den wir für den kommenden April erwarteten.

Wir lebten uns schnell ein, denn auch hier wurden wir von den Offiziersfamilien der verschiedenen Regimenter, die im Hauptquartier eingegliedert waren, wiederholt eingeladen. Während der trüben und kalten Wintermonate in Herford dachten wir oft an die sonnigen Tage des ländlichen Göttingens mit seinem mittelalterlichen Rathaus, den schmucken Fachwerkhäusern und dem lieblichen Gänseliesel-Brunnen auf dem Marktplatz.

Nach den Weihnachtsferien, die wir bei meinen Eltern in Basel verbrachten, schienen mir die nachfolgenden Wochen recht lange, denn mit grosser Ungeduld freuten wir uns auf unser erstes Kind.

Als es so weit war, wurde ich an einem sonnigen Frühlingstag von einer etwas schlecht gefederten aber noch fahrtauglichen Armeeambulanz ins Britische Militärspital in Rinteln an der Weser gefahren, wo unser Stammhalter Guy zur Welt kam.

Als Guy einige Monate alt war, zogen wir um an den Eulenweg 5 in ein von der Armee neu erstelltes Einfamilienhaus, das etwas kleiner aber wesentlich heller und freundlicher war als das vorgängige. Mit Unterstützung einer deutschen Haushaltshilfe, die uns für wenig Entgelt zugeteilt wurde, (und deren Restlohn von den durch die Deutschen zu entrichteten Besatzungskosten beglichen wurde) sowie mit Hilfe von Thomas Burschen, der für die makellose Pflege sämtlicher Uniformen und deren Zubehör zuständig war, die Heizung besorgte, ab und zu das Silber auf Hochglanz putzte und bei Bedarf willig als unser «Baby-sitter» figurierte, konnte ich mich fast ausschliesslich unserem Sohn widmen, der prächtig gedieh und uns viel Freude bereitete.

In einer hellblauen Tragtasche nahmen wir ihn überall mit, wenn wir die nähere und weitere Umgebung Herfords erkundeten. Das Erholungsgebiet des Weserberglandes bot uns eine reiche Auswahl an landschaftlich und kulturell interessanter Ausflugsziele. Dazu gehörten das mittelalterliche Städtchen Höxter mit seinem bedeutenden Kloster Corvey, der idyllische durch Baron von Münchhausen bekanntgewordene Ort Bodenwerder, des Rattenfängers Heimat Hameln, der herrliche Palmengarten von Bad Pyrmont, wo bereits der junge Wilhelm von Humboldt spazierte. Wollten wir nicht zu weit fahren, besuchten wir die gepflegten Kurorte von Bad Salzuflen oder Bad Oeynhausen.

Im Spätsommer bereisten wir die Schweiz und waren sehr froh, dass wir während dieser Zeit unseren Stammhalter in bester Obhut bei den «Basler» Grosseltern zurücklassen konnten. Eh wir nach Herford zurückkehrten, feierten wir Guys Taufe durch den englischen «Chaplain» in der Seitenkapelle des Basler Münsters, wo unsere Hochzeit stattgefunden hatte.

Während unseres Aufenthaltes in Herford war unser Regiment das «Border Regiment» – von welchem wir uns, wie vorerwähnt, aus beruflichen Gründen für einige Zeit trennen mussten – von Göttingen nach West Berlin versetzt worden.

Anlässlich des alljährlich im November stattfindenden Regimentsballs und der Parade lud uns das Regiment für ein verlängertes Wochenende nach Berlin ein. Nebst der gedruckten Einladung zum Ball, wurden die Daten unseres Besuches vom «Headquarter Berlin Independant Brigade British Forces» dem Hauptquartier «4th Infantry Division» schriftlich bestätigt, wobei darauf hingewiesen wurde, dass bei einem eventuellen Besuch Ostberlins stets Uniform zu tragen sei.

Mein erster Besuch in der in vier Zonen aufgeteilten Stadt hinterliess einen tiefen Eindruck. Einerseits das pulsierende Leben am Kurfürstendamm, breite Prachtstrassen und Alleen, die Siegessäule mit dem goldenen Engel, zahlreiche gepflegte Grünanlagen und kleinere Gewässer mitten in der Stadt. Andererseits den stark beschädigten Reichstag, die Kaiser-Wilhelm-Gedächtniskirche mit ihren – bis auf einen – zerstörten Türmen. Das ehemalige Botschaftsquartier des angrenzenden Tiergartens – dessen ganzer Baumbestand durch Zerstörung und Abholzen im eisigen Winter 1945 vernichtet worden war – und in dem nur noch vereinzelte Villen inmitten frisch angepflanzter Sträucher zu sehen waren. Häuserreihen mit zahlreichen Einschusslöchern und dazwischenliegenden offenen Plätzen, welche verschiedene Gebäudekomplexe erahnen liessen. Villenviertel mit ihren einst stattlichen und ehrwürdigen Einfamilienhäusern an deren Haustüre nun mehrere, mitunter handschriftlich geschriebene, Namensschilder angebracht waren, die z.B. «Hoffmann und Müller 1x läuten, Schmitt 2x, Krause 3x klingeln» lauteten.

Bei diesem Kurzbesuch wurden wir auch zu einer Besichtigung Ostberlins eingeladen. Hier schien der Krieg nur wenige Jahre zurückzuliegen. Der Kontrast zwischen dem geschäftigen Treiben, den reichbestückten Schaufensterauslagen und den verkehrsreichen Boulevards des Westens und den beinahe menschenleeren Strassen unweit des Alexanderplatzes oder Unter den Linden im Osten war unübersehbar. Schwer beschädigte Prachtbauten säumten die einst lebhaften Strassenzüge. Beim Anhalterbahnhof sah man noch die Ruinen des riesigen Excelsior-Hotel-Komplexes. Graue, dürftig gekleidete Gestalten huschten eilig über die Strassen. Heruntergekommene Häuserreihen und endlos scheinende Ruinenfelder prägten das Bild Ostberlins. Als kleiner «Lichtblick» in dieser allgegenwärtigen Zerstörung empfand ich die bereits wieder stilgerecht aufgebaute Deutsche Staatsoper unweit des Brandenburgertors. Was mich allerdings damals tief beeindruckte, war das monumentale Kriegsdenkmal im Treptower-Park, welches zum Gedenken an 7000 gefallene russische Soldaten nach einer Bauzeit im Jahre 1949 fertiggestellt worden war.

Bedeutend kleiner war das im Westsektor unweit vom Reichstag gelegene russische Kriegsdenkmal. Tag und Nacht wurde es von russischen Soldaten bewacht und bildete somit eine sowjetische Enklave mitten im Britischen Sektor.

Die Besichtigung im Ostsektor erlaubte uns auch einen kurzen Abstecher in das damalige HO-Geschäft am Alexanderplatz. Ich erinnere mich noch lebhaft an den – inmitten der feilgebotenen und mir wie Vorkriegsmodelle erscheinende höchst unscheinbare Tricotunterwäsche – an einer Wand ausgestellten hübschen rosafarbenen Spitzenunterrock. Als ich mich nach dessen Preis erkundigte, hiess es, dies wäre ein unverkäufliches und nur für Ausstellungszwecke bestimmtes Modell. In der Parfumerieabteilung erblickte ich von weitem auf einem, wie es schien, nur provisorisch gezimmertem Holzgestell eine Packung «Chanel Nr. 5». Bei genauerer Betrachtung entpuppte es sich als eine mir ganz unbekannte Parfummarke irgend eines Namens zuzüglich des Schriftzuges «Nr. 5». Unweit des HO-Geschäftes entdeckten wir ein Fischgeschäft mit einer reichen Auswahl an Fischdosen. Beim näheren Hinschauen, bemerkten wir jedoch, dass sämtliche Dosen mit dem gleich schmalen Etikett versehen waren. Der einzige Unterschied bestand in der Farbe: rot für Hering in Tomatensauce, grün für Hering mit Kapern, weiss für Hering mit Zwiebeln und gelb für Hering mit Curry.

Leider verging dieses erlebnisreiche Wochenende in Berlin allzu schnell, doch freuten wir uns darüber, dass wir in der geteilten Stadt, für die damals ausländische Touristen noch kein Besuchervisa erhielten, bereits im Frühjahr 1958 unser viertes Heim beziehen würden.

Es wurde langsam Zeit, unseren Stammhalter den englischen Grosseltern vorzuführen und da wir nach unserer Ankunft in Berlin nicht so schnell wieder Ferien machen konnten, beschlossen wir über Weihnachten von Düsseldorf aus nach Manchester zu fliegen, wo wir von der ganzen Familie aufs herzlichste empfangen wurden. Die uns verbleibende Zeit in Westdeutschland verging wie im Flug.

Im Februar war es uns noch vergönnt für eine Woche nach Winterberg im Hochsauerland fahren zu können. Der auf etwas über 800m hoch gelegene Sommer- wie Winterkurort war damals das beliebteste Ferien- und Freizeitzentrum der britischen Besatzungsmacht. Die Offiziere und ihre Familien hielten sich im grosszügigen Kurhaus auf, während die Unteroffiziere mit Anhang das etwas bescheidenere «Snow Inn» bewohnten. Im Sommer konnte man sich im geheizten, nach olympischen Massen gebauten, Gartenbad tummeln, wandern, Tennis spielen oder reiten. Busfahrten zu den nächst gelegenen Sehenswürdigkeiten einschliesslich Marburg wurden organisiert. Während der Wintermonate fanden alljährlich die «BAOR and Army Ski Championships» statt. Während unseres kurzen Urlaubes gab Sir Dudley Ward, der damalige Oberbefehlshaber der britischen Streitkräfte in Westdeutschland einen grossen Empfang im Kurhaus zu dem wir auch eingeladen wurden.

Kurze Zeit nach unserer Rückkehr aus Winterberg hiess es in Herford erneut, unsere Zelte abbrechen, um nach Westberlin zu übersiedeln.

Für die Fahrt von Herford nach Westberlin und die Durchquerung der russischen Besatzungszone benötigten wir eine spezielle Erlaubnis, die sogenannten «Movement Orders». Diese Bescheinigung, ausgestellt vom Commander-in-Chief British Army of the Rhine mit abgebildeter britischen Flagge, war ein in Englisch, Französisch und Russisch verfasstes Dokument, welches beim «Allied Check Point» in Helmstedt dem russischen Posten vorgewiesen werden musste. Aus Sicherheitsgründen wurde gleichzeitig dem Britischen Hauptquartier in Westberlin unsere Durchfahrt bei Helmstedt gemeldet. Sobald wir in Westberlin ankamen, mussten wir beim Britischen Hauptquartier unsere reibungslose Ankunft rückbestätigen.

Unser neues Zuhause befand sich im, zum Britischen Sektor gehörenden Villenviertel des Berliner Stadtteils von Spandau. Das freistehende ältere Einfamilienhaus stand in einem grossen und etwas verwilderten Garten an der ruhig gelegenen Kattfusstrasse.

Wie bereits am Eulenweg in Herford, so hatten wir auch hier dienstbare Geister, die bei uns Hand anlegten. Zu jener Zeit hatten wir eine höchst illustre Gesellschaft: von der zuvorkommenden gebildeten Frau, die mir im Haushalt half, erfuhr ich, dass sie früher einmal Berliner Schachmeisterin gewesen war; derweilen der Bursche Shakespeare hiess.

Ein Teil des Bezirks Spandau errang nach dem zweiten Weltkrieg traurige Berühmtheit. Dessen Gefängnis beherbergte eine Anzahl deutscher Kriegsverbrecher, allen voran Rudolf Hess, den in Alexandrien geborenen Stellvertreter Hitlers. Während unserer ersten Stationierung in Berlin, sassen hinter den roten Backsteinmauern des Alliierten Militärgefängnisses ausser Hess auch Baldur von Schirach, ehemaliger Gauleiter von Wien und Albert Speer, der Reichsminister für Bewaffnung und Munition. Letztere zwei wurden nach zwanzigjähriger Haft 1966 aus Spandau entlassen, während Hess schliesslich 1987 im Gefängnis verstarb, nachdem er in den letzten Jahren seines Lebens als der in der Welt bestbewachte Einzelinsasse gegolten hatte. Die vier Grossmächte wechselten einander ab in der Bereitstellung ihres Wachpersonals.

Wenn wir beim Gefängnis vorbeifuhren, warf ich stets einen Blick auf einen der Wachtürme, um die Nationalität des jeweiligen Wachsoldaten feststellen zu können. Eines Tages wurde auch die von Thomas geleitete Kompanie während vier Wochen zur Bewachung des Gefängnisses abkommandiert. Nach Ablauf der vier Wochen fand die turnusgemässe Übergabe der Bewachungsverpflichtung an die nächstfolgende Besatzungsmacht in diesem Fall die Sowjetische Armee statt. Zur Feier der Übergabe fand in einem Spezialraum des Gefängnisses ein kleines «Viermächte-Mittagessen» statt, an dem nur acht Gäste teilnahmen. Ein französischer Offizier samt Ehefrau, ein amerikanischer Offizier mit Gemahlin, sowie Thomas, der bei diesem Turnus der diensttuende Offizier war und den ich begleiten durfte. Wir drei Ehepaare des Westens waren recht gespannt auf die Frau des russischen Offiziers, doch dieser stellte uns nur seine Dolmetscherin vor. Für mich blieb dies ein unvergessliches Mittagessen.

Abgesehen vom üblichen regen gesellschaftlichen Regimentsleben, bot uns Berlin eine grosse Auswahl kultureller und anderer Vergnügungsmöglichkeiten dar. Die Armeeangehörigen kamen manchmal in den Genuss von Freibilletten zu Operetten- oder Zirkusaufführungen. Im Gegensatz zu den anderen Offiziersfrauen unseres Regimentes, die der deutschen Sprache zumeist nicht kundig waren, benutzte ich die Gelegenheit und besuchte oft Theateraufführungen im Westen wie auch im Osten. Eine weitläufige Kusine von mir war zu jener Zeit eine der ersten Schauspielerinnen des Bertolt-Brecht-Ensembles beim Theater am Schiffbauerdamm. Ich sah sie dort als Virginia in Brechts «Leben des Galilei». Anschliessend lud sie mich zu einem, für Ostberliner Verhältnisse teures und exklusives, Abendessen im «Ganymed» am Schiffbauerdamm 5 ein.

Nebst den Theaterabenden war ein Besuch in der Deutschen Staatsoper Unter den Linden jedesmal ein feierliches Erlebnis. Unvergesslich bleiben mir Aufführungen von Mozarts «Don Giovanni» und Verdis «La Traviata». Damals erhielt man für eine Westmark fast vier Ostmark. So konnten wir uns für erschwingliche Preise die besten Theaterkarten leisten. Allerdings war beim Theater- oder Opernbesuch in Ostberlin das Tragen der Uniform strikte vorgeschrieben. Natürlich war es unumgänglich, dass man sich dann von allen Seiten gemustert und «begutachtet» fühlte, mit zum Teil höhnischen oder neidvollen Blicken seitens der Ostdeutschen und kritischen bis wohlwollenden Blicken seitens der Opernliebhaber aus dem Westen. Mich störte dies nicht weiter. Im Gegenteil, ich genoss es, in meinem Abendkleid am Arm von Thomas in seiner dunkelblauen Sonntagsuniform mit den von Shakespeare auf Hochglanz polierten goldfarbenen Knöpfen, das mit grünem Marmor und funkelnden Kronleuchtern ausgestattete Foyer zu betreten.

Nebst dem Uniformzwang musste sich Thomas bei jedem Opernbesuch oder sonstigem kurzen Aufenthalt in Ostberlin jeweils bei seiner Einheit abmelden und bei der Rückkehr nach Westberlin bei der gleichen Stelle wieder zurückmelden.

In der Regel zogen wir es vor, in Westberlin auszugehen. Des öfteren besuchten wir einen englischen Film im eigenen Armeekino des NAAFI-Klubs am Reichskanzlerplatz. Anschliessend begab man sich in den nahegelegenen Offiziersklub zu einem gemütlichen Mahl unter Freunden oder in den «Zigeunerkeller» am Kurfürstendamm, wo man zu Zweit bei Wienerstimmung mit einer Flasche Tokaier bereits für knappe 20 Mark speisen konnte. Wollte man mitunter in originellerem Rahmen tafeln, dann bestellte man sich einen Tisch mit oder ohne Telefon in dem 1899 gegründeten Speiserestaurant

«Rheinische Winzerstuben» gegenüber des Bahnhofs Zoo. In diesem Lokal bot sich dem Fischliebhaber die Gelegenheit, den Fisch gleich selber zu angeln. In einer Ecke befand sich ein runder Teich in welchem Aale ihre letzten Lebensstunden fristeten. Nach einer köstlichen Mahlzeit konnte man mit seinem Partner das Tanzbein schwingen. Alleinstehende Herren benützten ihr Tischtelefon, um ihre Auserwählte zum Tanz einzuladen. Den Hauptanziehungspunkt der «Winzerstuben» bildete jedoch das dreimal abendlich stattfindende Gewitter. Der Saal verdunkelte sich allmählich. Kurze Zeit darauf vernahm man einen kräftigen Donnerschlag, Blitze erhellten die Dunkelheit und es fing richtig zu regnen an. Dies spielte sich alles vor einer mit einer Rheinaussicht bemalten Wand, die etwas an die Rheinpfalz bei Kaub erinnerte. Durch die in das Wandbild eingefügten künstlichen Weinstöcke fühlte man sich wirklich in eine typische rheinische Landschaft versetzt. Bald darauf war der «Gewitterspuk» vorbei, die Lichter gingen wieder an und eine wohltuende Kühle erfüllte das Lokal, sodass man erfrischt von neuem zu Tanzen begann. Ein weiteres ähnliches Lokal war das Ballhaus «Resi» in Neuköln im amerikanischen Sektor. Hier gab es ausser den 250 Tischtelefonen, den berühmten Tischrohrpostdienst mit welchem an die Tausende von Briefen und kleine Geschenke von einem Gast zum anderen befördert wurden. Eine zusätzliche Attraktion bildete die prächtige Wasserschau mit ihren 9'000 Wasserfontänen, die sich in einem atemberaubenden Farben- und Musikspiel auf und ab bewegten.

Unser Aufenthalt in Spandau dauerte nur einige Monate, denn kurz vor Weihnachten hiess es erneut Koffer und Kisten packen, doch diesmal war es kein Ortswechsel, sondern wir zogen von Spandau nach Charlottenburger in ein neuerstelltes Zweifamilienhaus ein. Es war die Zeit, in welcher die meisten der durch die Alliierten am Kriegsende beschlagnahmten Villen an deren Eigentümer zurückgegeben wurden. Um dies zu ermöglichen, wurden neue Wohngebiete geschaffen, die ausschliesslich für die Benützung durch Angehörige der westlichen Alliierten bestimmt waren.

In unserer Siedlung waren alle Wege nach britischen Dichtern benannt worden und unser Haus befand sich am Scottweg Nr. 51 unweit der Heerstrasse und des Scholzplatzes. Es war eine sehr ruhige Gegend, ausser wenn britische Tanks ab und zu die Heerstrasse hinunterfuhren, dann war das gewaltige Dröhnen unüberhörbar.

Obwohl wir Berlin mit seinen zahlreichen kleinen und grösseren Parkanlagen, Seen und Wäldern als eine äusserst grüne Stadt empfanden, so vermissten wir es doch, dass man im Sommer nicht ab und zu die Möglichkeit hatte, irgendwo «aufs Land» fahren zu können, vorbei an saftig grünen Wiesen und goldenen Getreidefeldern. Es wurde einem dann immer wieder bewusst, dass man sich in einer Art städtischer Enklave befand, umgeben von «feindlichem Land».

In den Wintermonaten herrschte eisige, aber meist trockenen Kälte. Anlässlich einer gemütlichen Fahrt mit unserem schwarzen Morris Minor entlang dem zum Teil zugefrorenen Wannsee begegneten wir eines Tages einer etwas furchterregenden Wildsau und waren recht froh, als diese, durch unseren Motorenlärm verängstigt, im angrenzenden Dickicht verschwand. Dazu bemerkte unser Freund Fergus, dass es sich wohl um ein Überbleibsel von Görings gut dotiertem Wildbestand handelte.

Wenn es schneite und die Schneedecke dick genug war, gingen wir oft mit Guy im nahegelegenen Grunewald schlitteln. Im Winter war der Teufelsberg das Schlittelparadies für Gross und Klein. Dieser knapp über hundert Meter hoch und für

Schweizer Begriffe eher bescheiden aussehende Berg entstand auf den Ruinen der ehemaligen wehrtechnischen Fakultät: zusammen mit dem übrigen Trümmerschutt der Stadt bildet er Berlins höchsten künstlichen Hügel.

Mit Sehnsucht erwarteten wir den Frühling und die Geburt unseres zweiten Kindes. Genau am Ostersonntag zu den Radioklängen von Chris Howlands englischem Familienwunschprogramm kam unsere Tochter Christine im britischen Militärspital in Charlottenburg zur Welt. Mit einer kleinen Kindereinladung und selbstgebackenem «birthday cake» feierten wir einen Monat später Guys zweiten Geburtstag. Für die Taufe von Christine reisten wir im Juli mit unserem jungen Pärchen nach Basel, wo die stolzen Grosseltern und die strahlende Urgrossmutter uns aufs herzlichste empfingen.

Da Thomas nun bereits über drei Jahre in Deutschland dienstlich verpflichtet war und diese Amtszeit als «home station» betrachtet wurde, stand ihm in Kürze ein Dienst in Übersee bevor.

1959–1962
Jamaika

Kolibris und Mangobäume

Eh wir nach Übersee versetzt wurden, war es Thomas, als routiniertem und begeistertem Bergsteiger, durch die Armee ermöglicht worden, an der von Britischen und Pakistanischen Streitkräften organisierten Bergsteigerexpedition des Hindu-Kush-Gebirges im nordwestlichen Teil Pakistans teilzunehmen. Die Expedition bestand aus acht Armee-, zwei Marine- und drei Pakistanioffizieren. Während seiner Abwesenheit war ich mit den Kindern bei meinen Eltern in Basel bestens aufgehoben.

Kurz nach seiner Rückkehr in die Schweiz – wir hatten uns von Berlin bereits verabschiedet – erhielten wir Bericht vom Kriegsministerium in London, dass Thomas für die nächsten drei Jahre dienstlich nach Jamaika, der grössten Karibikinsel, verpflichtet worden war. Unsere Freude war gross und für mich erfüllte sich der Wunschtraum, den ich seit meiner ersten Stelle im Londoner Büro gehegt hatte, dieses Tropenjuwel hautnah kennenzulernen.

Als Thomas seinen Dienst im Herbst 1959 beim «West India Regiment» aufnahm, war Jamaika noch eine englische Kronkolonie und zählte seit über dreihundert Jahren zu den Überseebesitztümern Grossbritanniens. Jedoch begann sich bereits damals die Insel auf ihre Loslösung vom englischen Königreich vorzubereiten. Im August 1962, dem Jahr unserer Rückkehr nach Europa, erhielt sie ihre Unabhängigkeit.

Das Ende der zwanziger Jahre aufgelöste Kolonialregiment, bekannt unter dem Namen «Jamaica Regiment», welches Grossbritannien über anderthalb Jahrhunderte gedient hatte, wurde 1959 zu neuem Leben erweckt. Da die Insel ein Jahr zuvor der Westindischen Föderation beigetreten war, hiess es nun «The West India Regiment». Das Regiment wurde nach britischem Muster trainiert und ausgerüstet und so war es kaum verwunderlich, dass die Offiziere Ihrer Majestät zur Unterstützung und Ausbildung der einheimischen Offizieren nach Jamaika beordert wurden. Nach erfolgter Unabhängigkeit der Insel und allmählichen Vergrösserung des einheimischen Offiziersstabes räumten die britischen Streitkräfte den karibischen Raum, den sie über dreihundert Jahren besetzt hatten. Die dem «West India Regiment» dienenden Soldaten wurden in sämtlichen der Westindischen Föderation angeschlossenen grossen und kleinen Inseln rekrutiert.

Der grössere Teil des Regimentes war etwas ausserhalb des Stadtzentrums von Kingston in den Kasernen des «Up Park Camp» einquartiert. Während die Rekruten ihre Ausbildung in der auf über tausend Meter hoch gelegenen Kaserne von Newcastle im Blue Mountain Gebirge absolvierten.

Anders wie dies in Deutschland der Fall gewesen war, so stand den zahlreichen britischen Offizieren während ihres begrenzten Inselaufenthaltes keine Dienstunterkunft zur Verfügung. Als Ausgleich erhielt man nebst dem Sold monatlich eine beträchtliche «overseas allowance», so dass einem dieser Überseezuschuss erlaubte, auf eigene Kosten ein seinen Verhältnissen entsprechendes Mietobjekt zu beziehen. Aus diesem Grunde reiste Thomas alleine nach Jamaika, um für uns in Kingston ein passendes Zuhause zu finden. Ich folgte ihm einige Zeit später.

Zuerst reiste ich von Basel aus mit den beiden Kindern mit

einer Vickers Viscount der Aer Lingus nach England, wo wir von den englischen Grosseltern in Manchester in Empfang genommen wurden. Knappe zwei Wochen später bestieg ich mit Guy an der einen und Christine in der Tragtasche an der anderen Hand in Blackbushe in der Nähe von London ein Flugzeug, welches uns zusammen mit weiteren Armeeangehörigen nach etlichen Zwischenlandungen nach Jamaika bringen würde. Auf dem vor mir liegenden alten Flugticket der «Eagle Aviation», fehlen jegliche Angaben über genaue Abflug- und Ankunftszeiten in London beziehungsweise Kingston. Soviel ich mich erinnere, muss es sich um ein von der Armee gechartertes Flugzeug gehandelt haben. Wir verliessen London am späten Nachmittag des 23. Oktobers und nach einem kurzen Zwischenhalt in Reykjavik um Mitternacht landeten wir am folgenden Morgen bei sonnigem tiefblauen Himmel und Minustemperaturen – es lag noch etwas Schnee auf dem Flugfeld – in Gander auf Neufundland. Bei dieser Zwischenlandung kaufte ich mir als Erinnerung an das Betreten von kanadischem Boden einen als Briefbeschwerer aus echtem Seehundfell angefertigten Seelöwen. Einige Jahre später begegnete ich einem Seelöwen in freier Natur als ich an der Südküste Nordirlands am Meer spazierenging.

Auf unserem Flug von Neufundland nach New York zur dritten Zwischenlandung konnte man die im Atlantik dahintreibenden Eisschollen gut ausmachen. In New York angekommen verliessen die meisten Passagiere das Flugzeug. Es war herrlich, dass einem für die letzte Etappe des langen Fluges nun viel mehr Platz zur Verfügung stand; sodass man sich der Länge nach ausstrecken konnte. Leider dauerte die ausgestreckte Haltung nur kurze Zeit, denn plötzlich überraschte uns ein heftiges Gewitter und jedermann musste sich im Sitz anschnallen. Die Freude auf ein baldiges Wiedersehen mit

Thomas überdeckte die Angst der zuckenden Blitze, welche die dunkle Nacht zu hellem Tag erschienen liessen. Endlich war es soweit als wir nach fast zwei Tagen nach unserem Abflug in London um 02.00h des 25. Oktobers wohlbehalten in Kingston ankamen. Als wir London verliessen herrschte mildes Herbstwetter und wir hatten uns dementsprechend angezogen. In Gander auf dem Rollfeld fror ich in meinen Seidenstrümpfen, meinem Rock aus grauem Flanell mit weisser Baumwollbluse und dem leichtem Regenmantel, während Guy wie eh und je ganz warme Händchen hatte und Christine friedlich in ihrer Tragtasche schlummerte. Als ich aber in Kingston dem Flugzeug entstieg, schien es mir als wäre ich mit dicken Wollstrümpfen und Wintermantel bekleidet. Nach erfolgter Passkontrolle wurden sämtliche ankommenden Flugpassagiere mit einem herrlichen Gläschen Rumpunsch begrüsst. Währenddem sich Thomas um das Gepäck kümmerte, erkundigte ich mich bei einer hübschen dunklen Stewardess, ob es denn immer so schrecklich heiss und feucht wäre. Darauf antwortete sie mir mit einem bezaubernden Lächeln «*Oh but Madam it's lovely and cool tonight*». Diese Erwiderung hat sich für immer in mein Gedächtnis eingeprägt; denn später als ich mich auf dieser prächtigen Insel gut eingelebt hatte, dachte ich an kühlen Abenden des öfteren wie recht die junge Frau gehabt hatte. Nach Sonnenuntergang wurde es stets merklich kühler, was man nach der manchmal zum Teil fast unerträglichen Hitze und der grossen Luftfeuchtigkeit des Tages umsomehr zu schätzen wusste.

An der Dewsbury Avenue 35, in einem ausschliesslich von Villenbewohnern bevorzugten Quartier, hatte Thomas für uns einen grosszügig konzipierten und möblierten Bungalow mitten in einem weitläufigen Garten ausfindig gemacht. Das Haus war neueren Datums und verfügte über drei Schlafzimmer, zwei Badezimmer, eines davon ganz in Rosa gehalten, eine grosse Küche und ein geräumiges Ess- und Wohnzimmer, welches zugleich als Eingangshalle diente. Davor befand sich die mit Pflanzen bewachsene Veranda – unser Hauptaufenthaltsort während der kühleren Jahreszeit – die den Blick freigab auf einen grossen Rasen, der von verschiedenfarbigen kleinwüchsigen Gerberas, sowie weissen und gelben Rosenstöcken umsäumt war. Eine Reihe blühender Hibiskussträucher in allen erdenklichen Schattierungen eines tropischen Abendrotes erstreckten sich entlang der vorderen Hausfront. Hier konnte man des öfteren die zierlichen Kolibris und bunten Schmetterlinge bewundern. Wenn es sehr heiss war, hielten wir uns lieber im Inneren des Hauses auf. Wir hatten keine Klimaanlage, dafür spendeten die vielen Bäume des hinteren Gartenteils genügend Schatten, um die grösste Tageshitze fernzuhalten.

Vor der Küche standen zwei riesige alte Mangobäume, dessen Früchte nicht zur edelsten Sorte gehörten. Dafür beneideten uns unsere Freunde um die zwei Avocadobäume, den Papaya-, Guava- und den grossen Brotfruchtbaum. Ganz hinten im Garten hatten unsere Vorgänger noch eine winzige Bananen- und Zuckerrohrplantage angelegt.

Zwischen unserem Gartentor und der Strasse befand sich anstatt eines asphaltierten Gehsteiges ein breites Grasband, auf dem einheimische Bauern der weiteren Umgebung des Nachts oft ihre Maulesel oder Kühe weiden liessen. In den Villenvierteln begegnete man kaum irgendwelchen Spaziergängern, dazu war es viel zu heiss, und so fuhr fast jedermann Auto. Eines Morgens wurden wir durch den ungewohnten Laut eines wiederkäuenden Huftieres aus dem Schlaf geweckt. Gross war unser Erstaunen als wir vor unserem offenen, mit feinen Gitterstäben versehenen, Schlafzimmerfenster drei Maulesel entdeckten, die gemütlich auf unserem Rasen weideten: wir hatten am vorhergehenden Abend etwas angeheitert von einer fröhlichen Party zurückkehrend vergessen, das Gartentor zu schliessen. Es dauerte einige Zeit, bis es uns gelang, die Tiere zum offenen Gartentor hinauszutreiben. Ihre zurückgelassenen Visitenkarten auf dem Rasen erzürnten uns weniger, als die abgefressenen Knospen der vielfarbigen Hibiskussträucher.

Andere ungebetene Gäste, wie die zahlreichen bunten Eidechsen, die uns im Haus manchmal einen Besuch abstatteten, fanden wir niedlich – im Gegensatz zu den fliegenden Ameisen – die in der Nacht zum offenen Küchenfenster hineinflogen. Seltsam war die Art wie sie sich gleich ihrer dünnen Flügel entledigten, sobald sie sich auf die mit weissen Fliesen bedeckten Ablage neben dem Spülbecken niederliessen. Auch die ganz kleinen Ameisen waren eine Plage, und man musste die Füsse des blaubemalten Küchenschrankes in kleine mit Wasser gefüllten Blechdosen stellen, um den Ameisen jeglichen Weg zu den Nahrungsmitteln, die ohne Kühlung dort aufbewahrt wurden, zu versperren.

Was wir auf dieser Insel überaus schätzten, war die Tatsache, dass es keine Malaria mehr gab und giftige Schlangen kaum je gesichtet wurden, höchstens in unwegsamen Gegenden. Gleich zu Anfang faszinierten uns die allabendlichen, unüberhörbaren Geräusche der tropischen Nächte ähnlich wie bei uns das Zirpen zahlloser Grillen an einem lauen Sommerabend. In Jamaika gibt es eine grosse Anzahl verschiedener Arten kleiner Frösche, die nur des Nachts aktiv werden und alleine durch ihre Pfeiftöne voneinander unterschieden werden können.

Wie überall in den Tropen so wurde es auch in Jamaika rasch dunkel und nach der oft beinahe unerträglichen Hitze des Tages mit seiner über neunzigprozentigen Luftfeuchtigkeit, begrüsste man die kühleren Temperaturen der hereinbrechenden Nacht: dann fühlte man sich zuweilen wie neugeboren. Wenn es ganz dunkel geworden war, stand ich oft lange am Fenster von Guys Schlafzimmer, das gegen Westen lag, und beobachtete das unaufhörliche Wetterleuchten am Horizont. Natürlich waren die von uns als kühler empfundenen Temperaturen nur relativ, denn nur ganz selten brauchte man eine dünne Jacke. Sogar im Winter war es zu später Stunde noch warm genug, dass wir nur in Pyjama und Morgenrock ein Drive-in-Kino aufsuchen konnten. Vor der riesigen Leinwand standen in Reih und Glied parkuhrähnliche Tonträger, die man am offenen Autofenster befestigen konnte und je nach Wunsch die Lautstärke des Spielfilmes regulieren konnte. Auch die Kinobillette konnten vom Auto aus an der Kasse bezogen werden, sodass man beim ganzen Kinoausflug das Auto nie verlassen musste.

Abgesehen von der andauernden und ungewohnten Hitze, die uns vor allem anfangs arg zu schaffen machte, und obwohl so viel Neues auf uns zukam, so fühlten wir uns doch bald zu Hause auf dieser mannigfaltigen Karibikinsel.

Miss Ersuline oder wie man zu Kindern kommt

Wie wir dies bereits bei unseren vorhergehenden Stationierungen erlebt hatten, so wurden wir auch in den Tropen von den englischen wie auch den einheimischen Offiziersfamilien des West India Regiments herzlich aufgenommen. Hinzu kam, dass wir auch Kontakt pflegten zu Leuten ausserhalb der Armeekreise.

Durch seine Zugehörigkeit zum Britischen Commonwealth erhielt Jamaika oft Besuche von Repräsentanten Ihrer königlichen Majestät Elizabeth II. Der damalige englische Gouverneur, Sir Kenneth Blackburne, empfing diese Würdenträger in seiner Residenz «King's House» und das West India Regiment wurde zu entsprechenden Militärparaden beordert.

Anlässlich der Eröffnung der 1960–61 Legislaturperiode im März 1960 kommandierte Thomas die hundertmannstarke Ehrengarde des West India Regiments und war zuständig für deren reibungslose Inspektion durch Blackburne. Im gleichen Jahr schritt Thomas die Ehrengarde des Regimentes ab zusammen mit der auf Besuch weilenden Königlichen Hoheit, Prinzessin Alice, einer engen Verwandten der Königin. Dazu kamen die alljährlich im Juni stattfindenden Paraden mit anschliessendem Empfang zu Ehren des Geburtstages Ihrer Majestät.

Von allen offiziellen Empfängen, an denen wir anwesend waren und die jeweilen am folgenden Tag in der Tagespresse kommentiert wurden, bildete die Teilnahme am Empfang zu Ehren des Besuches von Prinzessin Margaret und Earl Snowdon in King's House vom 4. August 1962 anlässlich der Unabhängigkeitsfeiern den Höhepunkt unseres gesellschaftlichen Lebens auf Jamaika.

Natürlich bestanden die Aufgaben des Regiments nicht nur in der Durchführung von Paraden und dergleichen, sondern auch harte Arbeitstage sowie militärische Pflichtübungen mussten absolviert werden und alljährlich fanden dreiwöchige Manöver im südlich von Montego Bay gelegenen «Cockpit Country» statt. Dieses zerklüftete, unwegsame und mit Sträuchern überzogene Kalksteingelände war auch unter dem Namen «Land of Look Behind» bekannt, da man in alten Zeiten, wegen der häufigen Überfälle aus dem Hinterhalt, gezwungen worden war, oft rückwärts zu schauen. Es war früher ein gefährliches Gebiet, welches nur schlecht kontrolliert werden konnte und entflohenen Sklaven, den «Maroons», als Zufluchtsort diente. Im Jahre 1842, acht Jahre nachdem die Sklaverei in Jamaika abgeschafft worden war, erhielten auch die «Maroons», wie die übrigen befreiten Sklaven, die Rechte Britischer Staatsbürger.

Zusammen mit den Kindern freute ich mich immer sehr auf Thomas' Rückkehr aus den Manövern. Es war auch höchste Zeit, dass Thomas' Bursche, Adolphus Broadbelt, der ebenfalls als Gärtner amtete, wieder zum Rechten sah. Nach der dreiwöchigen Abwesenheit im «Cockpit Country» war das Gras unseres Rasens fast sechzig Zentimeter hoch gewachsen und konnte nur noch mit der Machete geschnitten werden.

Wie schon in Westdeutschland und Berlin, waren wir auch in Jamaika in der erfreulichen Lage, Hausangestellte zu haben. Natürlich hatte man nicht immer eine glückliche Hand bei der Auswahl des Hauspersonals, obwohl viele junge einheimische Mädchen oder Frauen auf Stellensuche waren. Diese, um der bitteren Armut auf dem Lande zu entfliehen, suchten ihr Glück in der Hauptstadt, wo sie dann meistens als Hausmädchen eine Stelle fanden.

Da sexuelle Zügellosigkeit bei den Einheimischen fast an der Tagesordnung war und als solche kaum als unehrbar galt, dauerte es nicht lange bis sich diese Mädchen und Frauen in anderen Umständen befanden, obwohl selten eine Heirat mit dem jeweiligen Vater in Aussicht gestellt wurde. In der jamaikanischen Tageszeitung dem «Daily Gleaner» las ich einmal von einem sechsjährigen Jungen, der eines Nachts von der Polizei aufgegriffen wurde, weil er ganz alleine umherirrte. Auf die Frage wie er denn heisse und wo er wohne, antwortete dieser «Dudley Campbell» und seine Mutter kenne er nur unter dem Namen «Miss Linneth» während sein Vater «Uncle Theo» heisse.

Das stets lächelnde junge Hausmädchen Miss Daisy war unseren Kindern sehr zugetan und liebte sie wie ihre Eigenen, die sie umständehalber und notgedrungen bei deren Grosseltern auf dem Lande zurücklassen musste. In guter Erinnerung ist mir auch die treu ergebene Seele mittleren Alters namens Miss Hope geblieben, die mich eines Tages etwas verlegen fragte, ob sie für die Hochzeit ihres einzigen Sohnes meinen Backofen gebrauchen könne. Ich war recht erstaunt über ihre etwas seltsame Frage, hatte sie mir doch stets voller Stolz von ihren fünf Grosskindern erzählt. Auf meine Frage, ob ihr Sohn denn nicht schon lange verheiratet sei, antwortete sie «Nein, aber da er nach England auswandern möchte, muss er seine Familienverhältnisse in Ordnung bringen». Der in unserem Ofen gebackene, von Rum triefende, Fruitcake fand grossen Anklang bei den Hochzeitsgästen. Zu bemerken sei noch, dass Miss Hope's Schwiegertochter ganz in weiss heiratete. In Jamaika sahen wir des öfteren weisse Hochzeiten, bei denen die Schar von Brautjungfern und -jungen meistens die eigenen Kinder waren.

Als wir für einige Monate in den Bergen in Newcastle wohnten, kam zwei bis dreimal die Woche eine Frau vom Landesinneren mit frischem Obst und Gemüse. Auf meine Frage ob sie auch Kinder habe, antwortete mir Miss Ersuline voller Stolz «Ja, deren acht», dabei stammte jedes ihrer Sprösslinge von einem anderen Mann. Dass sie mit keinem dieser Männer verheiratet war fand sie normal und nicht aussergewöhnlich.

Leben ohne Jahreszeiten

Ausser dem Hausmädchen beschäftigten wir auch eine Waschfrau, die wöchentlich zwei Tage zu uns kam. Am ersten Tag wurde jeweilen gewaschen und am zweiten Tag gebügelt. Sämtliche von Thomas' Kakiuniformen aus Baumwollstoff mussten zusätzlich gestärkt werden. Die Leintücher und anderen weissen Wäschestücke wurden hinter dem Haus zum Bleichen auf Büschen ausgebreitet und die übrige Wäsche aufgehängt. Ärgerlich war es, wenn es am Bügeltag regnete, dann weigerte sich unsere Waschfrau kategorisch, das elektrische Bügeleisen zur Hand zu nehmen und es musste abgewartet werden, bis die heisse Sonne die grauen Regenwolken vertrieben hatte.

Wir mussten im Stillen oft lächeln über die Macht und die Wirkung des Regens auf die Menschen dieser Insel. Als Guy etwas über drei Jahre alt war, besuchte er ganz in unserer Nähe einen von einer einheimischen Dame privat geführten Kindergarten. Wenn es bereits am frühen Morgen einen kleinen Regenguss gab – was zwar eher selten vorkam – dann rief mich die Kindergärtnerin frühzeitig an und teilte mir mit, ich solle Guy zuhause behalten, weil es in ihrem Garten nass wäre und sie die Kinder nicht den ganzen Vormittag im Inneren des Hauses beschäftigen könne. Andere Länder – andere Sitten dachte ich mir. Gemächlichen Landregen wie bei uns in Europa habe ich in Jamaika nie erlebt, dafür aber – und dies hauptsächlich während der Wintermonate – täglich und meistens kurz vor Mittag plötzliche heftige Regengüsse. Dann schwollen innert kürzester Zeit die Strassen zu Wildbächen an, denn es gab fast keine Kanalisationsabläufe. Wie aufgeschreckte Tauben flüchteten die Leute vor dem Platzregen zum nächsten Hauseingang oder schützten sich so gut es ging mit der aufgeklappten Zeitung über dem Kopf bis sie wieder trockenen Boden unter den Füssen hatten. Regenschirme sah man kaum und das Tragen eines Regenschutzes wäre unerträglich gewesen. Nur an sehr heissen Tagen begegnete man ab und zu älteren Frauen, die sich mittels einem Fächer und einem bunten Sonnenschirm etwas Kühlung verschafften.

Die heisse Sonne, die täglich aus einem tiefblauen Himmel schien und die bunte üppige Vegetation an der man sich das ganze Jahr hindurch erfreuen konnte bleiben unvergesslich. Andernteils ging dadurch ein bestimmtes Zeitgefühl verloren, und man vermisste mitunter die vier Jahreszeiten. Nur wenn Post aus der Schweiz oder England kam und unsere Lieben von Schneefall und Kälte, von verregneten Sommertagen oder von Herbstnebel und fallenden Blättern berichteten, vergegenwärtigten wir uns, dass wir uns kalendermässig im Winter, Sommer oder Herbst befanden. Dabei vermissten wir ein wenig die Freude des in unseren Breitengraden sehnlichst erwarteten Frühlings mit seinem ersten Grün und seiner herrlichen Blütenpracht.

Feiertage wie Ostern oder Weihnachten unterschieden sich kaum von einander. Vielleicht fanden während der Weihnachtszeit einige zusätzliche Cocktail Parties statt, wobei diejenige beim anglikanischen Bischof von Jamaika ganz nach meinem Geschmack war, denn dort gab es die grösste Auswahl an alkoholfreien Fruchtsaftgetränken.

Für Guy und Christine hatten wir einen künstlichen Weihnachtsbaum mit farbigen Lämpchen aufgestellt. Draussen auf der Strasse fuhr Santa Claus mit einigen Nachbarskindern in einem Pferdegespann mit klingenden Glöckchen vorbei, währenddem aus unserem Radio die unverkennbare Stimme Bing Crosbys mit dem altbekannten Lied «I'm dreaming of a white Christmas» erklang. Doch dies alles vermochte mich nicht, in eine echte weihnächtliche Stimmung zu versetzen.

Was wir jedoch umsomehr schätzten, war die Möglichkeit, dass wir uns das ganze Jahr hindurch dem Wassersport hingeben konnten.

Beim Segeln nach Lime Cay

Während der Woche besuchte ich oft mit den Kindern den Swimming Pool des Offiziersklubs. Mittels einem melonenähnlichen Schwimmkörper aus Styropor, das ich den Kindern auf den Rücken band, brachte ich ihnen das Schwimmen bei. Wir waren froh, dass sie – wie ihre Mutter – zu begeisterten Wasserratten aufwuchsen und wir sie mit der Zeit überall mitnehmen konnten. In Kingston gab es leider nicht die von Kokospalmen umsäumten Traumstrände wie diejenigen der berühmten Orte Montego Bay oder Ocho Rios an der Nordküste Jamaikas. Die einzelnen Strände mit dunklem Sand und das zum Teil durch die Schiffe im Hafen verunreinigte Meerwasser luden nur Wenige zum Baden ein.

Auf der wüstenähnlichen Landzunge von Palisadoes, die den Hafen von Kingston vom offenen Meer schützt und auf der wir bei unserer Ankunft mit dem Flugzeug gelandet waren, befand sich «Morgans Harbour» ein kleiner Jacht – und Motorboothafen mit Klubhaus und mit einem vom Meer abgegrenzten Schwimmareal. Dort verbrachten wir zusammen mit den Kindern manch vergnüglichen Sonntag. Später, nachdem Thomas aus zweiter Hand ein sechs Meter langes Segelboot günstig hatte erwerben können, segelten wir von «Morgans Harbour» aus oft hinaus aufs offene Meer bis hin zum winzigen Koralleneiland Lime Cay. Bei diesen Ausflügen waren wir froh, dass wir die Kinder zu Hause bei Miss Hope in bester Obhut zurücklassen konnten.

Von unserem Segelschiff aus, das vom früheren Besitzer auf den Namen «Embassy» getauft worden war, erblickte man am Ende von Palisadoes das kleine unbedeutende Fischerdorf von Port Royal. Im 17. Jahrhundert galt dieser Ort allerdings als Hauptquartier der plündernden und gesetzlosen Freibeuter des karibischen Raumes. In Verbindung zu Port Royal steht der Name des berüchtigtsten und blutrünstigsten aller Piraten, einem gewissen Captain Henry Morgan, der irgendwo in dieser Gegend begraben liegt. Anlässlich des grossen Erdbebens von 1692 verschwand das sündige und verdorbene Port Royal in den Fluten des Meeres. Es wurden immer wieder Tauchgänge in Angriff genommen, um die von den Piraten erbeuteten Schätze von Port Royal zu bergen, doch bis jetzt ohne Erfolg, da beim Tauchen das Aufwirbeln verschiedener Sedimentschichten die nötige klare Sicht verunmöglicht.

Auf unseren Segelfahrten entlang der Küste von Palisadoes begegneten wir des öfteren grauen, tieffliegenden Pelikanen. Einmal als ich ganz vorne auf dem Bug sass, sprang plötzlich ein silbergrauer Rochen hoch zum Wasser hinaus eh er wieder blitzschnell in den Fluten verschwand. Wahrscheinlich war er von einem anderen grösseren Raubfisch verfolgt worden. Es war ein Augenblick, den ich zeitlebens nie vergessen werde. Nach etwa einer knappen Stunde erreichten wir bei guten Windverhältnissen unser Ziel Lime Cay. Dies Fleckchen Erde – mit seinem Traumstrand aus feinstem Korallensand – ragte nur wenige Meter über dem Meeresspiegel empor. Das seichte Wasser der flachen Lagune diente als Marina und erstreckte sich bis zum nahegelegenen schroff abfallenden Riff, welches die Grenze zum offenen Meer bildete. Keine sich im Wind wiegenden Kokospalmen wuchsen auf Lime Cay, sondern zwergwüchsige mangrovenähnliche Bäume spendeten willkommenen und zum Teil unentbehrlichen Schatten, doch herrschte ganz selten ein Gedränge auf diesem winzigen Eiland, denn fast alle Besucher zogen es vor, unter ihrem Sonnensegel umweht von einer leichten Meeresbrise draussen auf ihren Booten zu verweilen. Ich konnte es manchmal kaum erwarten bis Embassy verankert war, denn meine Leidenschaft galt nicht dem Segeln, sondern dem Eintauchen in die paradiesische lautlose Unterwasserwelt der Karibischen See. Hier in diesen warmen kristallklaren Gewässern kam ich zum ersten Mal zum Schnorcheln. Die Farbenpracht der zauberhaften Korallenfische innerhalb der Lagune überwältigte mich derart, dass bis heute das Schnorcheln zu meinem Lieblingshobby zählt und ich mich bei dieser Sportart stets im siebten Himmel fühle. Wir schnorchelten viel in der Lagune von Lime Cay, wobei wir oft auf die grossen Seeigel achten mussten, die je nach Meeresströmung grossflächig den Boden der Lagune bedeckten. Manchmal schwammen wir auch zum Riff hinaus. Dies war nicht ganz ungefährlich, sodass wir stets in Rufweite von einander schwammen. Manchmal nahm Thomas als Schutz und zum Gebrauch seine Harpune mit, was damals noch erlaubt war.

Wir begegneten kleineren und grösseren Thunfischen und einige Male auch grimmig blickenden Barrakudas, die den Hechten nicht unähnlich sind, aber viel gefährlicher und deshalb auch «Tiger des Meeres» genannt werden. Bei einem anderen Schnorchelausflug harpunierte Thomas aus Versehen einen Igelfisch, der sich in eine Höhle flüchtete und sich dort aufblies indem er Wasser schluckte. Dadurch traten seine Stacheln hervor, sodass Thomas ihn nur mit grosser Mühe aus dem Loch herausholen konnte, um wieder in den Besitz seiner Harpune zu gelangen.

Da ich schon seit meiner frühesten Kindheit in Ägypten gerne fischte, sass ich meistens zuhinterst im Segelboot, um die am Heck befestigten Angelruten im Auge zu behalten. Wir fischten nicht nur mit lebenden kleinen Fischen, sondern auch mittels metallenen löffelähnlichen Plättchen, die durch die schnelle Bewegung im Wasser sich konstant drehten und so flüchtenden silbernen Fischen glichen. Auf diese Weise zogen wir meistens Makrelen aus dem Wasser, die, wenn plötzlich eine Flaute aufkam, gleich auf unserem kleinen mitgebrachten Primus in der Pfanne brutzelten und wohl die frischesten Fische waren, die wir je assen. Natürlich ging unser Fischfang nicht immer so reibungslos über die Bühne. Einmal benötigte Thomas fast eine Stunde harten Kampfes und Standfestigkeit – obwohl wir inzwischen geankert hatten – um einen fast meterlangen Bonito, einen Verwandten des Thunfisches, an Bord hieven zu können. Ein anderes Mal war er weniger erfolgreich: nachdem ein kleiner Haifisch angebissen hatte, dauerte der Kampf fast eine Stunde bis sich schliesslich das Ungetüm von der Angel befreien konnte und in der Tiefe verschwand. Ich war beinahe etwas erleichtert, denn es wäre uns allen nicht so wohl gewesen, einen halbtoten Hai an Bord zu haben. Hingegen bereute ich eigentlich nur die Aufnahme, die unser Fang im Photoalbum verewigt hätte. Nachdem wir einige Male wegen plötzlicher Flauten fast die ganze Nacht auf offenem Meer verweilen mussten, kauften wir uns einen kleinen Aussenbordmotor. Dies ermöglichte uns, auch zur späten Stunde, wenn es fast windstill war, fischen zu gehen.

Nachdem wir am Fischmarkt den idealen Köder – ein halbes Pfund höchst übelriechender halbverwester Miesmuscheln – gekauft hatten, segelten wir vor der Dämmerung hinaus aufs offene Meer, ankerten an einem geeigneten Platz und warteten bis die Nacht hereinbrach. Ganz dunkel wurde es nie, denn in der Ferne erblickte man die Lichter von Kingston. Wir nahmen den Gestank der faulen Miesmuschel gerne in Kauf, denn innert kürzester Zeit hatten wir einige schöne Fische gefangen.

Mit einer Taschenlampe leuchteten wir ab und zu ins Wasser, um die Fische anzuziehen: was da alles des Nachts aus der Tiefe zur Oberfläche hinaufkam war unglaublich. Seit dem scheue ich – auch bei Mondschein – jegliches nächtliche Schwimmen im Meer.

Anfang September 1960 lief ein zweitausend Bruttoregistertonnen grosser Frachter in der Nähe von Palisadoes – nur einige Meter von einem Leuchtturm entfernt – auf Grund. Die von der berüchtigten amerikanischen «United Fruit Company» gecharterte «Texita», die regelmässig zwischen Port Arthur in Texas und Kingston verkehrte und unter der Flagge von Spanish-Honduras segelte, hatte mehrere hundert Fässer Öl an Bord und befand sich wie üblich auf dem Weg nach der jamaikanischen Hauptstadt. Die wildesten Geschichten kursierten in der Stadt, da es einem seltsam anmutete, dass das Schiff unweit eines Leuchtturmes auf Grund gelaufen war. Nachdem was auf dem Schiff von den Bergungsmannschaften gerettet worden war und die «Texita» ihrem langsamen aber unaufhaltsamen Untergang geweiht war, verfolgten wir anlässlich unserer zahlreichen Segelfahrten nach Lime Cay mit Spannung, den allmählichen Niedergang der uns inzwischen ans Herz gewachsenen «Texita». Eh sie grosse Schlagseite hatte, konnte Thomas der Versuchung nicht widerstehen, mit unserem kleinen Segelschiff ganz nahe an das Schiffswrack zu segeln und sich mittels der über Bord hängenden Strickleiter, den Unglückskahn zu erklimmen, um die an Bord der «Texita» zurückgelassenen «Schätze» zu erkunden. Ich war äusserst gespannt, was er wohl noch finden würde. Die durch Salzwasser beschädigte Ausbeute fiel jedoch eher bescheiden aus: ein Logbuch, ein paar alte Seekarten sowie den in Leinen gebundenen Roman «Don Camillo und Pepone». Erst vier Monate später brach das Schiff bei hohem Seegang in drei Teile, wobei der mittlere Teil zuerst sank. Die zahlreichen Ölfässer, die bei den Bergungsarbeiten an Bord geblieben waren, wurden an Land geschwemmt.

Langusten und Ackees

An Wochenenden, wenn wir nicht nach Lime Cay segelten oder einen geselligen Tag in «Morgans Harbour» verbrachten, erkundeten wir des öfteren die übrigen Regionen der Insel, wobei die Fahrten entlang der nördlichen Küste Jamaikas mit ihren paradiesischen Stränden und tropischer Landschaft unvergessen in Erinnerung bleiben.

Nicht minder eindrucksvoll waren die abwechslungsreichen Überlandfahrten von Kingston nach den im Norden gelegenen bekannten Ferienorten von Montego Bay oder Ocho Rios. Eh wir dort das türkisblaue Meer erblickten, beeindruckte uns die Vielfältigkeit dieser farbenfreudigen Insel. Tiefblauer Himmel wölbte sich über den hellgrünen Feldern der bis zum Horizont reichenden Zuckerrohr- und Bananenplantagen. Dunkelgrüne, üppig wuchernde Mangobäume überzogen die angrenzende Hügellandschaft. Dazwischen leuchteten das Rot des Feuerbaumes, das Zartrosa der wildwachsenden Hibiskus oder das Karminrot der in Kaskaden wachsenden Bougainvilleas.

Da es weder im Inneren des Landes noch der Küste entlang Gaststätten gab, in denen man zu einem Imbiss hätte einkehren können, war man froh, wenigstens bei Tankstellen alkoholfreie Getränke oder Eiscremes kaufen zu können. Ab und zu begegnete man auch buntgekleideten Kindern, die an einem Holzstengel kunstvoll gebundene Mandarinen und Orangen zum Verkauf anboten. Einige wenige Male besuchten wir den am westlichsten Zipfel der Insel gelegenen, zehn Kilometer langen, feinsandigen Strand von Negril. Dazumal bevölkerten nur einzelne ärmliche Fischerhütten diesen idyllischen Ort der Abgeschiedenheit. Es war traumhaft schön, im Schatten der sich sanft im Wind wiegenden Kokospalmen entlang dem leuchtend blauen Wasser zu spazieren oder dessen Unterwasserwelt zu erkunden. Ab und zu begegnete man Fischersleuten, die ihren schweren Einbaum samt reichhaltiger Beute mühsam ans Land hievten.

Mein Bruder, der Dank eines Stipendiums während eines Jahres Vorlesungen an der Universität von Kansas in den USA belegen konnte, kam für kurze Zeit zu uns auf Besuch. Um auch ihm die unbeschreiblichen Schönheiten unserer neuen Heimat zeigen zu können, buchten wir ein Wochenende im Hotel Hacton House am Doctor's Cave Beach, einem der schönsten Strände von Montego Bay. Das villenähnliche intime kleine Hotel, umgeben von Jasmindüften und tropischer Blumen aller Art und mit Blick auf die blaue karibische See, vermittelte eine unverfälschte jamaikanische Atmosphäre. So war es kaum verwunderlich, dass das auf dem Balkon eingenommene reichhaltige Frühstück, das Planschen mit den Kindern im seichten kristallklarem Wasser, das Schnorcheln inmitten bizarrer Formen der seltsam anmutenden Fächer- und Hirschhornkorallen und der Farbenpracht bunter Korallenfische uns alle in eine märchenhafte Stimmung versetzten. Nicht zu vergessen, die am Abend bei Sonnenuntergang auf der Hotelterrasse servierten frischgefangenen Langusten gefolgt von

Vanilleeis mit in Rum getränkten Weinbeeren und tropischem Fruchtsalat. Leider näherte sich bald der Tag von Christophs Rückkehr nach Kansas und wir mussten ihn schweren Herzens von Palisadoes Airport abfliegen sehen.

Natürlich bestanden meine Tage nicht nur aus «dolce far niente». Ich kümmerte mich um die Kinder, arrangierte Einladungen, unterhielt eine rege Korrespondenz mit den Daheimgebliebenen, kaufte ein und kochte. Da ich dabei aber auch auf die Hilfe dienstbarer Geister zählen konnte, besuchte ich einmal in der Woche einen Turnkurs, der von einer Inderin geleitet wurde und zweimal wöchentlich einen von einer Offiziersfrau angebotenen Nähkurs. Bald hatte ich grosse Freude, für Christine und für mich einfache leichte Sommerkleider zu nähen. Geschäfte mit Konfektionskleidern gab es nur sehr wenige. Hingegen gab es eine reiche Auswahl an Baumwoll- und zauberhaften chinesischen Brokatstoffen. Das Einkaufen in einigen Geschäften war jedoch oft eine etwas komplizierte Angelegenheit . Ich erinnere mich noch genau als ich einmal ein paar Knöpfe und dazupassenden Faden brauchte. Zuerst wurden die von mir ausgesuchten Artikel von einer Ladenangestellten einzeln auf einen Kassenzettel geschrieben, dann musste dieser von einer etwas höheren Angestellten visiert werden und erst dann konnte man die Ware an der Kasse bezahlen.

Die meisten Leute nähten ihre Kleider selbst oder liessen sie bei einer Schneiderin anfertigen. Meine Nähkünste waren jedoch zu bescheiden, als dass ich mich an kostbare Roben herangewagt hätte. Für Einladungen, wie die Cocktailparty des Bischofs, den Empfang beim Premierminister oder die glanzvolle Gartenparty in Kings House, an denen jeweils alles was Namen und Rang hatte teilnahm, war ich sehr froh, auf das grosse Können einer einheimischen Schneiderin zurückgreifen zu können. Miss Grace bewohnte ein bescheidenes Holzhäuschen bestehend aus zwei engen Zimmern und einer überdeckten Veranda. Im angrenzenden kleinen Nebengebäude befand sich eine einfache Küche mit Kochstelle, fliessendem Wasser und daneben ein kleiner Raum mit Toilette und einer einfachen Duschevorrichtung. Im etwas vernachlässigten Gärtchen wuchsen ein paar grossblättrige Sträucher neben einem schattenspendenden Brotfruchtbaum. Den einzigen Farbtupfen bildeten die roten Schoten des Ackeebaumes, welcher nur in Jamaika heimisch ist. Seltsamerweise ist die Frucht in unreifem Zustand giftig. Ausgereift springt die Schote auf und entfaltet drei in gelbem Fruchtfleisch eingebettete Kernen. Gekocht ähnelt die gelbe Masse Rührei. Ackee und Stockfisch werden meistens mit gekochten grünen Bananen serviert und sind eine beliebte Speise der Jamaikaner.

Miss Grace's Heim hatte elektrisches Licht und sie war stolze Besitzerin einer gut funktionierenden Singer-Tretnähmaschine, auf denen sie die reinsten Kunstwerke schuf. Eines dieser Prachtexemplare, das ich an verschiedenen wichtigen Anlässen trug, war ein pfauenblaues kurzes trägerloses Abendkleid aus schimmerndem Taft. Miss Grace war so geschickt, dass sie es, ohne Schnittmuster, einzig aufgrund einer von mir gezeichneten Skizze geschneidert hatte. Als Tüpfchen auf dem i zierte eine aus dem selben Stoff angefertigte Rose das Oberteil des tulpenförmigen Kleids.

Im Januar 1961 wurde ich vom Rektor der Priory School in Kingston angefragt, ob ich bereit wäre, wegen Unfalls einer seiner Lehrkräfte vorübergehend den Französischunterricht der Acht- bis Fünfzehnjährigen zu übernehmen. Durch die Mutter einer seiner Zöglinge, die zu meinen guten Bekannten zählte, hatte er von meinen sprachlichen Fähigkeiten erfahren. Nach einigem Zögern – ich hatte ja noch nie Unterricht erteilt

– sagte ich zu, denn ich fand es eine interessante Herausforderung. Natürlich bemerkten die Schüler und Schülerinnen bald, dass ich keine ausgebildete Fachkraft war. Da ich jedoch versuchte, sie in erster Linie mit der französischen Literatur bekannt zu machen – die Märchen von Charles Perrault für die Kleinen und Gedichte von Lamartine und Musset für die Grösseren – gelang es mir, ihre Aufmerksamkeit zu wecken. Einige Wochen später erhielt ich ein nettes Schreiben vom Headmaster, Mr. Henry Fowler, der mir herzlich für mein Entgegenkommen dankte.

Nach Aprikosen duftende Orchideen

Als wir für drei Jahre nach Jamaika verpflichtet worden waren, hatte ich mich gefreut, endlich einmal für längere Zeit in ein und demselben Zuhause wohnen zu können Diese Freude währte jedoch nicht lange, denn bereits achtzehn Monate nach dem Bezug unseres schönen Heims ausserhalb des Stadtzentrums von Kingston, stand uns ein neuer Zügeltermin bevor.

Der kleine, äusserst reizvoll gelegene Militärposten von Newcastle hoch oben in den Blue Mountains sollte unser neues Domizil werden, da Thomas – der inzwischen zum Major befördert worden war – mit der Leitung und Betreuung der dortigen Rekrutenschule beauftragt wurde.

Um die im letzten Jahrhundert grossen Verluste durch Gelbfieber, dem die britischen Truppen des ehemaligen «Jamaica Regiments» in tieferen Lagen zum Opfer fielen, eindämmen zu können, war 1841 das auf über tausend Meter hoch terrassenförmig und steil angelegte Militärquartier von

Newcastle entstanden. Hier oben war die Temperatur wesentlich angenehmer als unten im heissen schwülen Kingston.

Der Mittelpunkt dieser Militärbasis bildete der grosse Exerzierplatz, der von ein paar Dutzend Gebäuden im viktorianischen Kolonialstil umgeben war. Der Komplex unseres Hauses, genannt «Priory», obwohl er in keiner Weise einem klösterlichen Gebäude ähnlich sah, bestand aus einem Hauptgebäude mit den Wohnräumen und einem Nebengebäude mit Bad und Küche. Ein überdachter aber offener Gang bildete die Verbindung zwischen den beiden Gebäuden. Diese waren zum grössten Teil aus Holz gebaut und hatten einen hellgelben Anstrich. Die Fensterrahmen, die Dachkänel sowie das Geländer der am Wohnhaus angebrachten Veranda waren mit tannengrüner Farbe bemalt. Die Einrichtungen der einzelnen Zimmer wie auch der Küche und des Bades, waren eher zweckmässig, sodass wir das moderne rosafarbene Bad und auch die gut ausstaffierte Küche von Kingston, etwas vermissten. Dafür konnte man sich zur kühleren Jahreszeit, wenn es hier oben im Gebirge recht frisch wurde, am Kamin die Hände wärmen. Ab und zu legten wir spassesshalber eine leere Kokosschale ins Feuer, die dann mächtig knallte. Wir waren froh, dass das Haus möbliert war, denn hier oben machten sich Termiten bemerkbar: gewisse Möbelteile wie Stuhllehnen fassten sich hohl an und zerbröckelten bei allzu festem Drücken beinahe wie trockenes Teegebäck.

Ein Garten mittlerer Grösse, der hauptsächlich mit Rasen und Sträuchern bepflanzt war, umgab das Hauptgebäude. Den Mittelpunkt im vorderen Teil bildeten zwei runde Blumenbeete voller lavendelblauer und weisser Agapanthus, einem südafrikanischem Liliengewächs mit schaftständiger Dolde von Trichterblüten, die auch hier oben heimisch waren. Diese Schmucklilien sah ich erst wieder in grosser Anzahl – dreissig

Jahre später – auf der Fahrt vom Flughafen von Oporto in die portugiesische Hauptstadt.

Manchmal stellte ich diese langstieligen Lilien in eine grosse Kristallvase, zusammen mit den ebenfalls an den Hängen des Blue-Mountain-Gebirge wachsenden leuchtend roten Amaryllis, welche von fliegenden Händlern feilgeboten wurden.

Obwohl wir während unseres Aufenthaltes die einzige Offiziersfamilie waren, die in Newcastle wohnte, so fühlten wir uns kaum einsam. Im nahegelegenen Offizierskasino residierten ein bis zwei jüngere ledige Offiziere. Einige Häuser konnten während der heissen Sommermonate von Offizieren und deren Familien ferienhalber gemietet werden, sodass wir oft Gäste empfingen. Da diese kleine Militärenklave auch über einen eigenen bescheidenen Tennisplatz verfügte, nahmen begeisterte Spieler die von Kingston hinaufführende kurvenreiche Strasse gerne in Kauf, um bei angenehmen Temperaturen dem weissen Ball nachzurennen.

Es gab weder eine öffentliche Verbindung zwischen Kingston und Newcastle, noch verfügte unser neuer Standort über ein Lebensmittelgeschäft. Die kinderreiche Miss Ersuline, die zwei bis dreimal wöchentlich – je nach Bedarf und Warenangebot – samt ihrem schwerbeladenem Eselstier gerne für einen Schwatz an unserer Küchentür klopfte, belieferte uns mit dem nötigen Gemüse und Obst. Für die übrigen Lebensmittel fuhren wir mit unserem weissen Ford-Consul mit roter Polsterung nach Kingston hinunter. Bei dringenden Fällen oder wenn Thomas verhindert war, durfte ich mitunter auch im Armee-eigenen Land Rover samt Fahrer zum Einkaufen oder zum Zahnarztbesuch in die Hauptstadt fahren. Wir kauften meistens in den vollklimatisierten, dafür eher teuren «Hi Lo» Supermärkten ein, deren geschätzte Kühle einem zum langen

Verweilen und «Grosseinkauf» gerne verleitete. Das Warenangebot war sehr umfangreich und bestand zur Hauptsache aus von Kanada, den USA oder England importierten Artikeln. Wollte man günstiger einkaufen, suchte man die ausschliesslich in chinesischer Hand befindlichen Discountgeschäfte auf, wo die Ware auf engstem Raum angeboten wurde und es im Laden dementsprechend auch sehr heiss und drückend war. Dort bediente jeweils die ganze Familie, vom kleinen Mädchen bis zur uralten Grossmutter.

Das tägliche Leben in Jamaika war für Europäer im allgemeinen recht kostspielig, denn sämtliche uns vertrauten Lebensmittel mussten importiert werden. Schliesslich waren wir es nicht gewohnt – wie die Einheimischen – gekochte grüne Bananen mit stark gesalzenem Stockfisch oder in Kokosmilch gegarte rote Bohnen und Reis zu essen. Auch das Fleisch wurde mehrheitlich importiert. Da der Fischfang zu unserer Zeit nicht auf kommerzieller Basis betrieben wurde, musste seltsamerweise sogar auch Fisch aus dem Ausland eingeführt werden. Das einheimische Obst und Gemüse auf den Märkten war hingegen sehr billig. Ich habe nie mehr solch exquisite frische Ananas, noch mit Limonensaft beträufelte Papayas gegessen wie damals. Andererseits liessen Auswahl und Geschmack des Gemüses eher zu wünschen übrig, ausgenommen der grossen dicken gelben Gemüsebananen, die Plantains; je schwärzer und unansehnlicher sie aussahen – manchmal fast etwas von Schimmel angegraut – desto köstlicher entfalteten sie ihren Geschmack beim Braten und boten eine herrliche Beilage zu Fleisch.

Wenn wir auch nicht alle Annehmlichkeiten hatten, wie wir diese von Kingston aus gewohnt waren, so hatte Newcastle doch seinen besonderen Reiz. Man litt nie unter unerträglicher feuchter Hitze, sodass man im angrenzenden Gehölz der hohen Bambusse und üppig wuchernden Sträucher und urwaldähnlichen Pflanzen gerne spazierenging. Alles wuchs dort so schnell, dass die von Menschenhand angelegten Pfade manchmal einfach im unwegsamen Dickicht endeten und man sich selber oft eine Fährte suchen musste. Was mir von diesen Spaziergängen unvergesslich blieb waren die unscheinbaren weissen Orchideen, die herrlich nach reifen Aprikosen dufteten.

Traumhaft schön war am Abend der Blick auf die von vielen Lichtern erleuchtete Stadt Kingston, die sich wie ein von tausend Diamanten glitzerndem Halsband am Fusse der Blue Mountains ausbreitete. Des Tages sah man die ganze Bucht des Hafens, die Landzunge von Palisadoes bis hin zur äussersten südlichsten Spitze Jamaikas, Portland Point. Am klarsten jedoch – beinahe etwas gespenstisch anmutend – war es nur an jenem Tag, als wir am Horizont unser geliebtes Schnorchelparadies Lime Cay gut ausmachen konnten. Dies war zu jenem Zeitpunkt als der fünfte gefährliche Wirbelsturm der Saison 1961, bekannt unter dem Namen Esther, sich Jamaika näherte. Durch stündliche Bekanntgabe am Radio der Länge- und Breitengraden sowie der herrschenden Windgeschwindigkeiten konnte der jeweilige Standort des herannahenden Wirbelsturmes genau festgestellt werden. Diese ausführlichen Informationen veranlassten Fischer, Segler, Motorbootbesitzer wie auch die grossen und kleineren Frachter geschützte Gewässer oder Häfen aufzusuchen. Zudem rief die Zeitung die Bevölkerung auf, verschiedene Massnahmen zu treffen, wie zum Beispiel Fensterläden, Sonnenstoren oder lose Dachpappen zu befestigen. Badewannen oder andere Behälter waren mit sauberem Trinkwasser zu füllen. Kokosnüsse sollten rechtzeitig hinuntergeholt werden, ehe sie vom Sturm mitunter jemand tödlich treffen konnten. Doch nach bangem Warten änderte der Wirbelsturm unverhoffter- aber glücklicherweise seinen Kurs und steuerte auf die Ostküste Amerikas zu.

San San Bay

Auch von Newcastle aus unternahmen wir Ausflüge zur Nordküste. Wir benutzten dabei die über tausend Meter hochführende Gebirgsstrasse via Hardware Gap bis Buff Bay und weiter entlang der zauberhaften, zum Teil recht zerklüfteten, Küste Richtung Port Antonio, vorbei an einsamen und verträumten Buchten. Selten fuhren wir an der türkisschimmernden Bucht von San San vorbei ohne dort für einige Zeit zu verweilen. Zudem hatten wir das grosse Glück, ein Wochenende im nahegelegenen feudalen Hotelkomplex von «Frenchman's Cove» verbringen zu dürfen. Dessen Direktor war umständehalber eines Tages gezwungen worden, sich für kurze Zeit im Militärareal von Newcastle, aufhalten zu müssen und war deshalb sehr froh gewesen, auf Thomas' Verständnis zählen zu können. Einige Tage später sandte er meinem Mann einen überaus freundlichen Brief samt Prospekt mit farbigen Künstleransichten und lud uns beide zu einem kurzen Aufenthalt in sein Hotel ein. Diese Nobelherberge bestand aus achtzehn kleinen Bungalows im typischen jamaikanischen Baustil inmitten eines immensen Areals tropischer Landschaft. Alle Bungalows waren vollklimatisiert mit eigenem Garten und Blick aufs Meer. Laut Prospekt betrug die Mindestmiete eines Bungalows für zwei Personen und zwei Wochen einschliesslich allem Essen und Trinken, eigenem Wagen mit Chauffeur, Besuche zu anderen Teilen der Insel, Hochseefischen, eigenem Zimmermädchen, usw. stolze zweitausend US Dollars.

Das dort verbrachte Wochenende blieb mir unvergesslich, nicht nur wegen des gebotenen Luxus, sondern auch wegen einer Entdeckung, die ich dort beim Schnorcheln unverhoffterweise machte. Ich war nicht sehr weit hinausgeschwommen, als ich in einer Sandmulde eine grosse Anzahl wie mir schien gebrauchter Blitzlichtlämpchen entdeckte. Bei näherem Betrachten bemerkte ich, dass es sich weder um alte elektrische Birnen noch um etwas ramponierte Pingpong-Bälle handelte. Ich dachte an Schildkröteneier, die ich einige Male in Essig eingelegt in Delikatessläden angetroffen hatte, doch bekanntlich kommen die Meeresschildkröten an Land, um ihre Eier zu legen. Bis heute ist es mir ein Rätsel geblieben was ich dort beim Schnorcheln wohl entdeckt haben konnte.

Unser Lieblingsausflugsziel an der Nordküste – die Dunn's River Falls – befand sich jedoch in westlicher Richtung nahe bei Ocho Rios. Hier stürzen gewaltige Wassermassen über zweihundert Meter den Hügel hinunter und ergiessen sich in die warmen Gewässer der karibischen See. Wir fanden es einmalig, uns nach dem Meerbad gleich nebenan im Wasserfall erfrischen zu können. Herrlich fanden wir auch, dass so wenig Leute diesen einzigartigen Ort aufsuchten. Die meisten ausländischen Touristen, fast ausschliesslich Gäste aus Kanada und den Staaten, hielten sich mit Vorliebe an den Stränden und Swimming Pools der grossen Hotels auf.

Wenn wir von Kingston aus die Nordküste aufsuchten, durchquerten wir auf dem Weg nach Ocho Rios die dichtbewachsene felsige Schlucht von «Fern Gully», die mit ihrer Vielfalt an Farnen zu den Wahrzeichen Jamaikas gehört. Die zum Teil mannshoch gewachsenen palmenähnlichen Farne erinnerten mich etwas an Abbildungen einer prähistorischen Landschaft. Dazu liess die urwaldähnliche Pflanzenwelt nur wenige Sonnenstrahlen durch. Nach dem grellen Tageslicht ausserhalb der Schlucht empfand man dies als willkommene Abwechslung.

Nebst der Fülle an Naturschönheiten durfte sich Jamaika glücklich nennen, damals zum weltgrössten Lieferanten von Bauxit zu zählen. Bauxit wird als Rohstoff für die Herstellung von Aluminium verwendet und wurde durch Zufall erst anfangs der vierziger Jahre entdeckt. In diesem Zusammenhang vernahm ich folgende Geschichte: Ein Mann hatte Mühe mit der Bepflanzung gewisser Landparzellen. Trotz intensiver Pflege und mehrfacher Düngung, wollten weder das Korn noch das Gras gut gedeihen. Er fand dies seltsam und liess deshalb die Erde nach allen Kriterien untersuchen. Das Resultat war unglaublich, er sass auf einer Goldmine, denn die Erde bestand zu fast fünfzig Prozent aus Aluminiumoxyd.

Mozart und Coca-Cola

Unseren Familien in Europa schien unser Aufenthalt in Jamaika als eine nie endende Ferienreise. Trotz der vielen Vorteile und Annehmlichkeiten, die wir auf dieser Tropeninsel in vollen Zügen auskosteten, so sehnten wir uns doch manchmal nach einem belebenden kalten, sonnigen Wintertag in verschneiter Landschaft. Ausser oben in Newcastle, wo es tagsüber sehr angenehm und abends recht kühl wurde, so litten wir in der Ebene Kingstons arg unter der starken Sonneneinstrahlung und fühlten uns wegen der hohen Luftfeuchtigkeit oft schlapp und ohne irgendwelchen Tatendrang . In Paris hatte ich mir von meinem ersten Gehalt unter anderem auch eine schwarze Eidechsledertasche gekauft, die ich in Kingston allerdings nur bei grösseren formellen Anlässen benützte. Als ich sie eines Tages nach mehreren Monaten aus dem Schrank nahm, erkannte ich sie kaum wieder. Die enorme Feuchtigkeit hatte sie mit einer dichten hellgrünen Schimmelschicht überzogen. Das gleiche Schicksal erlitten auch sämtliche meiner dunklen Lederpumps, die ich lange nicht mehr angezogen hatte, da ich fast immer nur Sandalen trug und zuhause mitunter barfuss ging. Die Kinder hingegen schienen weder unter der enormen Feuchtigkeit noch unter der ewigen Hitze zu leiden, waren sie doch tagein tagaus äusserst lebhaft und stets voller Energie. Wir waren zwar selten krank, aber erkälteten wir uns, so hatten wir grösste Mühe, unsere Erkältung wieder loszuwerden. Man suchte stets ein kühles Lüftlein oder hielt sich sogar im Durchzug auf, nur um der drückenden Hitze zu entfliehen. Besonders im Stadtzentrum von Kingston, wo die Backofenhitze am grössten war, floh man verschwitzt in das nächstgelegene klimatisierte Geschäft, dessen Klimaanlage oft zu hoch eingestellt war, was höchst ungesund war. Um eine langwierige Erkältung zu kurieren, verschrieb einem der Arzt meistens einen mehrtägigen Aufenthalt im warmen Bett mit viel heissen Getränken, was allerdings viel Mühe und Geduld kostete. Zudem war man nicht mehr so widerstandsfähig wie in den europäischen Breitengraden. Die kleinste Verletzung, und sei es nur eine unbedeutende Schnittwunde am Finger, wurde gleich septisch. Beinahe unangenehm empfand ich das grelle Sonnenlicht. Schon in Alexandrien litt ich oft unter entzündeten und manchmal sogar durch Eiter verklebten Augen und war deshalb äusserst lichtempfindlich. Eines Tages – wir wohnten in Newcastle – musste ich mit grossen Schmerzen in aller Eile per Armee-Landrover nach Kingston zum Augenarzt. Ich war froh, dass der von der Insel St. Vincent stammende Fahrer Nichols die mit ihren über dreihundert Kurven versehene Strasse in die Stadt hinunter gut kannte. Nach unserer Ankunft beim Arzt stellte dieser ein Geschwür an der Hornhaut fest und wies mich gleich ins englische Militärhospital ein. Dort verabreichte man mir eine Morphiumspritze und gab mir alle vier Stunden Augentröpfchen eines Antibiotikaproduktes, das erst seit kurzem in Jamaika erhältlich war. Den ganzen Tag musste ich alleine in einem völlig abgedunkelten Zimmer bleiben. Nur des Nachts, als es draussen finster war, durfte ich auf der Veranda einige Schritte auf und ab gehen. Da ich seit der Morphiumspritze kaum mehr Schmerzen verspürte, aber wegen der verschiedenen Tropfen nur sehr undeutlich sehen konnte und mir das Lesen untersagt war, schienen mir die Tage einesteils – trotz einiger Besuche – endlos. Andernteils kam ich durch die mir aufgezwungenen Mussestunden viel zum Schlafen, was mir sehr zu Gute kam, erwartete ich doch für September unser drittes Kind. Wegen Guy und Christine brauchte ich mir keine Sorgen zu machen, denn während Thomas' Dienst waren sie bei der kinderliebenden Miss Gladys bestens aufgehoben. In den langen Stunden in denen ich im Spital wach lag, hörte ich Radio. Allerdings war das Angebot eher beschränkt, da ich nur die Sender von Jamaika und Kuba empfangen konnte. Die Programme, hauptsächlich bestehend aus Schlagern, leichter Musik und Calypsos – die Reggae-Musik stand noch in den Kinderschuhen – waren fast alle kommerzialisiert, sogar die Neuigkeiten wurden durch eine Ovomaltine-Reklame angekündigt. Klassische Musik gelangte leider nur spärlich zur Ausstrahlung. Umso ärgerlicher empfand ich es, wenn bei einem angekündigten Konzert zwischen einer Symphonie von Mozart und einem Klavierkonzert von Beethoven ein Coca-Cola-Werbespruch ertönte. Dafür je nachdem aus welcher Richtung auch immer der langersehnte kühle Abendwind leise um das Spitalgebäude säuselte, hatte ich manchmal das unverhoffte Glück, aus der Ferne die melodiösen Klänge der Armee-eigenen Steelband zu hören.

Nach meinem zweiwöchigen Spitalaufenthalt freute ich mich, geheilt und ausgeruht wieder zu Thomas und den Kindern nach Newcastle zurückzukehren. Ich musste allerdings noch während mehreren Monaten – sogar als wir eines Abends im Oktober in Kingston im Carib Theater eine Ice Show besuchten – stets eine dunkle Sonnenbrille tragen.

Inzwischen war meinem Mann ein neuer Bursche zugeteilt worden, der anders wie Shakespeare in Berlin durch seine Musikalität auffiel. Er schrieb und vertonte seine eigenen Songs. Ich erinnere mich nicht mehr an seinen Namen, aber die Art und Weise wie er seine Kompositionen, hauptsächlich das Lied «A Thousand Teardrops» in der abendlichen Stille von Newcastle auf seiner Gitarre zum besten gab, blieben mir unvergesslich in Erinnerung. Dieser Song war so beliebt, dass er zusammen mit dem Lied «Wherever you may go» auf einer kleinen 45 LP Anfang der sechziger Jahre in den Handel gelangte. Überhaupt fand ich die Einheimischen sehr musikalisch und tanzfreudig. Niemand konnte so gut den Twist tanzen wie sie. Aus den meisten Plattengeschäften in Kingston ertönte den lieben langen Tag unaufhörlich Schlager oder Calypsomusik, und nicht selten begegnete man fröhlichen Jamaikanern auf der Strasse, die wo immer sie sich auch befanden, ihr Tanzbein schwangen.

Mitte September kam unser zweiter Sohn Eric in einer einheimischen Privatklinik zur Welt, da das Militärhospital keine eigene Entbindungsstation führte, wie dies in Deutschland der Fall gewesen war. Guy und Christine waren entzückt, ein kleines Brüderchen bekommen zu haben. Hauptsächlich Christine zeigte mit ihren zweieinhalb Jahren schon umsorgende Muttergefühle, wollte sie ihm stets die Flasche geben und ihn in ihren Ärmchen halten.

Cotopaxi

Kurz vor Jahresende begab sich Thomas mit drei anderen begeisterten Bergsteigern auf eine einmonatige Reise in die ecuadorianischen Anden. Ihr Vorhaben, mindestens einen der sich am Äquator befindlichen hohen Vulkane zu besteigen, wurde sogar durch eine kurze Notiz im jamaikanischen «Daily Gleaner» vom 7. Oktober 1961 festgehalten. Das nötige harte Training hatten sie bei zahlreichen Wanderungen im Blue-Mountain-Gebirge und mehreren Besteigungen des über zweitausend meterhohen Blue-Mountain-Gipfels erlangt. Hier bot sich ihnen eine grandiose Sicht über den grössten Teil der Insel. In den frühen Morgenstunden und bei klarem Wetter konnten sie am Horizont in nördlicher Richtung sogar die Umrisse von Kuba ausmachen.

Dem Flug von Kingston nach der über 2800 Meter hochgelegenen ecuadorianischen Hauptstadt Quito folgte eine kurze Zeit der Akklimatisation eh sich die Kletterer, zusammen mit zwei Mitgliedern des ecuadorianischen Bergsteigerklubs, zum weiteren Training in die Bergwelt der Vulkanriesen begaben. Der erste Berg, den sie sich aussuchten, war der unweit von Quito gelegene Südgipfel des 5800 m hohen Ilinizas. Da die Expedition erst einige Stunden nach Sonnenaufgang aufbrach und der Schnee bereits weich geworden war, mussten sie leider nur knappe vierhundert Meter vor Erreichen des Gipfels ihr Vorhaben aufgeben. Dafür erreichten sie zwei Tage später erfolgreich den nördlichen Gipfel von Iliniza.

Eine Woche später fühlten sie sich bereit, den höchsten noch tätigen Vulkan – den Cotopaxi – in Angriff zu nehmen. Leider begangen sie auch hier zu spät mit dem Aufstieg, sodass sie wegen des tiefen Schnees kurz vor Erreichen des Gipfels zur Rückkehr gezwungen wurden. Eh sie sich erneut an diesen gefürchteten Vulkan heranwagten, versuchten sie, einen weiteren Riesen der Andenkette zu besteigen. Es war der Expedition inzwischen klar geworden, dass sie nur des Nachts, wenn der Schnee hartgefroren war, die besten Bedingungen vorfinden würden. So machten sie sich kurz vor Mitternacht auf den Weg, den zuvor noch nie bezwungenen Südostgrat des Cotacachis zu erklimmen. Nach einem mühseligen vierzehnstündigen Aufstieg stiessen sie auf eine unüberbrückbare Gletscherspalte, welche sie arg frustriert zur Rückkehr zwang. Schliesslich entschlossen sich die Expeditionsteilnehmer, nach den zum Teil erfreulichen wie auch enttäuschenden Gebirgserfahrungen der vergangenen Wochen, erneut den gefürchteten 5897 meterhohen Cotopaxi-Vulkan in Angriff zu nehmen. In den ersten Stunden des 22. Januars 1962 begann die kleine Gruppe Unverdrossener bei hellem Mondschein den Aufstieg zum höchsten noch tätigen Feuerberg der Erde. Glückselig erreichten sie sechs Stunden später kurz nach Sonnenaufgang ihr lang ersehntes Ziel. Der Blick zum Pazifischen Ozean in westlicher Richtung und ostwärts auf die sich durch den Urwald schlängelnden oberen Zuläufe des Amazonas war atemberaubend und zählt wohl zu den schillerndsten und berauschendsten Panoramaausblicken dieser Welt. Durch die an die Oberfläche des Kraters gelangenden Schwefeldämpfe wurde ihnen wieder bewusst, dass sie sich auf dem Gipfel eines noch aktiven Vulkans befanden. Als letzte Herausforderung stand die Besteigung des nicht mehr tätigen 6287 Meter hohen Chimborazos, der eisgefüllte Krater und zahlreiche zerrissene Gletscher aufweist, auf dem Programm. Wiederum verliessen sie bei Mondschein ihr Basiscamp und kämpften während mehr als zehn Stunden gegen eisige, stürmische Winde an, bis sie endlich halb verfroren und erschöpft den Gipfel erreichten. Auf dem Rückweg erschwerten ihnen dann noch Nebelschwaden den gefährlichen Abstieg. Nach ihrer Rückkehr nach Quito gaben sie Journalisten ein längeres Interview, worauf in der Lokalpresse nicht nur ihr Bild erschien, sondern über ihre Abenteuer unter dem Titel «Cuatro ingleses escalan a los nevados ecuatorianos» ausführlich berichtet wurde.

Wir waren alle erleichtert, als Ende Januar Thomas mit den übrigen Teilnehmern der kleinen Expedition, wenn auch etwas abgemagert, so doch wohlbehalten am Flughafen in Kingston eintraf.

Nach seiner Rückkehr erzählte mir Thomas von einem lustigen und beinahe unwahrscheinlichem Zufall. Am Tage nach seiner Ankunft in Quito sass er an der Bar seines Hotels als er einen Hotelgast bemerkte, der sich mit jemandem auf Schweizerdeutsch unterhielt. Darauf sprach er den Gast auf Schweizerdialekt an (nach seinen vielen Aufenthalten in den Schweizer Bergen hatte er sich einen kleinen Wortschatz angeeignet). Der Angesprochene war höchst erstaunt hier – beinahe am Ende der Welt – einen Engländer anzutreffen, der radebrechend seinen Dialekt sprach. Als Thomas seinem Vis-à-vis noch bemerkte er käme wohl aus Basel er erkenne dies an seiner Aussprache, war der Schweizer wie vor den Kopf getroffen. Daraufhin erzählte ihm Thomas, er wäre schon oft in Basel gewesen und befände sich jetzt, von Jamaika kommend – wo er stationiert wäre – auf dem Weg zu einer Andenexpedition. Da erzählte ihm der Schweizer schmunzelnd, dass die Schwester eines seiner guten Pfadfinderfreunde mit einem englischen Offizier verheiratet wäre und sich beide zur Zeit in der Karibik aufhielten. Dass es sich bei Thomas um den besagten Offizier handelte, war des Guten zuviel. Thomas und Karl mussten noch lange über diese wohl einmalige Begebenheit lachen und waren die letzten Gäste, die in den frühen Morgenstunden angeheitert die Hotelbar verliessen.

Seaquarium

Zur Geburt unseres Sohnes Eric durfte ich mir ein Geschenk von entweder bleibendem oder vergänglichem Wert aussuchen. Statt eines Rings entschied ich mich für eine kleine Reise nach Florida, denn damit erfüllte mir Thomas einen langersehnten Wunsch.

Schon in meiner Kindheit in Alexandrien, als wir den Sonntag jeweilen bei unserem «Grossvater» Jacot verbrachten, hatte ich stets gerne die zahlreichen Hefte seiner beträchtlichen Sammlung von «National Geographic Magazine» angeschaut. Als ich dann eines Tages eine Reportage über das sagenhafte mehrstöckige Aquarium in Miami darin entdeckte, gehörte es von da an zu meinen innigsten Wunschträumen, einmal die graziösen Delphine, die gefährlichen Sägefische, die furchterregenden Haie und allerlei andere Meeresungeheuer aus nächster Nähe hinter Glas und «in natura» ungestört betrachten zu können.

Ehe ich mich jedoch auf diese Reise vorbereiten konnte, stand uns im Frühjahr erneut ein Hauswechsel bevor, da Thomas die letzten Monate seiner Dienstzeit beim «West India Regiment» wieder in der Ebene von Kingston zu absolvieren hatte. Etwas traurig nahmen wir Abschied von Newcastle, das uns allen – einschliesslich unserer Dachshündin Judy, die uns ein nach England zurückkehrender Offizier überlassen hatte – ans Herz gewachsen war.

Wir waren froh, dass unser neues Zuhause an der Windsor Avenue wiederum eine grosse Veranda und Garten besass. Im Gegensatz zu unserem ersten Heim – dem modernen Bungalow mit den grossen Mangobäumen und den vielen bunten Hibiskussträuchern – handelte es sich diesmal um ein Einfamilienhaus etwas älteren Datums. So weit ich mich erinnern kann, stand der hintere Teil des Hauses auf quadratischen Pfeilern, während vorne drei Treppen zur Veranda hinaufführten. Der Garten war nicht sehr gross, dafür befanden sich im hinteren Teil zwei kleinere einräumige Nebengebäude mit Waschgelegenheit. Das eine diente als Waschhaus, das andere mit einem etwas grösseren Zimmer, hatte unser Mädchen Gladys in Anspruch genommen. Gleich neben ihrem Fenster stand ein Limonenbaum, welcher bei unserer Ankunft auf einer Seite in voller Blüte stand, während die Äste auf der anderen Seite schwer mit saftigen dunkelgrünen Früchten behangen waren.

Nachdem wir uns im neuen Heim eingelebt hatten und sich Thomas für ein verlängertes Wochenende freimachen konnte, um sich um die Kinder kümmern zu können, flog ich – gemäss Eintragungen in meinem alten englischen Pass – am 1. Juni 1962 nach Miami. Der erste Augenschein dieser Stadt beeindruckte mich wenig. Das Baden am viel besungenen Miami-Beach war eher enttäuschend. Ein frischer Wind blies einem um die Ohren und das Wellenbad im kühlen Ozean erinnerte mich wenig an die herrlich warmen Temperaturen der jamaikanischen Gewässer. Ob dies wohl der Grund war, dass sich, trotz der zahlreichen nahe an den Atlantik gebauten grossen Luxushotels, nur ein paar wenige Menschen am Strand aufhielten. Auf der obligaten Stadtrundfahrt fand ich die in Reih und Glied gebauten uniformen Bungalows, jedes mit dazugehörendem kleinen Swimming Pool, eher etwas steril. Interessant schien mir hingegen die Tatsache, dass Miami noch kein Jahrhundert alt ist und zu den jüngsten Städten Nordamerikas zählt.

Nach Bezug des Zimmers im Hotel Leamington galt natürlich mein erster Besuch dem weltberühmten Seaquarium. Gebannt stand ich vor dem turmähnlichen Aquarium hinter dessen Glasfenstern sich auf verschiedenen Ebenen Meeresschildkröten tummelten, gespenstisch anmutende Kraken ihre langen Fangarme nach allen Richtungen ausstreckten, Rochen, wie wallende Gewänder, lautlos über den Sandboden glitten während sich gefährliche Feuerfische hinter einzelnen Korallenästen versteckten. Im offenen Bassin folgte ich fasziniert der Fütterung der gefrässigen Haifische und mischte mich später noch unter die klatschenden Zuschauer der Delphin- und Seelöwenschau. Ein Besuch des «Parrot-Jungle» stand ebenfalls auf dem Programm, wobei mir die hoch in den Bambusgipfeln frei fliegenden roten und blauen Aras den grösseren Eindruck hinterliessen, desgleichen ihre dressierten Artgenossen, unten am Boden allerlei Kunststücke zum besten gaben. Den zweiten Höhepunkt meiner Reise nach Florida bildete der geführte Besuch in das Sumpfgebiet der Everglades. Da es während geraumer Zeit nicht mehr viel geregnet hatte, war der Wasserspiegel einiger Sümpfe stark gesunken. Unser Reiseleiter führte uns entlang den Holzstegen zu einem fast ausgetrockneten Tümpel, was wir alle recht seltsam fanden, denn wir konnten ausser dem grauen Morast gar nichts sehen. Erst bei längerem Hinschauen wurde die graue glitschige Erde lebendig: was wir als kleine, graue, schlammige Rillen und Unebenheiten der Oberfläche angesehen hatten, entpuppte sich bei genauerem Betrachten als Panzerteile von Wasserschildkröten, und zum Teil friedlich schlafender Alligatoren. Plötzlich gesellten sich noch wild um sich schlagende Welse dazu, welche die letzten Feuchtstellen aufsuchten und innert kürzester Zeit war das ganze Sumpfloch in heller Aufruhr und es wimmelte nur noch von aufgeregten Alligatoren, Schlangen und einigen Krokodilen. Auf dem Rückweg passierten wir noch ein kleines Reservat der einst sehr kriegerischen Seminolen, eines Indianerstammes, der lange Zeit den spanischen Entdeckern und Erobern grosse Schwierigkeiten bereitet hatte.

Leider vergingen diese erlebnisreichen Tage allzu schnell, aber ich freute mich auch riesig, bald wieder mit Thomas und den Kindern zusammen zu sein.

Aus Vielen ein Volk

Nach unserem Umzug von Newcastle nach Kingston nahm uns das altgewohnte Leben wieder in seinen Bann, diesmal jedoch mit einem gewissen Wehmutstropfen, denn meine Rückreise nach Europa zusammen mit den drei Kindern war für Mitte August vorgesehen. Wie bereits bei meiner Hinfahrt, würde mich Thomas auch diesmal nicht begleiten können, denn abgesehen von dienstlichen Pflichten, wollte er die einmalige Gelegenheit nützen, zusammen mit einem ehemaligen Kamerad, der nach den Staaten ausgewandert war, einige Gipfel der Rocky Mountains zu erklimmen. Vorderhand würden wir aber die uns verbleibenden Monate noch voll geniessen.

Eines Tages, so um elf Uhr, nachdem Eric den Morgen hindurch vergnügt in seinem leichten Aluminiumbettchen auf der Veranda gespielt hatte, nahm ich ihn wie üblich auf, um ihn wegen der anbrechenden Hitze in seinem Zimmer zur Ruhe zu legen. Vor dem Kochen blieb mir noch etwas Zeit und die benützte ich, um auf der Veranda den spannenden Roman «Kathryn» von Anya Seton noch fertiglesen zu können. Ich war so tief in meine Lektüre versunken, dass ich das anfängliche dumpfe Brummen unter mir gar nicht erst wahrnahm und mir auch nicht erklären konnte, weshalb es sich neben mir anhörte, als ob jemand das leere Aluminiumbettchen aufhob, um es krachend auf die Steinfliesen des Verandabodens fallenzulassen. Kurz darauf erschien Gladys ganz aufgeregt und fragte mich, ob ich das starke Beben auch bemerkt hätte. Später erzählte mir eine Französin, die mit einem Jamaikaner verheiratet war, dass sie bei einem nur wenige Sekunden dauernden früheren stärkeren Erdbeben in Kingston, weit mehr Angst gehabt hätte als während den zahlreichen Bombardierungen ihrer Heimatstadt Lyon.

Da wir während unseres längeren Aufenthaltes in Newcastle nicht mehr so oft zum Schwimmen gekommen waren, verbrachten wir nun wieder fast jeden Sonntag in «Morgans Harbour». Einmal, beim Angeln in der Marina fing Thomas eine kleine olivgrüne Muräne. Bei dessen Anblick sagte Guy ahnungsvoll «when it's ripe we can eat it», schliesslich wusste er, dass man grüne unreife Bananen nicht essen konnte.

Ich war froh, wieder vermehrt mit dem öffentlichen Verkehrsmittel in die Stadt fahren zu können. Obwohl mich Thomas oft bat, ein Taxi zu nehmen, zog ich es vor, mit dem Bus ins Stadtzentrum zu fahren. In der King Street befanden sich die meisten Geschäfte, die ich gerne aufsuchte. Entweder besuchte ich das Warenhaus «Times Store», oder den etwas preisgünstigeren «Woolworth», den ich schon von London her kannte. Was mich dort stets in Staunen versetzte, war die grosse Auswahl an «hair straightening» Artikeln. (Produkte um krauses Haar zu glätten). Die gab es in allen Variationen und Preislagen, denn für die einheimischen Frauen mit ihrem krausen Haar bedeuteten grosse straffgeformte glänzende Locken den Inbegriff einer modischen Frisur. Wenn Gladys voller Stolz vom Friseur kam, sah es immer aus, als hätte ihr der Coiffeur nur die zweizentimeterdicken Lockenwickler entfernt, ohne das Haar danach auszukämmen oder zu bürsten.

Da es langsam an der Zeit war, sich um Geschenke für unsere Familien in England und der Schweiz umzusehen und wir selber einige Erinnerungsstücke dieser Insel mitnehmen wollten, suchte ich des öfteren – unten am Hafenquai – den Kunsthandwerksmarkt auf. Dort türmten sich bei den zahlreichen Verkaufsständen schmal- und breitrandige Sommerhüte, Einkaufstaschen und -Körbe aller Art standen neben den aufgestapelten runden, ovalen oder rechteckigen Tischmatten. Die meisten dieser aus Palmblätter angefertigten Artikel waren reichlich mit bunten Bastblumen verziert. Nebst all diesen Strohartikeln gab es auch eine grosse Auswahl an sorgfältig bestickten Leinen- und Baumwollwaren. So hatte ich die Qual der Wahl zwischen den mit ländlichen Motiven versehenen Tischtüchern und Servietten und den mit Vögeln und Blumen bestickten Kleidern. Ich entschied mich schliesslich für einige mit Seepferdchen bestickte Gästehandtücher sowie für eine sattgrüne Sommerbluse mit gestickten Kolibris und Hibiskusblüten. Für Guy und später für Eric wählte ich kurze blaue Baumwollhosen mit aufgenähten Verzierungen von stilistischen Piraten unter Kokospalmen, während Christines blaues Röckchen mit den Applikationsstickereien von bunten Muscheln, Fischen und Seesternen alle Blicke auf sich zog. Ferner bekam Christine eine als Marktfrau bekleidete einheimische Stoffpuppe. Meine Leidenschaft zu den Meeresbewohnern trieb mich zum Kauf eines getrockneten, aufgeblasenen Igelfisches, während Thomas für seine Flasche jamaikanischen Rum die passende hölzerne «Kleidung» wünschte. Hier handelte es sich um eine aus dem sehr harten Holz des kleinen «Lignum Vitae» Baumes gedrechselte hohle Holzflasche, dessen Bauch meistens mit einem kleinen jamaikanischen Landschaftsbild verziert ist. Diese Holzflasche kann an zwei Orten geöffnet werden: in der Mitte, damit man die darin passende Rumflasche gut versorgen kann und oben am Hals, um sich jederzeit einen goldenen, feurigen Schluck zu genehmigen.

Wenn ich ab und zu Heimweh nach der Schweiz verspürte und mich im Stadtzentrum befand, suchte ich manchmal das an der King Street gelegene Uhren- und Juweliergeschäft «Swiss Stores» auf, mit dessen Inhabern wir gut befreundet waren. Ich war dann froh, mich mit Hans und Elizabeth auf Schweizerdeutsch unterhalten zu können, denn mit den Kindern sprach ich seit sie klein waren immer nur Englisch. Ich freute mich auch auf den 1. August, wenn der Schweizer Konsul seine in Jamaika lebenden Landsleute zusammen mit deren Familien einlud, um in seiner wundervollen Villa am Fusse des Blue-Mountain-Gebirge, den Nationalfeiertag gebührend feiern zu können.

Die Stadt Kingston als solche bot ein Bild multikultureller Gesellschaft. Die vorherrschende Zahl ihrer Einwohner sind die direkten Nachkommen der einstigen Sklaven, welche vor allem während der Blütezeit der ausgedehnten Zuckerrohrplantagen im 18. Jahrhundert in erbärmlicher Art und Weise von Afrika nach Jamaika verschifft worden waren. Die Ureinwohner der Insel, die Arawak-Indianer, waren bereits Mitte des 17. Jahrhunderts durch die spanischen Eroberer ausgerottet worden. Im Jahre 1655, als die Insel nur 1500 Einwohner zählte, übernahmen die Briten das Eiland und trieben sämtliche Spanier in die Flucht. Da nach Abschaffung der Sklaverei (1834) die Zuckerproduktion merklich zurückging, wurden freiwillige Arbeitskräfte aus Indien angesiedelt. Drei Jahrzehnte später kamen die Chinesen und schliesslich gesellten sich noch libanesische wie syrische Händler und Ladenbesitzer dazu. Aus dieser Vielfalt von Rassen gedieh eine Mannigfaltigkeit von allen erdenklichen Schattierungen von weiss- über braun- bis ebenholzschwarzer Hautfarben. Nie habe ich in meinem späteren Leben wieder solch atemberaubende Schönheiten angetroffen wie in Jamaika. Grazile kleine Chinesinnen mit mandelförmigen dunklen Augen, stolze grossgewachsene Jamaikanerinnen, deren Hautfarbe nur ein Hauch von Kaffeebraun zeigte, andere von etwas dunklerer Hautfarbe, deren blauschwarzes glattes Haar den indischen Einschlag verrieten. Es grenzte beinahe an ein Wunder, dass dieses Völkergemisch so friedlich miteinander auskam. Deshalb war es kaum verwunderlich, dass als Jamaika am 6. August 1962 eine unabhängige Nation wurde, man auf dessen neuen Wappen den Leitsatz «Out of many, one people» lesen konnte. (Aus Vielen ein Volk).

Nicht nur unser Abschied rückte näher, sondern auch die Präsenz der Briten auf der Insel näherte sich ihrem Ende.

Anlässlich der alljährlich im Juni stattfindenden Militärparade zu Ehren des Geburtstages Ihrer Majestät Königin Elizabeth II, wurde diesmal als Erstes das Ende der über einige Jahrhunderte dauernden Ära der Britischen Garnison gefeiert. Auf dem Poloareal von Up Park Camp wurde die Flagge des «Royal Hampshire Regiments» langsam eingeholt und an ihrer Stelle die des «West India Regiments» aufgezogen. An jenem Tag war es das letzte Mal, dass ein englischer Kolonialgouverneur beim Vorbeimarsch Uniformierter militärisch grüsste. Einige Zeit später wurde im Up Park Camp der Union Jack heruntergeholt, als Zeichen dafür, dass die über dreihundertjährige Anwesenheit des britischen Militärhauptquartiers der Insel beendet war.

Im Hinblick auf die bevorstehende Unabhängigkeit der Insel fanden in der ersten Augustwoche – unter Anwesenheit hoher Regierungsmitglieder – mancherlei Veranstaltungen statt. Schiffe der britischen, kanadischen und amerikanischen Marine liefen im Hafen ein. Mit Booten konnte man vom Victoria

Pier aus den amerikanischen Flugzeugträger «Lake Champlain» besuchen. Die Offiziere des zehntausend Tonnen aufweisenden britischen Kreuzers HMS «Blake», das sonst im Mittelmeer stationiert war und Jamaika zum ersten Mal besuchte, luden uns zu ihrer Cocktailparty ein. Auch Offiziere der kanadischen Marine amteten als Gastgeber. Drei neue britische «V-Bomber» überflogen die Hauptstadt und Teile der Insel.

Bei einigen kulturellen wie auch gesellschaftlichen Anlässen, wie beim Empfang in «King's House» – an dem wir auch teilnehmen durften – bildeten Prinzessin Margaret und ihr Gemahl, Lord Snowdon, den Mittelpunkt der Feier. Unter Anwesenheit der königlichen Gäste fand am Sonntagabend im Nationalstadion der Höhepunkt der Feierlichkeiten statt. Nach Vorbeimarsch der Ehrengarde und einer Darbietung sämtlicher Musikkapellen folgte der Einmarsch der Vertreter verschiedener Abteilungen der jamaikanischen wie der Commonwealth-Streitkräfte. Anschliessend beteiligten sich zahlreiche Besucher mit Inbrunst am gemeinsamen Singen patriotischer Lieder. Gebete der Devotion dem neuen Staate gegenüber wurden von Vertretern der in Jamaika ansässigen Religionsgemeinschaften gegen Himmel gesandt. Der wichtigste Teil des Abends war jedoch die um Mitternacht stattfindende Zeremonie des Flaggenaustausches, als der Union-Jack hinuntergeholt wurde und durch die grün-schwarz-gelbe jamaikanische Flagge ersetzt wurde. Dieses Zeremoniell symbolisierte das Ende britischer Herrschaft in Jamaika und die Geburt des unabhängigen, souveränen Staates innerhalb des Commonwealth. Als Krönung dieser denkwürdigen Feier fand schliesslich noch ein grandioses und speziell für diesen Anlass konzipiertes Feuerwerk statt. Die Feierlichkeiten der Insel schienen kein Ende zu nehmen. Am Vormittag des 6. August dem « Independence Day» ertönten vom Hafen her die Salutschüsse der Schiffe des Commonwealth und der U. S. Navy. Am Nachmittag fand unter anderem im bekannten Caymanas Park ein Pferderennen statt. Am Abend, während in den mit bunten Fähnchen und Wimpeln dekorierten Strassen überall getanzt wurde, waren wir zu Gast in Vale Royal, der ehrwürdigen und prächtigen Residenz des Premierministers. Am darauf folgenden Tag, ebenfalls einem offiziellen Feiertag, eröffnete Prinzessin Margaret die erste Sitzung des neuen jamaikanischen Parlaments und präsentierte dem Premierminister die neue Verfassungsurkunde.

1962–1964
Rückkehr nach Europa

Prins der Nederlanden

Nach all diesen Parties und Empfängen folgte eine recht hektische Zeit mit Kisten- und Kofferpacken. Schliesslich war es soweit, und ich musste mit einiger Trauer von diesem tropischen Juwel Abschied nehmen. Da sich Thomas die Gelegenheit nicht entgehen lassen wollte – vor seiner Rückkehr nach Europa – mit seinem Bergsteigerfreund einige Zeit in den Rocky Mountains zu verbringen, stand mir leider erneut eine Trennung bevor. Dafür beglückte mich der Gedanke wie auch Guy und Christine – nach dreijähriger Abwesenheit, bald wieder unsere Lieben in Basel sehen zu können. Im speziellen aber freute ich mich, ihnen das jüngste Familienmitglied vorstellen zu können.

Am 17. August verliessen wir Kingston an Bord des holländischen Schiffes «Prins der Nederlanden», welches uns nach einer dreiwöchigen Fahrt durch die Karibik und über den Atlantik nach Amsterdam bringen würde. Es war ein grosses, mit allem Komfort ausgestattetes, Schiff. Was ich sehr schätzte, war das freundlich eingerichtete Kinderzimmer mit Essecke, wo die Kinder tagsüber unter Obhut diplomierter Kindergärtnerinnen bestens aufgehoben waren. Dies ermöglichte mir die Teilnahme an den vom Schiff angebotenen Landausflügen.

Nach drei Tagen erreichten wir den mittelamerikanischen Staat von Costa Rica, wo wir im wenig bekannten Hafen von

Puerto Limón ankerten, um Kaffee zu laden. Da die Stadt nur wenig zu bieten hatte, wurde kein spezieller Ausflug organisiert, sodass man die meiste Zeit auf dem Schiff verbrachte, um den verschiedenen Bordspielen zu frönen. Einen kurzen Abstecher an Land wollte ich mir trotzdem nicht entgehen lassen, und so schlenderte ich entlang der recht bescheidenen Auslagen der nahegelegenen Geschäfte. Ich hatte Mühe irgend ein kleines für Costa Rica typisches Andenken zu finden. Nach langem Suchen entschied ich mich für eine in knalligen Farben handgeflochtene Einkaufstasche. Auf dem Rückweg zum Schiff begegnete ich einer Ansammlung von armselig gekleideten Menschen, in dessen Mitte ein junger Strassenverkäufer einen halbtoten, etwa anderthalbmeterlangen Leguan zum Verkauf anbot. Später vernahm ich, dass das Fleisch dieser in den Mangrovenwäldern lebenden Reptilien von den Einheimischen gerne gegessen wird.

Unser nächstes Ziel war die auf einer Halbinsel gelegenen Doppelstadt Cristobal-Colon, von wo aus wir den Panamakanal besuchten. Der phantasievolle Erbauer des Suezkanals, Ferdinand de Lesseps hatte 1879 mit dem Bau dieses künstlichen Wasserwegs, welcher Nord- und Mittelamerika vom südamerikanischen Kontinent trennen würde, begonnen. Jedoch erwiesen sich die technischen Schwierigkeiten, wie zum Beispiel die Gezeitenverhältnisse zwischen dem Pazifischen und dem Atlantischen Ozean, grösser, und die Kosten höher als vorhergesehen. Schliesslich trugen Malaria und Gelbfieber, die Zehntausende dahinrafften, wesentlich zum Erliegen der Arbeiten bei und das Projekt endete in Finanzskandalen. Erst zu Beginn dieses Jahrhunderts erwarben dann die USA für vierzig Millionen Dollar alle Rechte am Projekt, inklusive Hoheitsrechte über die hundertsechzehnkilometer breite Kanalzone. Daraufhin begannen die Amerikaner zuerst mit der Ausrottung der todbringenden tropischen Krankheiten, ehe Bauarbeiter und Maschinen hingebracht wurden. 1915 war der Bau fertiggestellt, aber erst fünf Jahre später – nach dem ersten Weltkrieg – erfolgte die offizielle Einweihung. Während der mit seinen drei, zum Teil mehrstufigen, Schleusenanlagen gebaute Panamakanal etwas über achtzig Kilometer lang ist, misst die schleusenlose Wasserstrasse des Suezkanals zwischen dem Mittel und dem Roten Meer genau die doppelte Länge. Was mich bei der Besichtigung der Kanalanlagen am meisten faszinierte, waren die elektrischen Lokomotiven, die an Schleppseilen die Schiffe durch die Schleusenkammern zogen.

Am folgenden Tag erreichte unser Schiff Cartagena, der wichtigsten Hafenstadt Kolumbiens. Mit ihren alten Stadtmauern und prunkvollen öffentlichen und sakralen Gebäuden ist sie eine interessante und geschichtsträchtige Stadt. Die einfallsreiche spanische Architektur ihrer Hafenbefestigungen mit ihren weitverzweigten unterirdischen Gängen erinnern an die rohen Piratenzeiten, als Freibeuter wie Henry Morgan erfolglos versuchten, die neugegründete Siedlung von Cartagena zu erobern.

Das Ausflugsprogramm war recht vielfältig. Zuerst besichtigten wir ein auf einer Anhöhe gebautes Kloster, das einen herrlichen Blick auf die Stadt bot. Anschliessend besuchten wir ein altes Fort, auf dessen Zinnen als Seeräuber verkleidete Wachmänner zu sehen waren. Um unsere durstigen Kehlen mit einem herrlich kühlen Trunk zu löschen, suchten wir die Terrasse des Hotels del Caribe auf. Ehe wir zurück auf das Schiff gingen führte uns der einheimische Reiseleiter noch in den Nähsaal des Waisenhauses der St. Clavelkirche. Wahrscheinlich erhoffte er sich, dass sich jemand aus unserer Gruppe eine der von den Mädchen kostbar angefertigten Stickereien erstehen würde. Dieser letzte Besuch stimmte mich eher etwas traurig. Da sassen mäuschenstill gebeugt über feinste Handarbeiten lauter bleiche junge Mädchen verschiedenen Alters in eintönigen weissen Uniformen und mit streng nach hinten gekämmten Haar. Man sagte uns, dass diese Waisenmädchen feinste seidene Unterwäsche und prächtige Tischdecken auf Bestellung für die Reichen der Stadt anfertigen .

Unser Schiff fuhr dann weiter in nordöstlicher Richtung vorbei am Golf von Venezuela bis wir die eine Insel der Niederländischen Antillen – das öde Eiland von Aruba erreichten. Nicht viel ist mir vom Aufenthalt in Oranjestad, dem Hauptort der Insel, in Erinnerung geblieben. Bei einem kleinen Spaziergang an Land fiel mir die äusserst spärlich vorhandene Vegetation auf: durch stete Passatwinde in nordwestlicher Richtung ausgerichtete Baumkronen und zerzauste Sträucher wechselten ab mit Gestein, wüstenähnlichem Gestrüpp und in den Himmel ragenden Kakteen. Nachdem was ich von Jamaika her gewohnt war, schienen die in, mit sandiger Erde gefüllten, alten Blechkanistern wachsenden halbwelken Geranien, die den Vorgarten eines kleinen Hauses zierten, recht jämmerlich. Was mich hingegen sehr wunderte, war das ungewöhnlich saubere, beinahe türkisblauschimmernde Wasser des Hafenbeckens. Wen wundert es, dass die Insel mit ihren klaren Gewässern inzwischen ein Mekka für Taucher geworden ist. Viele Jahre später, als ich mich auf einer Kreuzfahrt im Roten Meer befand und unser Traumschiff, die «Berlin» auf ihrem Weg nach Aqaba in den Hafen von Scharm-esch-Scheich einlief, erinnerte ich mich wieder an Aruba: hier am südlichsten Punkt der wüstenähnlichen Sinai-Halbinsel war das Wasser ebenso kornblumen- bis türkisblau und so klar, dass man sogar den Grund des Hafenbeckens ausmachen konnte.

Am folgenden Tag erreichten wir das in typisch niederländischem Kolonialstil erbaute Willemstad, der Hauptstadt Curaçaos, der grössten holländischen Karibikinsel. Hier gefiel es mir ausserordentlich gut, denn beim Schlendern entlang der verträumten holländischen, zum Teil in zarten Farben gemalten, Giebelhäuser fühlte ich mich geradezu nach Europa versetzt. Zum Leidwesen einer Grosszahl, hauptsächlich weiblicher Passagiere, war unser Schiff ausgerechnet an einem Sonntag – als die meisten interessanten Textil- und Alkoholikageschäfte geschlossen waren – in diesen beliebten Freihafen vor Anker gegangen. Was mir an der Heerenstraat, der Hauptgeschäftsstrasse, besonders auffiel war die mit hellroten Fliesen ausgestattete Fussgängerzone. Da alle Läden weltberühmter Imperien wie Elizabeth Arden, Dior oder Leica geschlossen waren, begab ich mich zu dem am Hafen gelegenen malerischen und pittoresken schwimmenden Markt, der nicht nur vom, sonntäglich gekleideten, einheimischen Käuferpublikum aufgesucht wurde, sondern auch begeisterte Amateurfotografen in seinen Bann zog. Hier reihten sich mit bunten Wimpeln beflaggte alte Segler, Schoner und Transportkähne aller Art und boten vom venezolanischen Festland tropisches Obst und Gemüse sowie, in den heimischen Gewässern gefangene, Fische an.

Das nächste Ziel, das unser Schiff ansteuerte hiess La Guaira, der bedeutendste Hafen Venezuelas. Von dort erreichten wir nach einer zwanzigminütigen Fahrt auf einer mit vier Fahrbahnen angelegten modernen «Auto Pista» die auf fast tausend Meter hoch gelegene und von hohen Bergzacken umgebene Hauptstadt Caracas. Diese historische, damals etwas über eine Million Einwohner zählende südamerikanische Grossstadt bot mit ihrem pulsierenden Leben ein Bild voller Gegensätze. Grosszügig angelegte Strassen, voran die Avenida Simon Bolivar, deren Namen an den südamerikanischen Nationalheld und Befreier Venezuelas vom spanischen Joch erinnert, Kirchen aus dem 18. und dem 19. Jahrhundert, Eisenbeton-Hochbauten, Springbrunnen inmitten herrlich bepflanzter Gartenanlagen, einladende Restaurants und elegante Geschäfte, und gleich daneben das ungeheure Elend der in Wellblechhütten hausenden, kinderreichen Familien der Ärmsten der Stadt.

Unser Schiff sollte nur noch in zwei weiteren Häfen vor Anker gehen, bevor es den weiten Atlantik Richtung Europa überqueren würde.

Unser vorletztes Ziel hiess Port of Spain auf Trinidad, Hochburg des karibischen Karnevals und Geburtsstätte des Calypsos, der «Steel Bands» und des Limbo Tanzes, musikalischer Eigenheiten, die mir von Jamaika her bestens bekannt waren. Nach den zahlreichen Besichtigungen war ich froh, endlich wieder einmal zusammen mit den Kindern einen geruhsamen Badetag zu verbringen. Mit dem Taxi fuhren wir an einen der berühmten Strände und zwar an die Bucht von Maracas, die mich in mancher Hinsicht an die zahlreichen Traumstrände im Norden Jamaikas erinnerte: die sich zum Wasser neigenden schlanken Kokospalmen, der fast menschenleere feinsandige Strand, das azurblaue Himmelszelt, das sich in weitem Bogen über das türkisblaue Meer spannte, ein kleines Lüftchen, das für angenehme Kühle sorgte – die wahrste Postkartenidylle – für einen herrlichen und unvergesslichen Badeausflug, der leider allzu schnell zu Ende ging.

Wir waren alle etwas traurig als am folgenden Tag die «Prins der Nederlanden» Kurs nahm auf Bridgetown in Barbados, der östlichsten Insel der Kleinen Antillen, denn es war somit das letzte Mal, das unser Schiff unter karibischer Sonne ankerte. Dadurch, dass Grossbritannien bereits 1625 die von den Spaniern entdeckte Insel in ihren Besitz genommen hatten, ist es kaum verwunderlich, dass Barbados auf den Besucher so britisch wirkt. Leider war die Zeit an Land etwas knapp bemessen, sodass nach einer kurzen Besichtigung von Bridgetown, kein ausgiebiges Baden möglich war. Allerdings fand ich auch das Wasser nicht mehr gar so warm wie in Trinidad, kühlere Strömungen des nahen Atlantiks machten sich hier bereits bemerkbar.

Nach den erlebnisreichen Tagen der äusserst interessanten Kreuzfahrt, freute man sich auf die Ruhe und Erholung auf See. Die Tage glitten dahin, die Sonne schien immer noch aus einem wolkenlosen Himmel. Unvergesslich bleiben mir die Sonnenuntergänge als die Sonne wie ein Feuerball im rötlichsilbernen Meer verschwand. Solange wir noch unter südlichen Breitengraden fuhren, konnte man des öfteren nach der Dämmerung in weiter Ferne irgendwo am Horizont ein Wetterleuchten ausmachen. Auf Deck hoben sich die farbigen luftigen Sommerkleider der Passagiere wie bunte Tupfer ab vor den weissgestärkten Uniformen der vorbeihuschenden Offiziere. Schliesslich passierten wir die vulkanische Inselgruppe der Azoren, was anscheinend von unserem Schiff als «Wettergrenze» betrachtet wurde, denn gleich am darauf folgenden Tag erschienen der Kapitän und seine Crew dunkelblau gekleidet. Auch wir Passagiere bemerkten, dass unser Schiff kühlere Gewässer erreicht hatte. Selbst tagsüber wurde es bedeutend frischer, ein starker Wind strich über die Wellenkuppen, das Meer wechselte von dunkelblau auf graublau, die Sonne liess sich nur noch selten blicken; wir hatten wahrhaftig die Tropen hinter uns gelassen und näherten uns Europa.

Anders als auf der Hinreise nach Jamaika, als wir nach einem beinahe zweitägigen Flug Kingston erreicht hatten, so wurde es mir erst nach der Schiffsreise von Bridgetown nach Amsterdam so richtig bewusst wie weit «unsere» Tropeninsel von Europa entfernt war.

La Civetta

Gross war meine Freude als das Schiff bei schönstem Wetter am 6. September in den Hafen von Amsterdam einlief und ich von der Reling aus Vaters schlanke Figur inmitten der ungeduldig wartenden Menge am Quai ausmachen konnte. Ich war froh, dass die Ausschiffung rasch und mühelos vor sich ging. Guy war ganz aufgeregt, auch er konnte kaum mehr warten bis er seinen geliebten «Fa» – die von ihm gewählte Kurzform für Grandfather – wieder sehen konnte. Vater war überaus glücklich uns nach so langer Zeit alle wohlbehalten in die Arme schliessen zu können und zum ersten Mal seinen jüngsten Grosssohn Eric sah. Gleich nach unserer Ankunft bestiegen wir den Zug, der uns auf direktem weg nach Basel bringen würde. Die Fahrt entlang den zahlreichen Windmühlen und Kanälen dauerte etwas lange; doch ich und Guy wir freuten uns riesig, bald auch die übrigen Familienmitglieder wieder zu sehen. Christine hingegen, die nur ein halbes Jahr alt war als wir nach Jamaika reisten, konnte sich natürlich an niemanden mehr erinnern, höchstens an ihren Onkel Christoph, denn dieser hatte ja für einige Zeit bei uns in Kingston geweilt.

Die Freude war riesengross als unser Zug endlich in Basel einfuhr und uns Mutter und Christoph aufs Innigste begrüssten. Zu Hause, wo sich die Tanten und die noch rüstige Urgrossmutter auch eingefunden hatten, wurden die aus der weiten Ferne Heimkehrenden ebenfalls ganz herzlich empfangen und willkommen geheissen. Vom jüngsten Familienmitglied, das in der beinahe ausgedienten blauen Tragtasche friedlich mit seinen kleinen Patschhändchen spielte, waren alle ganz entzückt. Man staunte aber auch über Christine, die mit ihren goldenen Haaren zu einem süssen kleinen Mädchen herangewachsen war. Der Stammhalter hingegen, mit seinem Gesicht voller Sommersprossen und dem spitzbübischen Lächeln, zog jeden in seinen Bann.

Im Herbst kehrte Thomas braungebrannt von seinen Kletterpartien in den Rocky Mountains zurück nach Basel. Kurze Zeit danach flogen wir zu Fünft nach Manchester, um den englischen Grosseltern unseren letzten Erdenbürger vorzustellen. Bei dieser Gelegenheit kaufte sich Thomas gleich noch einen neuen schwarzen Morris, den weissen Ford hatten wir ja in Jamaika zurückgelassen. Nach unserer Rückkehr nach Basel folgte eine etwas seltsame Zeit des Vakuums. Da das Militär Thomas' Dienste erst im Frühjahr 1963 benötigte, indessen aber bereit war, ihm für die nächsten sechs Monate den ihm zustehenden Sold voll auszuzahlen, waren wir froh, dass wir die übrigen Herbst- und Wintermonate in Vaters geliebtem Ferienhaus «La Civetta» im Tessin verbringen durften. Für Mutter, die stets so liebevoll und aufopfernd um uns alle besorgt war, wäre es trotz vermehrter Hilfe der Erwachsenen mit der Zeit nun doch zu viel geworden, sich um weitere fünf Familienmitglieder kümmern zu müssen.

Kurz nach meiner Heirat hatte Vater in der Nähe von Locarno zu einem damals noch sehr günstigen Preis ein ansehnliches Stück Land erworben. Da Vater über zwanzig Jahre unter südlicher Sonne gelebt hatte und die Wärme weit mehr schätzte wie die düsteren grauen Tage eines langen kalten Winters, war ihm der Tessin mit seiner subtropischen Vegetation und seinen milden kurzen Wintermonaten schon lange ans Herz gewachsen. Zusammen mit einem Tessinerarchitekten konzipierte er ein bescheidenes und zweckmässig eingerichtetes Ferienhaus im Rustico-Stil mit einem weitgehend naturbelassenen Garten. Als er sich eines Abends auf dem sich noch im Rohbau befindlichen Vorplatz auf einer kleinen Steinmauer niederliess, hörte er in der nächtlichen Stille plötzlich den Schrei eines aufgeschreckten Käuzchens. Der Ruf dieser kleinen Eule muss ihn tief bewegt haben, sodass es kaum verwunderlich war, dass er von diesem Tage an, sein südliches Refugium «La Civetta» nannte. Als einzigen Luxus gönnte er sich den Bau eines kleinen einfachen Schwimmbades, das von Buddleja-Sträuchern umgeben war. Er liebte diese Büsche ganz besonders, denn Heerscharen bunter Schmetterlinge liessen sich auf den hell- und dunkelvioletten, nach Honig duftenden, Blütendolden nieder. Wie schon in Ägypten, als Vater für uns Kinder gerne Schmetterlingsraupen nach Hause brachte, um ihre Verpuppung zu verfolgen, so faszinierten ihn auch hier wieder diese schillernden Insekten. Er erzählte mir oft, wie er als kleiner Junge mit Botanisierbüchse und Schmetterlingsnetz heimatliche Wiesen durchstreift hatte.

Obwohl wir während der Wintermonate unseres aufgezwungen Urlaubes nur selten unsere Mahlzeiten auf dem Vorplatz mit dem einzigartigen unverbauten Blick auf den Lago Maggiore und die angrenzenden Berge einnehmen konnten, und sich im kalten Wasser des Schwimmbades eine Anzahl von Insektenleichen angesammelt hatte, so schätzten wir – nach unserem dreijährigen Tropenaufenthalt – umsomehr die recht milden, stillen Wintertage des sonnigen Tessins. Nach der manchmal geradezu hektischen Zeit der gesellschaftlichen Verpflichtungen und dem geselligen Leben in Kingston, vermissten wir zwar – ich im speziellen – die Möglichkeit abends ab und zu ausgehen zu können. Ausser mit einer alten Bäuerin, die uns frischgelegte Eier verkaufte, hatten wir kaum Kontakt mit den Leuten des angrenzenden Dorfes, auch nicht mit den paar wenigen Bewohnern der nahegelegenen kleineren Villen oder Ferienhäusern. So hatten wir niemanden, dem wir während eines Abends unsere drei Kinder hätten anvertrauen können. Umsomehr hatten wir Freude, wenn uns Tante Hildegard und Onkel Rudi mit ihrem Besuch beglückten. Um den nasskalten Wintertagen von Basel zu entfliehen, hatten sie in der Nähe des italienischen Marktflecken Luino in Maccagno – ein reizendes Pied-à-terre gemietet. Das Häuschen befand sich unweit des Seeufers und für uns mit dem Auto gut erreichbar. Tante Hildegard war eine begeisterte Gastgeberin, aber da die Küche ihres Häuschen «La Piccolina» nicht allzu gross war, luden uns die Beiden oft in das nahegelegene italienische Restaurant ein, was uns noch mehr Spass machte.

Onkel Rudi war ein passionierter Techniker und Bastler. Da er recht begütert war lud er Thomas manchmal zu einer kleinen Flugrundfahrt über die Maggiaebene ein oder sie überflogen die wilden Gewässer des Verzascatales. In späteren Jahren war es Onkel Rudi, der seinen Grossneffen Guy in die Geheimnisse der Elektronik einweihte.

Die Zeit im Tessin verging schneller als erwartet, gab es doch immer etwas zu tun. Im Herbst sammelten wir in den Wäldern Kastanien, die wir abends am Kamin rösteten. Die unterhalb des Schwimmbassins wildwuchernden Brombeerhecken mussten zurückgeschnitten werden. Manchmal half Guy beim Zusammenlesen des gefallenen Laubes auf der Treppe, die zum Vorplatz führte. Ein bis zweimal wöchentlich fuhren wir nach Locarno, um Lebensmittel einzukaufen und etwas Stadtluft zu schnuppern.

Endlich erhielt Thomas die lang erwartete Nachricht des Kriegsministeriums in London, wonach er Anfang März seinen Dienst beim ersten Bataillon des «King's Regiments» in Berlin anzutreten hatte.

Diese Neuigkeit beglückte uns sehr. Wir waren mit dem Leben unserer neuen Destination bereits vertraut und hatten die Stadt an der Spree während unseres ersten Aufenthaltes ins Herz geschlossen. Auch waren die durch unseren Status als

Angehörige der Besatzungsarmee zustehenden Sondervergünstigungen nicht zu verachten. Jedenfalls versprach diese zweite Dienstzeit in Berlin sicher auch interessant zu werden, zumal sich die politische Lage der Stadt inzwischen verändert hatte.

Der ganze Hausrat ausschliesslich der schweren Möbel – sowie das Paar kleiner Mahagonitische, die wir in Kingston gekauft und in Kisten eingepackt hatten, war vom Militär nach Deutschland verfrachtet worden. Da sich Thomas um die Überführung der in einem Armeedepot in Wuppertal eingelagerten Kisten nach Westberlin kümmern musste, fuhr er mit dem Auto – vollbepackt mit dem grössten Teil unserer persönlichen Gegenstände – von Basel via Wuppertal nach Berlin. Einige Wochen später würde ich mit den Kindern per Flugzeug nachfolgen.

Kiplingweg

Nach einem Zwischenhalt im nebligen Frankfurt landeten wir bei strahlendem Sonnenschein im Flughafen Berlin Tempelhof. Die Kinder hatten grosse Freude als sie ihren Daddy in seiner dunkelblauen Sonntagsuniform am Eingang entdeckten. Damals durften, nach einem mit den Sowjets vereinbarten Abkommen, nur Maschinen amerikanischer, französischer und britischer Fluglinien in Tempelhof landen.

Auf der Fahrt zu unserem dritten Berliner Heim, in der Offizierssiedlung der britischen Armeeangehörigen am Kiplingweg 30 im Bezirk Charlottenburg, erblickte ich beim Vorbeifahren am Potsdamer Platz zum ersten Mal einen Teil der ominösen Mauer. Was ich allerdings absurd fand, war der Anblick des Sowjetischen Ehrenmals unweit des Reichstagsgebäudes, das nun nicht mehr betreten werden konnte, da es von Stacheldraht umgeben war, und was geradezu grotesk anmutete war die Tatsache, dass nun zusätzlich vor diesem von russischen Soldaten bewachte Kriegsdenkmal ein englischer Tommy stand. Beim Hinauffahren der breit angelegten Strasse des 17. Juni liess die untergehende Sonne den auf der Siegessäule thronenden goldenen Engel in einmaliger Pracht erscheinen und vertrieb jegliche düsteren Gedanken, die mir beim Anblick der Mauer und des von Stacheldraht umsäumten Denkmals aufgekommen waren.

Zuhause angekommen stellte ich mit Freude fest, dass dieses erst vor kurzem erstellte und von einer grossen Wiese umgebene freistehende Zweifamilienhaus wohl das Schönste war, das uns bis anhin in Deutschland zugewiesen worden war. Da Thomas in Jamaika zum Major befördert worden war hatte er automatisch Anrecht auf eine etwas grössere Unterkunft. Nagelneue Möbel und Teppiche bestückten die hellen Zimmer. Die Fenster, die alle ins Grüne blickten, waren ebenfalls mit neuen Vorhängen versehen. Ich war froh, dass sich im geräumigen Wohnzimmer über dem Schreibtisch eine hohe Vitrine befand, in dem die Kostbarkeiten aus Ägypten und die neu hinzugekommenen Korallen und Muscheln aus der Karibik ihren Platz finden würden. Das angrenzende, mit hellen Möbeln ausstaffierte Esszimmer gab den Blick frei auf einen kleinen Gartensitzplatz und den dahinterliegenden Sandkasten. In der grosszügig angelegten Küche – in sieben Ehejahren bereits meine neunte – konnten die zahlreichen vorhandenen Geschirrstücke und Pfannen bestens untergebracht werden. Ein Teil der grossen Wandschränke im oberen Stock enthielt die Bettwäsche für die vier Schlafzimmer, währenddem im weissgekachelten Badezimmer die in Miami gekauften bunten flauschigen «Cannon»-Badetücher gebraucht würden. Schon in Alexandrien hatte Mutter im Warenhaus «Hannaux» mit Vorliebe diese erstklassigen Badetücher amerikanischer Herkunft gekauft, sie waren unverwüstlich und nach Jahren täglichen Gebrauchs immer noch brauchbar. Ich war begeistert von unserem neuen Heim und konnte es kaum erwarten bis alle zwölf Kisten aus Jamaika ausgepackt waren. Einzig der unifarbene, dunkelrote Teppich, auf dem jeder Fussel sichtbar war, schien nicht das Ideale zu sein in einem Haus mit kleinen Kindern, die beim Betreten des Hauses nicht stets ihre Schuhe abwischten. Ich war deshalb froh, dass ich auch hier wieder mit einer dienstbaren Hausgehilfin würde rechnen können. Ich wusste damals noch nicht, dass es seit dem Bau der Mauer wesentlich schwerer geworden war, jemanden Zuverlässigen zu finden. Im Gegensatz zu anderen, hatte ich jedoch mehr Glück. Meistens waren es Studentinnen oder aus der Schule entlassene junge Mädchen, die froh waren, ihre englischen Sprachkenntnisse vertiefen zu können. Einmal wurde mir eine junge Bretonin aus Saint-Brieuc zugewiesen, mit der ich allerdings mehr Französisch wie Englisch sprach.

Kurz nach unserer Ankunft in Berlin erfolgte Guys erster Schultag in der von der Armee ganz nach englischem Muster geführten Primarschule, wo ich ihn morgens um neun Uhr hinbrachte. Der Unterricht dauerte bis drei Uhr nachmittags, wobei er für nur einen Shilling (was damals etwa einem halben Franken entsprach) auch ein gutes Mittagessen einnehmen konnte. Guy ging gern zur Schule, freute sich aber als er nach dem Unterricht zu Hause mit verschiedenen Nachbarskindern herumtollen oder auf seinem Zweirad den Kiplingweg hinauf- und hinunterfahren konnte, derweilen Christine vergnügt auf ihrem Roller fuhr. Ich brauchte mir deswegen keine Sorgen zu machen, denn der Kiplingweg war eine gut übersehbare Sackgasse. Während die Grossen draussen mit ihren Kameraden spielten, schlief oder spielte Eric artig in seinem Bettchen oben im ersten Stock. Dies ermöglichte mir des öfteren, mich an meine in Jamaika gekaufte tragbare kleine Singer-Nähmaschine zu setzen. Natürlich war Eric lange nicht immer ein Musterkind: die vielen bunten Stiefmütterchen, die ich rund um den Sitzplatz gepflanzt hatte, riss er bis auf einige wenige alle aus.

Schon ein paar Wochen nach unserer Ankunft benötigte Guy ein Passfoto für seine Identitätskarte, während mein englischer Pass mit einem grossen roten Stempel versehen wurde, der mich als Familienangehörige eines Mitgliedes der Alliierten Streitkräfte auswies.

Für die Post nach Basel hatte ich zwei Möglichkeiten: entweder warf ich den Brief in einen Berliner Briefkasten oder übergab ihn Thomas, der ihn, mit einer englischen Briefmarke versehen der britischen Militärpost übergab. Die zweite Variante war wohl etwas billiger und sicherer, dauerte aber meistens länger, da sämtliche Briefe wie auch Pakete via England in die Schweiz befördert wurden.

Anders wie früher in Göttingen oder Herford, hatte ich beim Einkaufen für den täglichen Bedarf stets die Qual der Wahl. Ausser dem grossen NAAFI-Kaufhaus (Navy, Army and Air Force Institutes) beim Reichskanzlerplatz – vormals Adolf-Hitler-Platz – heute Theodor-Heuss-Platz genannt – und den zahlreichen deutschen Geschäften war es uns auch möglich, bei den Franzosen oder bei den Amerikanern günstig einzukaufen. Dazu bestand noch die Möglichkeit, sich wöchentlich äusserst günstige Lebensmittel von der Armee ins Haus bringen zu lassen. Diese sogenannten «Rations» bestanden aus Grundnahrungsmittel wie Zucker, Mehl, Kartoffeln,

Saisongemüse und Obst. Zusätzlich enthielt jede Wochenlieferung zwei Päckchen Schwarztee, die zusammen etwas über 200 g wogen. Nach und nach stapelten sich die Teepäckchen in unserer Speisekammer zu einem ansehnlichen Haufen, da wir längst nicht so viel Tee tranken wie die anderen. Ab und zu gab ich meiner Nachbarin gern ein Päckchen, denn mit ihrem Teekonsum von täglich zwanzig Tassen, war ihre Teebüchse schnell leer. Die übrigen Päckchen fanden bei der Familie in Basel grossen Anklang. Mit der Zeit verzichteten wir jedoch auf diese vorteilhaften Armeerationen, denn wirklich problematisch war die Fleischzuteilung. Da wurde einem oft ein ansehnliches Stück geliefert, von dem ich nicht sicher war, ob es sich um Rind- oder Schweinefleisch, geschweige denn um Brat- oder Schmorfleisch handelte. Diese Ungewissheit bereitete mir einiges Kopfzerbrechen bei der Zubereitung von besagtem Stück Fleisch. Einfach war es nur, wenn es sich um eine Lamm- oder Schweinskeule handelte, die einfach in den heissen Ofen geschoben werden konnte. Schliesslich, da mir die deutsche Sprache keine Mühe machte, fand ich es viel einfacher zum lokalen Fleischer zu gehen und mir das gewünschte Stück einpacken zu lassen.

Für eine grosse Anzahl der in Berlin wohnenden Engländerinnen erwies sich Goethes Sprache voller Tücken. Einmal luden wir ein uns befreundetes Ehepaar zu einer Käsefondue ein, da wir sie mit einem typischen Schweizer Gericht überraschen wollten und ich den dazu benötigten Rechaud und passenden Tonkochtopf – dem Caquelon – zur Hochzeit erhalten hatte. Leider misslang unsere Überraschung, da sie diese Käsespeise bereits bei ihrem Aufenthalt im Wallis kennengelernt, sich aus Begeisterung die dazu nötige Kochausrüstung gekauft und diese kurz nach ihrer Ankunft in Berlin mit der eigen zubereiteten Fondue eingeweiht hatten. Als ich die leicht brodelnde Käsesuppe auf den Rechaud setzte, schienen unsere Gäste etwas skeptisch zu sein, denn die Fondue, die sie sich in Berlin zu Gemüte führten, war ihnen nicht in bester Erinnerung geblieben. Sobald sie von unserer Fondue gekostet hatten, waren sie jedoch hellbegeistert und Mary fragte mich dann, was ich denn bei der Zubereitung anders gemacht hätte. Sie hätte sich genau an das aus der Schweiz mitgebrachte Rezept gehalten, aber ihre Fondue wäre etwas «sticky and sweet» gewesen. Warum diese klebrig und süss gewesen wäre, konnte ich mir nun wirklich nicht erklären. Schliesslich löste sich das Rätsel. Als sie die Fonduezutaten im kleinen Tante-Emma-Laden am Scholzplatz einkaufte und ausser dem Käse und dem Wein, den dazu nötigen Kirsch verlangte, hatte man ihr eine Flasche Kirschlikör statt Kirschbranntwein gegeben. So war es nicht verwunderlich, dass durch diesen kleinen sprachlichen Fehler, solch ein kulinarisches Missgeschick entstanden war.

Was wir alle sehr schätzten waren die Fischstände an den Wochenmärkten, wo wir damals für ein Pfund frische Goldbarschfilets nur neunzig Pfennige bezahlten. Selbstverständlich ging ich auch gerne auf den Kurfürstendamm zum Schaufensterbummel oder liess mich in einem der vielen Stockwerke des grössten Kaufhauses Westberlins, dem KaDeWe zu einem, manchmal auch ganz unnötigen, Einkauf verleiten. Obwohl ich selber nicht Autofahren konnte, war kein Ziel je unerreichbar. Entweder benutzte ich die Strassenbahn, den Bus, oder die U-Bahn. Ferner konnte ich direkt von der Kaserne für einen sehr niedrigen Tarif einen sogenannten «recreational Volkswagen» samt Fahrer in Zivil jederzeit anfordern. Diese dunkelgrün gestrichenen VW-Käfer waren für das britische Militär und deren Angehörigen bestimmt.

Kranzler

Bedingt durch den ungeheuerlichen Mauerbau hatte sich nicht nur das äussere Bild Berlins verändert, auch wir – obwohl wir weit weg von der Mauer wohnten und sie nur selten zu Gesicht bekamen, bemerkten eine gewisse Veränderung seit unserem letzten Aufenthalt vor vier Jahren. Nicht nur war das Leben teurer geworden, wir fühlten uns mehr unter Kontrolle wie früher. Ich entsinne mich an einen bestimmten Sonntag, als der Wecker bereits um sieben Uhr klingelte, da Thomas kurz nach acht die englische Bewachung am Sowjetisches Ehrenmal in West Berlin inspizieren musste. Nach seiner Rückkehr fuhren wir um elf Uhr von zuhause weg, um zum Juliusturm zu fahren. Von dort aus beabsichtigten wir, zum Zusammenfluss von Spree und Havel zu spazieren. Wir waren nicht weit gefahren, als Thomas plötzlich umkehrte, weil er vergessen hatte von zuhause aus dem diensttuenden Offizier in der Kaserne mitzuteilen, wo wir uns zwischen elf Uhr vormittags und ein Uhr nachmittags aufhalten würden: sämtliche ausserdienstlichen Ausgänge und Aufenthalte mussten jeweils einer zentralen Stelle gemeldet werden.

Ein Ausflug nach Ostberlin war auch für uns nicht mehr möglich, sei es um eine Aufführung in der Deutschen Staatsoper Unter den Linden zu erleben, oder um eine der wenigen Buchhandlungen aufzusuchen, welche auch günstige Schallplatten anboten. Die Bücherauswahl war eher begrenzt, standen doch fast ausschliesslich Klassiker auf den Regalen und nur ganz vereinzelt Werke moderner Autoren.

Zu jener Zeit kursierten die wildesten und tragischsten Geschichten über das ungewöhnliche Leben in dieser auf solch brutale Weise geteilten Stadt. J. M. Simmel hat dies in seinem Roman «Lieb Vaterland magst ruhig sein» treffend beschrieben: auf der einen Seite das freie, zum Teil unbeschwerte Leben im Wohlstand, im anderen Teil der Stadt das mühselige, entbehrungsreiche und gefängnisähnliche Dasein. In diesem Zusammenhang hat sich ein Bild für immer in mein Gedächtnis eingeprägt. An einem trüben, regnerischen Tag benützte ich die S-Bahn, welche auf gewissen Strecken Teile Ostberlins passierte. Bei einem Blick durchs Fenster war es mir gleich bewusst, in welchem Teil Berlins wir uns soeben befanden, als der Zug an einem düsteren, ärmlichen Wohnblock vorbeifuhr, dessen von Russ geschwärzte Fassade noch zahlreiche Einschusslöcher aufwies und die matten Fensterscheiben wie dunkle Augenhöhlen aussahen. Die einzige farbige Note in diesem Meer von grau und schwarz war eine stolze, grossgewachsene Sonnenblume, die mit ihrer strahlend gelben Krone den beinahe beklemmend wirkenden Innenhof des Gebäudes hell erleuchten liess.

Abgesehen vom verabscheuungswürdigen Bau der Mauer und den damit verbundenen widerlichen und traurigen Umständen, die dieser schändliche Bau der Stadt gebracht hatte, so stellten wir mit Genugtuung fest, dass sich die in alliierten Händen befindlichen Stadtteile merklich zu ihren Gunsten entwickelt hatten. Die augenscheinlichsten Kriegsschäden waren bis auf wenige Ausnahmen vom Stadtbild verschwunden. Wohl gab es noch da und dort von Trümmern befreite Plätze; doch die meisten Hausfassaden waren neu verputzt worden und nur noch selten sah man Einschussstellen oder sonstige Kriegsbeschädigungen. Mehrere neue Wohn- und Geschäftshäuser waren entstanden. Neben der als Mahnmal erhaltenen Ruine der Kaiser-Wilhelm-Gedächtniskirche, faszinierten mich die links und rechts flankierenden markanten Neubauten, nämlich der freistehende Kirchturm und der achteckige Kirchenbau. Die Beiden wurden von den Berlinern liebevoll

«Lippenstift und Puderdose» genannt. Im Innern des Kirchenbaus herrschte eine wundervolle Stimmung gedämpften Lichtes, hervorgerufen durch tausend kleine blauschimmernde viereckige Glasfenster. Die kühn und schwungvoll gebaute Kongresshalle im Gebiet des Tiergartens, die wir bereits von unserem ersten Aufenthalt her kannten, hatte auch ihren Übernamen und wurde von den Berlinern etwas respektlos «schwangere Auster» genannt. Der Verkehr hatte ebenfalls merklich zugenommen. Sonntags strömten ganze Autokolonnen dem Grunewald zu, sodass wir an diesen Tagen lieber im eigenen Garten sassen.

Als ich mit den Kindern an einem sonnigen Frühlingstag den Zoo besuchte, erkannte ich ihn kaum wieder. Bei meinem ersten Besuch im Jahre 1957, waren die durch den Krieg erlittenen Schäden (der Tierpark war 1943 durch Bomben fast völlig zerstört worden) gut sichtbar gewesen. Neben dem bescheidenen Tierbestand waren mir die zum Teil verwahrlosten Tiergehege und leeren Zwinger aufgefallen. Was mich etwas traurig gestimmt hatte, waren die mit gackerndem Federvieh gefüllten Käfige gewesen – etwas das ich in keinem anderen Zoo je gesehen hatte. Nun – über zwanzig Jahre nach Kriegsende – war dieser Zoologische Garten enorm gewachsen. Mit seinem Reichtum an interessanten und aus allen Kontinenten stammenden Tieren überraschte er seine Besucher und zählte damals bereits zur Weltklasse. Der dominierende Bau war wohl immer noch das bereits Anfang dieses Jahrhunderts entstandene Aquarium, wo ebenfalls eine ganze Anzahl neuer Meeresbewohner eingezogen war. Im zweiten Stock hatte man ein grossartiges Reptilienhaus angelegt und im Dachstock befand sich sogar ein Insektarium. Die Fasanerie mit ihrem riesigen Freiluftraum war ebenfalls ein beliebter Anziehungspunkt geworden. Einmalig war auch die Vielfalt der grossen und kleinen Papageien aus allen Herrenländer, die uns in ihren Bann zogen und in mir Erinnerungen an Jamaika wachriefen. Da sass auf einem Ast ein kleiner Sittich mit gelbem Schnabel und – unverkennbar durch die roten und blauen Farbtupfer, die sich da und dort von seinem hellgrünen Gefieder abhoben – erinnerte er mich plötzlich an den Schwarm solcher kleiner Papageien, die sich eines Tages kreischend auf einem Feuerbaum beim Schwimmbad des Offiziersklubs in Kingston niedergelassen hatten. An einem anderen Ende des Zoos befand sich ein grosses Wasserbecken, wo sich Seelöwen nebst mächtigen Walrossen tummelten. Wir waren alle recht müde als wir an jenem erlebnisreichen Tag nach Hause kamen.

Was das übliche gesellschaftliche Regimentsleben betraf, so hatte sich trotz der neuen politischen Lage wenig geändert. Nach wie vor erhielten wir gedruckte Einladungen zu Cocktailparties und Feierlichkeiten aller Art.

Zu einem der grössten Anlässe zählte ich den auf dem Messegelände im «Palais am Funkturm» stattfindenden «Armed Forces Day Ball», zu dem wir vom United States Commander, Berlin und den Offizieren der US Streitkräfte eingeladen wurden. Für diesen Anlass hatte man speziell von der Strasse her über den Messeplatz bis hin zum Eingang der Räumlichkeiten, wo man vom Gastgeber empfangen wurde, für die mit Autos und Taxis ankommenden Gäste einen langen, schmalen roten Teppich ausgelegt. Ich muss ehrlich gestehen, ich fühlte mich schon ein wenig gebauchpinselt, als ich in Abendrobe zusammen mit Thomas in seiner bunten Galauniform über diesen langen karminfarbenen Teppich schritt und die vielen – vielleicht etwas neidischen – Blicke der ringsherum versammelten Zuschauer bemerkte.

Beim Anblick des Denkmals zu Ehren der siegreichen siebten Panzerdivision, das sich in der Nähe des Funkturms befand, wanderten meine Gedanken stets nach Alexandrien zurück: zuoberst auf der Gedenktafel figurierten die Daten 1939 und 1945 und darunter stand «from El Alamein to Berlin via Africa, Italy, France, Belgium, Holland Germany».

Wie bereits in Jamaika so fand auch in Berlin Anfang Juni im Olympiastadion die jährlich wiederkehrende Parade zu Ehren des Geburtstages der Königin Elizabeth II. statt. Nach Eintreffen des Kommandanten des Britischen Sektors von Berlin begann die Zeremonie der Fahnenparade gefolgt vom Salut zu Ehren der Königin; das ganze untermalt von Klängen der kombinierten Musikkorps sämtlicher britischer Regimenter. Das zu diesem Anlass gedruckte Programmheft in rot mit goldenem Wappen erläuterte den Paradeablauf in drei Sprachen: Englisch, Französisch und Deutsch. Wie immer bei solchen Paraden, hatten wir Frauen stets einen Hut und manchmal auch lange Handschuhe zu tragen.

Als Abwechslung zu den manchmal etwas steifen und formellen Armeeanlässen, begrüssten wir umsomehr das facettenreiche Freizeit- und Unterhaltungsangebot Westberlins. Mit Vorliebe besuchten wir die Alten Meister im Museum Dahlem im amerikanischen Sektor. Bei schönem Wetter zog es uns hinaus ins Grüne zum romantischen kleinen Schloss Tegel, das ursprünglich dem Grossen Kurfürsten als Jagdschloss gedient hatte. (Später kam es in den Besitz der Familie Humboldt und Anfang letzten Jahrhunderts wurde es im Auftrag des berühmten Gelehrten und Gründers der Berliner Universität, Wilhelm von Humboldt, von Schinkel in klassizistischem Stil umgebaut.) Was ich besonders mochte, waren die in Pastellfarben gemalten Zimmer und die darin ausgestellten antiken Skulpturen, die Humboldt seinerzeit in Rom erworben hatte. Die Auswahl der zu besuchenden Schlösser und Museen war damals eher bescheiden. Im Schloss Charlottenburg, welches während den heftigen Bombardierungen des Jahres 1943 stark gelitten hatte, waren noch nicht alle Räume dem Publikum zugänglich. An heissen Sommertagen gingen wir mit der ganzen Familie in den Offiziersklub, wo wir uns im Schwimmbad abkühlten. Bei kühlerer Witterung stand uns zu gewissen Tageszeiten das Olympische Hallenbad zur Verfügung. So viel ich mich erinnere, konnte dieses Schwimmbad nur von den Alliierten und deren Angehörigen benützt werden. Ab und zu fuhren wir zum Wannsee oder sassen im berühmten Café Kranzler und beobachteten das geschäftige Treiben auf dem Kurfürstendamm. Verspürten wir nach einem Kinobesuch noch etwas Hunger, suchten wir eine der zahlreichen kleinen «Hühner-Hugo»-Gaststätten auf, die nur heisse, knusprige Hähnchen anboten. Meistens sassen wir in der Mitte des Lokals an einem der grossen runden Tische, wobei man in dieser ungezwungenen Atmosphäre bald von kontaktfreudigen Berlinern in eine fröhliche Unterhaltung miteinbezogen wurde. Wollte man hingegen eine etwas gepflegtere Ambiance, so bestellte man einen Tisch im kleinen intimen Restaurant «Die Volle Pulle» und begab sich anschliessend noch ins Tanz-Kabarett von Niveau «cherchez la femme» an der Fasanenstrasse 70. Im Cabaret «chez nous» hingegen, applaudierte man den verblüffenden Verwandlungen der Transvestitenkünstler. Je nach Programmangebot besuchte ich mit einer nahen Verwandten öfters Theateraufführungen, wobei mich das 1963 entstandene Trauerspiel «Der Stellvertreter» von Rolf Hochhuth tief beeindruckte. Die Kinder kamen dabei auch nicht zu kurz und waren entzückt, wenn wir sie zu Zirkusvorstellungen mitnahmen.

Gewitterwolken

Ein für Berliner wohl unvergessliches Datum im Jahre 1963 bleibt der 26. Juni als Präsident John F. Kennedy vor dem Schöneberger Rathaus unter dem Klang der Freiheitsglocke über den Erdball rief: «Als freier Mann bin ich stolz zu sagen, ich bin ein Berliner». Nie mehr seit jenen düsteren Jahren als die Bürger dieser Stadt den rechten Arm hochhoben, um dem von ihnen auserkorenen Alleinherrscher zuzujubeln, hatte Berlin solchen Freudentaumel erlebt, noch hatten die Leute sich so dicht aneinander gedrängt wie während dem achtstündigen Besuch dieses fremden Staatsoberhauptes. Über eine Million winkender und jauchzender Menschen belebten die Strassen der 53 km langen Triumphfahrt des Präsidenten. Ganz anders sah es hingegen aus als Kennedy vom Podest am Brandenburger Tor auf das rotverhängte Wahrzeichen der geteilten Hauptstadt blickte. Drüben nur einige Funktionäre und Kameraleute. Einzig beim Checkpoint Charlie hatten sich einige schaulustige Ostberliner eingefunden. Für Präsident Kennedy war der herzliche Empfang in Westberlin der grösste, den er je erlebt hatte.

Fern der Weltpolitik hatten sich die Kinder in Berlin gut eingelebt und fühlten sich in ihrer neuen Heimat ganz zuhause. Zu unserer Freude machte Guy grosse Fortschritte in der Schule, eignete sich dabei aber leider auch die kraftvollsten Seemannsflüche in breitestem Liverpoolerdialekt an. (Das King's Regiment, dem wir nun zugeteilt waren, stammte grösstenteils aus Liverpool). Nicht nur Offizierskinder sondern auch Mannschaftskinder besuchten gemeinsam die englische Primarschule an der Heerstrasse. Christine, die gerne in den Kindergarten ging, war zu einem niedlichen kleinen Mädchen herangewachsen. Als ich eines Tages, währenddem

Guy in der Schule war und ich Eric in guter Aufsicht unseres Burschen Pendelton wusste, mit Christine in ihrem blauen Muschelrock aus Jamaika U-Bahn fuhr, hatte eine Weggefährtin solche Freude an ihr, dass sie ihr gleich eine ganze Tafel Sarotti-Schokolade zusteckte mit den Worten *«für ihre süsse Kleene»*. Christine war so überrascht, dass sie kaum in der Lage war, der freundlichen Frau richtig zu danken.

Nach einem wundervollen Frühling litten wir in der ersten Augustwoche unter schrecklicher Hitze, der ärgsten seit 1959. Leider war Guy zu dieser Zeit gerade an Windpocken erkrankt, die er sehr wahrscheinlich in der Schule erwischt hatte. Ich bedauerte es fast ein wenig, dass nicht alle drei gleichzeitig davon betroffen waren, denn diese Kinderkrankheit erschien zu einem höchst ungelegenen Zeitpunkt, sollte ich doch zwei Wochen später zusammen mit den Kindern nach Basel reisen. Dabei wusste ich nicht genau wie lange die Ansteckungszeit betrug, noch wie lange es dauern würde bis auch bei Christine und Eric die ersten Symptome auftreten würden. Thomas befand sich für mehrere Wochen auf Manöver in der Lüneburger Heide. Nach Beendigung derselben würde er mit dem Regiment zurück nach Berlin und von dort aus mit dem eigenen Wagen die lange Fahrt nach Basel antreten. Nebst der Ungewissheit wegen dem allfälligen Windpockenausbruch bei den anderen zwei, bestand noch das Problem des Reisetermins, denn der französische Militärzug, mit dem ich in die Schweiz reisen würde, fuhr wöchentlich nur dreimal. Meine Reisebefürchtungen waren jedoch alle umsonst gewesen, denn weder Christine und Eric wurden krank, und so konnten wir, wie vorgesehen, zu Viert am 15. August per Schlafwagen nach Basel reisen.

Einige Wochen später traf Thomas ein und nach einem kurzen Zwischenhalt begab sich die kleine Familie an den Hallwilersee, wo uns eine gute Freundin von Vaters Schwester freundlicherweise ihr Sommerhaus zur Verfügung stellte. Wir hatten uns alle sehr auf diese Ferien am See gefreut, doch die Schwärme höchst unangenehmer Stechfliegen, die sich mit Vorliebe auf unseren nackten Armen und Beinen niederliessen, setzten unserem Badespass bald ein Ende. Fluchtartig verliessen wir unseren gemütlichen, von Schilf umgebenen, Badeplatz und flohen ins Haus, derweilen Thomas mit seiner aus Jamaika stammenden Fischerrute in einem etwas morschem Boot das Weite suchte, um an einer schattigen Einbuchtung sein Glück zu versuchen. Mehrere Male hatte er zwischen dem üppigen Wuchs verschiedenster Wasserpflanzen einen jungen, grünlichen Grashecht neben einem alten Ausgewachsenen ausgemacht, doch weder der Eine noch der Andere wollte anbeissen und so trauerten wir alle dem entgangenen Festessen nach. Eines Morgens lief die Hausglocke sturm, vor der Tür stand eine wildgestikulierende Frau und fragte uns in abgehackten Sätzen, ob sie wohl unser Telephon benützen dürfe. Sie hätte soeben auf ihrem Autoradio vernommen, dass ein von Kloten aus gestartetes Flugzeug ganz in unserer Nähe abgestürzt wäre. Da ihr Mann an diesem Morgen auch geschäftlich von Kloten abgeflogen war, wollte sie sich vergewissern ob es sich um seinen Flug handle oder nicht. Wir waren froh, als die Frau – sichtlich erleichtert – kurze Zeit danach unser Ferienhaus verliess. Wir hatten an jenem Tag einen Ausflug nach Zofingen geplant und Thomas wollte dieses hübsche Städtchen auf Umwegen via verkehrsarmen, kleineren Landstrassen erreichen. Da wir nicht wussten, wo genau die Absturzstelle lag, machten wir uns nichtsahnend auf den Weg. Plötzlich kamen uns – in der Nähe von Dürrenäsch – mehrere Polizeifahrzeuge entgegen und wir wussten sobald, dass wir uns in nächster Nähe des Unglücksort befanden. Wir konnten bereits einen süsslichen Duft von verbranntem Fleisch feststellen und erblickten von weitem wild verstreute Gepäckstücke und anderes Undefinierbares am Boden liegen. Wir beeilten uns, diesen schrecklichen Ort so schnell wie möglich zu verlassen. Christine verriet mir in späteren Jahren, das wäre wohl ausschlaggebend gewesen, dass sie immer solche Angst hätte vom Fliegen und sich deshalb nur sehr ungern auf längere Flugreisen begab.

Im November des gleichen Jahres, als Mutter aus gesundheitlichen Gründen zusammen mit ihrer älteren Schwester für einige Zeit nach Rheinfelden zur Badekur fuhr, kam Vater zu uns nach Berlin auf Besuch. Die Kinder freuten sich riesig auf ihren geliebten Fa. Mit Begeisterung zeigten wir ihm die interessanten Sehenswürdigkeiten der Stadt. Ich fand es ganz herrlich, mit ihm einige Male ins Theater und in die Städtische Oper in Berlin-Charlottenburg gehen zu können. Dort erlebten wir eine glanzvolle Fidelio-Aufführung. An einem anderen Abend begleitete uns Vater an eine von der Berliner Brigade organisierte und geschlossene Filmvorführung des Dokumentarstreifens «The last days of Berlin».

Nur einige Tage später am 11. November ertönte am Radio Trauermusik als die schreckliche Meldung über Präsident Kennedys Ermordung in Dallas bekanntgegeben wurde. Die Berliner konnten es kaum fassen, dass dieser Mann – dem sie noch vor knapp vier Monaten zugejubelt hatten – nun nicht mehr unter den Lebenden weilte.

Im Dezember besuchte ein Team des Senders Freies Berlin Guys Primarschule. Für die Radiosendung «Im Rasthaus gefunden», das über Weihnachten zur Ausstrahlung kommen sollte, benötigten sie einen Jungen, der mit weinerlicher Stimme und mit fremden Akzent einen einzigen deutschen Satz sagen musste. Die Wahl fiel auf unseren Ältesten. Schliesslich sprach ich mit den Kindern auch manchmal Schweizer Dialekt, sodass Schriftdeutsch für Guy nicht gar so fremd war wie für seine Klassenkameraden. Ich brachte ihn dann einige Male zu Probeaufnahmen ins Haus des Rundfunks, das nach seiner Fertigstellung im Jahre 1931 als erste Rundfunkanstalt Deutschlands galt. Anfangs Januar überraschte ich Guy mit einem eingeschriebenen Brief, den ein Postbote vorbeigebracht hatte. Darin lag ein vorgedrucktes Formular, das seine Mitwirkung als Sprecher in der am 25.12.63 Uhrzeit 18.00–18.30h ausgestrahlten Sendung dokumentierte und ein Honorar von DM 30.- enthielt. Er war entzückt und wusste gleich was er sich aus seinem erstverdienten Geld kaufen würde. Er liess mir keine Ruhe bis wir an einem der folgenden Tagen die Spielwarenabteilung des KaDeWe's aufsuchten, wo er mich zielbewusst zu den prächtigen Eisenbahnanlagen der Marke Fleischmann führte. Kurzerhand entschloss er sich für eine der grösseren Geschenkpackungen. Diese enthielt: eine Lokomotive, zwei Waggons, eine Weiche, einen Transformator sowie auf Karton gestanzte Blechschienen, die zu einem Oval zusammengefügt werden konnten. Damit die Bescheinigung seines ersten Honorars beim Sender Freies Berlin nicht verloren ging und auch als Erinnerung für spätere Jahre, kaufte ich ihm in der Bücherabteilung zusätzlich einen kleinen Ansichtsband «Berlin in colour pictures», wo besagtes Formular auf den Innendeckel geklebt wurde. Dieser kleine Berliner Bildband hat in seiner Bibliothek seit Jahrzehnten seinen festen Platz.

Anfang des neuen Jahres erhielten wir die Nachricht, dass wir bereits im Sommer 1964 zusammen mit dem King's Regiment nach Nordirland versetzt würden.

Unser letzter Winter in Berlin eilte mit grossen Schritten davon und in den Gärten waren zwischen dem jungen Grün bereits erste gelbe Tupfer der blühenden Forsythien zu sehen.

Es folgten die violetten Hyazinthen, die leuchtend roten Tulpen und die weissen und lila Fliederbüsche mit ihrem süsslichen Duft, derweilen die Wiese vor unserem Haus mit einem Teppich kleiner Gänseblümchen übersät war. Diese zauberhaften Frühlingsfarben vermochten jedoch nicht, die am bis anhin meistens blauen «Familienhimmel» aufziehenden dunklen Gewitterwolken zu vertreiben. Es kam die Zeit, wo ich fast jedes Wochenende mit den Kindern alleine verbrachte; mit ihnen in den Zoo ging, das olympische Hallenbad besuchte oder im nahegelegenen Grunewald spazieren ging. Thomas hingegen, vom nächtlichen Samstagsausgang müde, wollte am Sonntag morgen seine Ruhe haben. Er hatte begonnen, ein bis zweimal wöchentlich nach seinem Dienst wie an Samstagen den am nördlichen Ufer der Havel gelegenen Britischen Yachtklub aufzusuchen. Ob er nur wegen des Segelns und der Teilnahme an einem Navigationskurs so oft abends abwesend war, oder ob da noch eine andere Frau im Spiel war, war ich mir nicht so sicher. Darauf angesprochen, sagte er nur, er wolle sich das nötige Fachwissen aneignen, um später einmal die Welt umsegeln zu können. Dies natürlich ohne Familie, denn die Kinder – im schulpflichtigen Alter – würden der Schule nicht fernbleiben können. Ich meinerseits hätte mich keinesfalls von den Kindern trennen können und würde in England zurückbleiben und Thomas' Rückkehr erwarten müssen. Nebst seinen vielen guten Seiten, war Thomas leider ein sehr ichbezogener Mensch, der sich selbst am nächsten war und der gegenüber seiner Familie das nötige Verantwortungsgefühl wie auch die Verpflichtungen, die eine solche Gemeinschaft mit sich brachte, vermissen liess. Die Berge bedeuteten ihm Alles und wurden ihm später auch zum Verhängnis. Natürlich war es einesteils bewundernswert, welche Strapazen er bei seinen zahlreichen, oft recht gefährlichen Aufstiege auf sich nahm, um eine hohe Bergspitze zu erklimmen. Es war deshalb kaum verwunderlich, dass seine Briefe in den ersten Jahren unserer Bekanntschaft und später als Jungverheiratete stets mit den Worten «Mountains of Love» endeten. Aber später, als Kinder unsere Zweisamkeit vertieften, hätte er seine Abenteuerlust in Zügeln halten und sich den gegebenen Umständen anpassen sollen. Allzu gerne setzte er sich Gefahren aus, die ihm ein gewisses Nervenkitzel bereiteten, ohne dabei an jene zu denken, die ihm am nächsten standen. Die Teilnahme an der Expedition ins Hindu-Kush-Gebirge in Pakistan, kurz vor unserer Übersiedelung nach Jamaika, war sicher nicht ganz ungefährlich gewesen. Als wir in Jamaika weilten und unser drittes Kind erwarteten, erzählte er mir eines Tages ganz unbekümmert von seinem Vorhaben mit unserem Segelschiff nach Südamerika zu gelangen, um anschliessend im Andenmassiv einige Bergriesen zu besteigen. Er schien die Gefahren einer solchen Reise gar nicht richtig wahrnehmen zu wollen. Eine Fahrt durch die korallenreiche See der Karibik mit einem nicht mehr neuen und bescheiden ausgerüsteten, sechs Meter langen Segelboot, schien mir ein waghalsiges und unverantwortbares Unterfangen. An vielen Orten reichen die messerscharfen Korallenriffe fast bis zur Meeresoberfläche, was für ein Boot wie « Embassy» ohne Radar oder Kurzwellensender mitunter zur tödlichen Falle werden konnte. Nur weil er von seinem Vorgesetzten nicht den dazu nötigen langen Urlaub erhielt, wechselte er seinen Plan und entschied sich, seine Reise in die Andenwelt per Flugzeug anzutreten. Einige Monate nach unserer Ankunft im geteilten Berlin erzählte er mir, dass er seinen Namen auf die Teilnehmerliste einer von den Armee-, Marine- und Luftwaffenstreitkräfte geplanten Expedition nach Südgeorgien gesetzt hätte und dass er sich auf dieses kühne Abenteuer im Südpolargebiet freue – dies ganz ohne mich vorher davon orientiert zu haben. Die geplante Reise wurde dann allerdings mangelnder Teilnehmerzahl nicht durchgeführt. Diese Unzulänglichkeiten und die vielen bangen Stunden um seine Sicherheit während den zahlreichen risikoreichen Mutproben und Expeditionen, die er sich selber – und nicht ungewollt im Dienste der Armee – aufbürdete, trugen schliesslich dazu bei, dass unsere am Anfang harmonische Ehe zum Leidwesen aller auseinanderging.

Die Zeit des Abschieds rückte näher und Mitte Juli flogen wir ab von Berlin Richtung Belfast. Ich entsinne mich noch gut der grossen Überredungskünste, die es bedurfte, bis wir Christine endlich im Flugzeug hatten, sie schrie wie am Spiess. Als sie dann von ihrem Fensterplatz aus einige Wahrzeichen Berlins aus einem ihr ganz ungewohnten Blickwinkel ausmachen konnte, beruhigte sie sich allmählich und schlief schliesslich ein, während Guy sich keinen Augenblick der Reise entgehen liess. Mit seinen zweieinhalb Jahren war Eric noch zu klein, um diesen Flug richtig wahrzunehmen.

Downpatrick

Die Fahrt von Belfast zum Militärstützpunkt von Ballykinle im südöstlichen Teil Nordirlands – das für einige Monate unser neues Zuhause werden sollte – dauerte etwa eine Stunde. Ausser dem Kasernenareal und den Unterkünften der Offiziere und ihren Familien, zählten nur noch vereinzelte Häuser und Geschäfte zu diesem kleinen Ort, der in den meisten Atlanten nicht einmal aufgeführt wird. Die nächst gelegenen Weiler an der Route nach Belfast waren Dundrum und Newcastle, während der nordöstlich von Dundrum gelegene Ort Downpatrick einiges grösser war und das Warenangebot seiner Geschäfte umfangreicher, als im bescheidenen kleinen Lebensmittelladen von Ballykinle. Dafür kam zweimal wöchentlich der Fischhändler mit seinem kleinen Lieferwagen vorbei und bot uns stets frischgefangenen Hering, Kabeljau oder die feinen Seezungen an.

Das grosse, freistehende Einfamilienhaus aus rotem Backstein, das uns zugewiesen wurde, schien älteren Datums zu sein, waren doch die meisten seiner grün bemalten Wasserleitungen an der Hausfassade sichtbar. Überhaupt liess die ganze Isolation des Hauses eher zu wünschen übrig. Ich erinnere mich noch gut an mein erstes Bad in diesem Haus. Das Badezimmer war schon nicht besonders warm, sodass ich vorerst nur heisses Wasser in die Wanne einlaufen liess bevor ich sie mit kaltem Wasser zu Dreiviertel auffüllte. Ein richtiges Vollbad war kaum möglich, dazu reichte die Kapazität unseres Heisswasserboilers nicht aus. Kaum hatte ich mich ins warme Wasser gesetzt, spürte ich in der Brustgegend einen direkten Durchzug kühler Luft. Dies war mir bei geschlossener Türe und Fenster einfach unbegreiflich. Plötzlich war mir der Grund des Übels klar. Es zog mächtig durch den Überlauf, an dem der an einer schmalen Stahlkette befestigte nicht mehr ganz dichte Gummistöpsel hing. Nur als ich mit dem Waschlappen den Überlauf abdeckte, war die – wie mir schien – direkte Verbindung zur Aussenwand des Badezimmers unterbrochen. Von einem wohltuenden ausgiebigen Bad war nicht mehr die Rede und ich war froh, dass ich diesem allmählich kühler werdendem Nass bald entsteigen konnte. Wenn auch die sanitärischen Installationen gewisse Mängel aufwiesen, so wurden diese durch die herrliche Lage des Hauses nur knappe zehn Minuten vom Strand der Dundrum Bay entfernt wieder wettgemacht.

Mit Grasbüscheln bewachsene Dünen säumten den Weg zum fast menschenleeren Strand der Bucht, die sich in einiger Entfernung fjordähnlich tief ins Land ausdehnte. Dies hatte ich bei einer meiner Erkundigungen ins Landesinnere erst festgestellt, als der von mir eingeschlagene, recht einsame, Weg mich ganz unerwartet an das Ufer eines Binnengewässers führte, von dessen Existenz ich gar nichts gewusst hatte. Ein schwacher Wind kräuselte die Wasseroberfläche und ganz in meiner Nähe stritten sich kreischende Möwen um einen ans Ufer angespülten halbverendeten Fisch, während andere den nassen Sand nach Schnecken und anderem Kleingetier absuchten. Ich wusste nun immer noch nicht, ob ich mich an einem See oder an einer Meereseinbuchtung befand, denn nirgends konnte ich den Wasserzufluss ausmachen. Es blieb mir nichts anderes übrig als vom Wasser zu kosten und da war ich höchst erstaunt: es war salzig.

Ein anderes Mal begab ich mich zum Strand und spazierte in südlicher Richtung als ich nach kurzer Zeit zur Mündung einer Wasserstrasse gelangte. Da ich nicht wusste, wohin dieser Kanal führte, folgte ich ihm gemächlichen Schrittes landeinwärts. Tief in Gedanken versunken, fühlte ich mich plötzlich von jemandem beobachtet, obwohl weit und breit niemand zu sehen war. Ich war äusserst überrascht, als ich nur zwei Meter von mir entfernt und auf gleicher Höhe die auf mich gerichteten – wie mir schien – neugierigen und spitzbübischen Augen eines Seelöwens entdeckte. Ein unbeschreibliches Gefühl der Verwunderung und Glückseligkeit überfiel mich, als ich feststellte, dass er mich noch ein ganzes Stück weit «begleitete», indem er immer wieder an die Wasseroberfläche auftauchte, um sich zu vergewissern, dass ich immer noch da war; ein einmaliges Erlebnis wurde mir da beschert.

Stets blies ein kräftiger Wind und die Sonne geizte mit ihren wohltuenden Wärmestrahlen und versteckte sich gerne hinter dicken vorbeiziehenden Gewitterwolken. Des öfteren wurde man von unerwarteten heftigen aber kurzen Regengüssen überrascht; aber so schnell wie die Schleusen des Himmels ihre Tore öffneten, so rasch kam auch wieder für kurze Zeit die Sonne hervor. Die sich unermüdlich am Himmelszelt bewegenden Wolkengebilde – durchbrochen von gelegentlichen Sonnenstrahlen – und die satt an der Grenze zur Republik Irland im Dunst liegenden Berge der Mourne Mountains verliehen der Bucht von Dundrum ein höchst stimmungsvolles Bild.

Sicher bereuten wir es etwas, dass obwohl wir nun so nahe am Meeresstrand wohnten, uns das recht kalte Wasser der Irischen See kaum zum Baden reizte, zumal die Bucht recht steinig war und sogar bei Flut die meisten Felsen noch sichtbar waren. Auf etwa zweihundert Meter Entfernung befand sich ein winziges Inselchen, auf dem sich gerade zwei Personen aufhalten konnten. An einem frühen Sonntagabend im August begab sich ein Soldat zusammen mit seiner Liebsten an den Strand. Dort entledigten sie sich ihrer Schuhe und wateten – bei Ebbe – vergnügt durch das seichte Wasser bis hin zur kleinen einsamen Insel, wo sie die mitgeführten Fleischpastetchen und Äpfel in der anbrechenden Dämmerung verzehrten. In ihrer glückseligen Zweisamkeit vergassen sie gänzlich ihre Umwelt und bemerkten nicht wie schnell die Flut hineinbrach. Inzwischen war es dunkel geworden und ringsherum war nichts als tiefes Wasser. An ein Zurückkehren war nicht mehr zu denken, zumal sie nicht einmal mehr den Strand ausmachen konnten, wo sie ihre Schuhe zurückgelassen hatten, so blieb ihnen nichts anderes übrig als auf ihrem von Wellen umspülten inzwischen recht ungemütlich gewordenen Eiland auszuharren bis es wieder hell wurde und die Ebbe kam. In der Kaserne, wo Soldat Smith um zweiundzwanzig Uhr zur Nachtwache hätte antreten sollen, war man überrascht, dass der sonst so pflichtbewusste Mann noch nicht aufgetaucht war. Etwas unterkühlt und todmüde gelangte er schliesslich in den frühen Morgenstunden des Montags zum Appell, wo er allerdings den Umständen entsprechend nicht allzu hart bestraft wurde.

Wie für mich, die am Meer aufgewachsen war, so fühlten sich auch Guy, Christine und Eric von jeher vom Element Wasser angezogen, wobei sie das immer wiederkehrende Spiel der Gezeiten besonders reizte. Mit Vorliebe hielten sie sich während der Ebbe am Strand auf, der fast menschenleer war und wo es so Vieles zu entdecken gab. Fasziniert schauten sie dem Wasser zu, wie es in zahllosen kleinen Rinnsalen kontinuierlich ins Meer zurückfloss. Bei den Felsen bildeten sich kleine Tümpel, in denen sich mitunter ein verängstigtes Fischlein unter den Steinen zu verstecken versuchte, während Einsiedlerkrebse und andere Muschelbewohner gemächlich den weichen Meeresboden nach Beute absuchten. Auch als kleine Strandgutsammler kamen sie nicht zu kurz, fanden sie doch immer etwas, das in ihren Jackentaschen verschwand: sei es ein glattpoliertes Stück Treibholz, Teil eines Fischernetzkorken und – als Krönung – durch die Brandung ausgewaschene Muscheln aller Art. Nur äusserst selten begegneten sie Angeschwemmtem aus Plastik oder sonstigem unliebsamen Treibgut.

Nach dem regen gesellschaftlichen Leben in Berlin, war es hier in Irland – nicht nur wegen unserer bevorstehenden Scheidung – ruhig geworden, sondern ganz allgemein gab es kaum mehr Empfänge oder Cocktailparties. Das einzige einmalige Ereignis, an dem diesmal alle Mitglieder des Regimentes mit viel Begeisterung teilnahmen, das ich, jedoch damals wohl kaum richtig zu schätzen wusste, war ein eigens für das «King's Regiment» – mit dem sie sich als Kinder Liverpools eng verbunden fühlten – veranstaltetes Konzert der später weltberühmt gewordenen Beatles.

So verging der Sommer auf dieser so grünen Insel. Im September wurden die Tage kürzer und bereits kündigten sich die ersten grossen Herbststürme an. Für mich hiess es wieder Koffer packen – diesmal unter traurigen Umständen – sollte ich doch alleine mit den Kindern in die Schweiz zurückkehren. Die Tage nach der in Belfast ausgesprochenen Scheidung lagen mir schwer auf dem Herzen, doch gelang es mir, meinen Schmerz vor den Kindern zu verbergen. Wir wollten sie im Glauben lassen, dass ihr Vater, der für ein Jahr nach Britisch Guyana verpflichtet worden war, nach seiner Rückkehr aus Südamerika zu ihnen in die Schweiz kommen würde. Jedoch statt seinem versprochenen Besuch, erhielten die Kinder gemeinsam im Herbst des folgenden Jahres einen Brief aus Spanien, indem er ihnen von seiner Vermählung mit einer Engländerin schrieb. Hauptsächlich für den achtjährigen Guy und die sechsjährige Christine – Eric zählte erst drei Jahre als wir Irland verliessen – brach eine Welt zusammen.

Teil IV
1964–1991
Heimkehr in die Schweiz

Neuanfang

Für meine Rückkehr hatten mir die Eltern in einem modernen Wohnblock etwas ausserhalb von Basel mit viel Liebe eine helle und freundliche Dreizimmerwohnung eingerichtet.

Für Guy, Christine und Eric war nun vieles anders geworden, doch gewöhnten sie sich rasch an ihr neues Leben. Obwohl sie untereinander nur Englisch sprachen, war ihnen der Schweizer Dialekt doch nicht ganz fremd, sodass sie mit den übrigen Kindern des Blocks und mit ihren Schulkameraden schnell Kontakt fanden. Meine Eltern wie auch die übrigen Familienmitglieder nahmen sich jederzeit oder, wenn immer Not am Mann war, rührend der Kinder an. Auch für mich hatte sich das Leben drastisch geändert und die Zeiten einer «lady of leisure» (eines Lebens mit viel Musse) gehörten der Vergangenheit an. Nachdem ich für die Kinder einen Krippenplatz gefunden hatte, arbeitete ich während einigen Jahren halbtags in einem Geschäft für den Vertrieb von Rohstoffen. Später fand ich in einer amerikanischen pharmazeutischen Firma wiederum eine Stelle als Fremdsprachenkorrespondentin. Die Kinder gediehen prächtig und machten mir viel Freude. Da ich mit ihnen fast ausschliesslich Dialekt sprach, verloren Guy und Christine etwas von ihrer englischen Redegewandtheit, während Eric, der als Dreijähriger in die Schweiz zurückgekehrt war, nur noch wenige Worte Englisch sprach.

Zweimal während seiner vierjährigen Lehre als Elektroniker besuchte Guy seinen Vater in Südengland. Dieser war kurze Zeit nach unserer Scheidung aus der Armee ausgetreten und betrieb mit seiner Frau in St. Lucia in der Karibik ein Bootsverleih für grössere und kleinere Segelschiffe. Einige Jahre später kehrte er mit seiner neuen Familie – er hatte inzwischen noch zwei Mädchen bekommen – in sein Heimatland zurück, wo er sich im Gebiet von Dartmoor im südwestlichen Zipfel Englands niederliess. Angesichts seiner Verbundenheit zur Natur, seiner Zielstrebigkeit und seiner Fähigkeit in unbequemen Situationen ausharren zu können, war es nicht verwunderlich, dass er sich dazu entschloss, in diesem Hochmoor Überlebenskurse zu erteilen, wodurch er sich bald einen Namen machte. Einige Zeit später übernahm er die Stelle des obersten Aufsehers und Leiters des Nationalparks in Dartmoor.

Nach ihrer obligatorischen Schulzeit verbrachte Christine, die damals noch nicht ihr Schweizer Bürgerrecht erlangt hatte, sondern immer noch Engländerin war, sechs Monate in einer englischen Schule in Nordengland. Sie wohnte bei Verwandten ihres Vaters in Congleton nahe bei Chester und blickt noch heute mit viel Freude auf diese kurze, jedoch sehr glückliche Schulzeit zurück. Anlässlich dieses Aufenthaltes reiste sie während den Osterferien zu ihrem Vater nach Dartmoor und lernte bei diesem Besuch auch ihre beiden Stiefschwestern kennen. Ein paar Jahre später besuchte sie ihn noch einmal zusammen mit ihrem Freund. Eric hingegen, der sich überhaupt nicht mehr an seinen Daddy erinnern konnte, kam erst viele Jahre später nach England als sein Vater bereits tot war.

So vergingen die Jahre, ich hatte immer recht viel zu tun mit meiner Arbeit, der Betreuung der Kinder und dem Haushalt. Die grossen Sommerferien verbrachten wir zusammen mit den Eltern im Tessin in unserer geliebten «Civetta». Einige Male wurden wir von Tante Hildegard und Onkel Rudi nach Griechenland eingeladen, wo diese nebst ihrem Stadthaus bei Athen, auf der Insel Spetsae ein einfaches aber reizendes Ferienhaus besassen.

Als ältester der drei Geschwister wurde Guy im Spätsommer 1982 von der Walliser Kantonspolizei benachrichtigt, dass der Vater am Bietschhorn im Lötschental verunglückt sei und dass man ihn allein in einer nur anderthalb Meter tiefen Gletscherspalte tot aufgefunden hätte. Dies war ein grosser Schock für uns alle, nicht nur für die Kinder – auch für mich. Es war uns rätselhaft, dass er trotz seiner grossen Erfahrung den schwierigen Aufstieg ohne Führer gewagt hatte. Keiner von uns hatte gewusst, dass er sich überhaupt in der Schweiz aufgehalten hatte. Später erfuhren wir, dass er – inzwischen vierundfünfzig Jahre alt – noch einmal hatte versuchen wollen, den bis anhin für ihn unerreichbar gebliebenen Gipfel des fast Viertausend Meter hohen Bietschhornes zu erklimmen. Nach dessen Besteigung wollte er die Kinder mit seinem unerwarteten Besuch überraschen. Dies empfanden die Kinder als besonders tragisches Schicksal, denn inzwischen hatte jedes von ihnen seinen Weg gefunden und hätte dem Vater so gerne und mit Stolz über seine Arbeit berichtet. Guy, lebte in Genf als Freier Mitarbeiter einer Elektronikfirma, die künstlerisch begabte Christine war im Kunsthandwerk tätig und führte in der weiteren Umgebung eine eigene Werkstatt. Der Jüngste hatte soeben eine landwirtschaftliche Diplomausbildung erfolgreich abgeschlossen. Auch ich hätte ihn als Vater meiner Kinder gerne wieder getroffen und ihm meinen neuen Partner Walti vorgestellt, dem ich sehr zugetan war und mit dem ich seit mehreren Jahren glücklich zusammenlebte.

Es war eine bescheidene Trauergemeinde, die an einem sonnig klaren Septembertag auf dem kleinen Bergfriedhof von

Blatten im Lötschental von Thomas Abschied nahm. Seine Witwe mit ihren beiden Töchtern, Leila und Phoebe, sowie ihre Schwester waren aus England angereist. Trotz der traurigen Umstände freuten sich meine beiden Grossen, ihre englischen Geschwister wieder zu sehen, auch Eric schien an seinen Stiefschwestern Freude zu haben. Für mich war es das erste Mal, dass ich seiner zweiten Familie begegnete, die mich freundlich begrüsste. Mit grossem Staunen stellte ich fest, dass Leila, die ältere der beiden Schwestern, ihrem Stiefbruder Guy wie eine Zwillingsschwester glich.

Mit dieser einfachen und stillen Beerdigung in unserer Schweizer Bergwelt hatte sich der symbolische Ring von Thomas' Leben mit mir geschlossen. Kennengelernt hatte ich ihn zu Füssen der Jungfrau und jetzt dreissig Jahre später – im Herzen der Walliser Alpen – hatte er sich für immer verabschiedet.

1991
Sehnsucht nach der alten Heimat

Rückkehr

Das Reisen und Kennenlernen neuer Länder und Völker hat mich von jeher begeistert und so war es nicht verwunderlich dass, wenn immer es mir beruflich oder finanziell möglich war, ich weiterhin gerne auf «Wanderschaft» ging. Selbstverständlich waren es keine längeren Aufenthalte mehr wie früher, denn schliesslich kamen nur noch Ferienreisen in Betracht. Auf einigen Reisen und Kreuzfahrten zusammen mit Walti erlebte ich manch unvergessliche Augenblicke: Besuch der Wüsten- und Königsstadt Petra im südlichen Jordanien, erfolglose Schwimmversuche im vierhundert Meter unter dem Meeresspiegel liegenden, stark salzhaltigen, Toten Meer.

Auf einer jener Kreuzfahrten besuchte ich zum ersten Mal nach siebenunddreissig Jahren zusammen mit Walti meine alte Heimat. Verschiedene Bekannte hatten mich darauf vorbereitet, dass das Alexandrien, das ich an einem sonnigen Septembertag des Jahres 1950 verlassen hatte, sich inzwischen in jeder Beziehung verändert hatte.

Es war kaum zu glauben, dass die Stadt bei unserer Einfahrt in den Hafen nicht ihr schönstes Kleid angezogen hatte. Alles war grau in grau; der Himmel bedeckt, die im Dunst liegenden Hafengebäude waren nur spärlich auszumachen. Grosse Ölflecken schwappten hin und her als unser Schiff in der dunklen Brühe des Hafenbeckens vor Anker ging. Da es Freitag war und gleichzeitig auch Ramadan, hielten sich nur wenige Leute im Hafen auf, die meisten befanden sich in der Moschee beim Gebet. Mehrere Cars standen am Quai bereit, um uns für unseren Tagesausflug nach Kairo in Empfang zu nehmen.

Ich vergoss manch innere Träne als unser Bus im Stadtzentrum an einem grossen, beinahe menschenleeren Platz vorbeifuhr, dessen heutiger Name «Midan el Tahrir» mir gar nichts sagte. Heftige Windböen wirbelten alte Zeitungen, leere Coca-Cola-Büchsen und sonstigen Unrat über den Asphalt. Vereinzelte, vom Wind zerzauste und verkümmerte Palmen versuchten dem verwahrlosten Platz den Hauch einer grünen Note zu verleihen. Ich hatte keine Ahnung wo wir uns befanden: erst als ich in der Mitte des Platzes die eindrucksvolle Reiterstatue von Mohammed Ali entdeckte, wurde mir klar, dass es sich um den ehemaligen Place Mohammed Ali handelte. Alsbald erinnerte ich mich wie ich früher mit Mutter öfters hierher gekommen war. In einer Seitenstrasse des mit Leben pulsierenden Platzes hatte sie ein kleines Geschäft ausfindig gemacht, das den besten Orangensirup verkaufte, den wir je gekostet hatten. Ich sehe die Flasche noch vor mir mit ihrem hellgrünem Etikett, auf der eine schlanke Pharaonenkönigin mit goldenem Kelch abgebildet war. Wie hatte sich doch alles verändert seit damals. Neben den fliegenden Händlern, den gewieften kleinen Schuhputzern, den Jungens, die eifrig nach Zigarettenkippen suchten, stolzierten elegant gekleidete Herren in ihren Anzügen mit tadellos gebügelter Hosenfalte und dunkelrotem Fez, während reich beschmückte Damen jeglichen Alters vor der Baumwollbörse – dem Herzen Alexandriens Wirtschaft – ihr nach dem letzten Schrei angefertigtes Leinenensemble mit passendem Hütchen gerne zur Schau trugen. Mit Vorliebe hatten Mutter und ich entlang den gepflegten Grünanlagen voll von roten und gelben Cannabeeten, vorbei an eleganten Geschäftshäusern und imposanten Bauten geschlendert. Nun, in jenem Mai des Jahres 1987, standen die meisten Gebäude noch, doch viele hatten seit über dreissig Jahren keinen neuen Farbanstrich mehr erhalten. Dafür ragte auf den meisten Dächern ein wildes Geäste von Fernsehantennen gegen Himmel. Vor den Fenstern hingen Wäschestücke und Leintücher zum Trocknen. An einzelnen Häusern schienen die Fensterläden lose in den Angeln zu hängen, bei anderen waren die Rolläden auf halber Höhe und in Schieflage eingeklemmt. Was mir jedoch am meisten auffiel, waren die Namensschilder und Tafeln über Geschäften und Hauseingängen, die alle nur mit arabischen Schriftzeichen versehen waren. Nirgends konnte ich eine englische oder französische Reklame ausmachen. Weit und breit sah ich keinen einzigen Europäer. So wurde mir bewusst, dass ich mich nun in einer ausschliesslich arabischen Stadt befand, die sich in den letzten Jahrzehnten der stark orientalisch geprägten Hauptstadt angenähert hatte.

Auf unserem Weg nach Kairo passierten wir den nach wie vor rosa schimmernden Mariutsee, wo nur vereinzelte Knaben am Ufer standen und fischten. Entlang der Wüstenstrasse, die inzwischen zu einer breiten Autostrasse ausgebaut worden war, stellte ich mit Erstaunen fest, dass mittels ausgedehnter Bewässerungsanlagen grosse Teile der Wüste in fruchtbares Ackerland umgewandelt worden waren. Es war ein höchst ungewohnter Anblick an endlosen Kleefeldern, Obstbäumen und Reben vorbeizufahren, dort wo man früher – um der Eintönigkeit der Reise etwas zu entgehen – nur Telegraphenstangen und leere Ölfässer hatte zählen können. Als wir uns Kairo näherten passierten wir eine grosse Anzahl Militärkasernen. Und dann auf einmal erschienen die ersten schwachen Umrisse der noch in weiter Ferne liegenden Pyramiden.

Nach und nach wurden die Formen grösser bis wir schliesslich nur noch wenige hundert Meter von diesem grandiosen Bauwerk entfernt waren. Wie früher, als ich sie in den Vierziger Jahre zum ersten Mal zu Gesicht bekommen hatte, boten sie einen majestätischen und überwältigenden Anblick, und doch schien es mir, als hätten sie etwas von ihrem Zauber und ihrer Unnahbarkeit eingebüsst, jetzt da die Stadt sich fast bis zu ihren Füssen ausbreitet. Am schlimmsten empfand ich den Touristenrummel, der sich vor dieser einzigartigen Kulisse abspielte. Walti konnte meine gemischten Gefühle nicht nachempfinden; im Gegenteil, er fand es unterhaltsam und staunte nicht schlecht, als ihm ein kleiner Araber das Dialektwort «Chuchichästli» (Küchenschränkchen) an den Kopf warf, denn dieser hatte gleich gemerkt, dass wir Schweizer waren. Wir hatten bald die grösste Mühe, den recht aufdringlich gewordenen Jungen von uns fernzuhalten, denn natürlich hoffte dieser, für seine «Sprachtalente» einen Bakschisch zu erhalten. Bald fühlten wir uns wie in einem Bienenhaus, je mehr wir ihn zu vertreiben suchten, je mehr kamen weitere Jungens angelaufen. Als es uns schliesslich zu bunt wurde, schrie ich plötzlich in die Menge: «*Aenne källem arabi*». Wie vom Blitz getroffen, schoben sie alle auseinander, nahmen sie doch an, dass es zwecklos war, sich weiterhin jemandem aufzudrängen, der Arabisch sprach.

Die Weiterfahrt entlang der Hauptverkehrsader von Gìza ins Zentrum von Kairo war recht ernüchternd. Dort wo seinerzeit feudale Villen mit prächtigen Gärten und Anlagen die Strasse gesäumt hatten, verdrängten – bis auf wenige Ausnahmen – planlos hingestellte Wohnblöcke die einst gepflegten Grünflächen. Einzelne Einfamilienhäuser, die bessere Zeiten gekannt hatten, schienen von den angrenzenden mehrstöckigen Wohnhäusern geradezu erdrückt zu werden. Ich konnte kaum meinen Augen trauen, als ich, nur wenige Meter von dieser ehemaligen Prachtsstrasse entfernt, in eine ungeteerte, staubige Seitenstrasse blickte: halb nackte Kinder und streunende Hunde durchsuchten die Abfälle der überquellenden Mülltonnen. Je weiter wir ins Zentrum kamen, umsomehr schienen die Menschenmassen, wie auch die Häuser- und Verkehrsdichte zuzunehmen. Es war unglaublich, was sich da alles auf den Strassen fortbewegte. Laut hupende, von Auspuffgasen umhüllte Taxis, vollklimatisierte Reisebusse, vorbeiflitzende Motorräder, überfüllte und verbeulte Stadtbusse, dazwischen noch ein aufgeregter Kameltreiber, der grösste Mühe zu haben schien, sein Tier unversehrt auf die andere Strassenseite zu führen, während auf der gegenüberliegenden Fahrbahn die neuesten Toyota- und Mercedesmodelle dahinbrausten.

Nach dem Mittagessen und dem Besuch in dem von Touristenscharen überfüllten Ägyptischen Museum, wurde es langsam Zeit, unseren Reisebus zu besteigen, welcher uns nach Port Said bringen würde, wo unser Schiff inzwischen angelangt war. Von der längeren Fahrt zu diesem zweitgrössten Hafen Ägyptens, der seine Gründung dem Bau des Suezkanals verdankt, ist mir eine kleine unscheinbare Begebenheit in Erinnerung geblieben. Nach dem wir die Aussenbezirke Kairos, hinter uns gelassen hatten, erreichten wir bald einmal die Wüste. Die bis zum Horizont reichenden sanften Hügeln gestalteten die Landschaft recht abwechslungsreich. Später wurde das Bild eher etwas eintönig, Sand – nur Sand – so weit das Auge reichte. Plötzlich bemerkte ich, dass einige Meter weiter ein kleiner Wagen am Strassenrand angehalten hatte. Ich dachte mir, der arme Kerl hat wirklich Pech, dass er just in dieser Einöde eine Panne hat, doch mein Mitleid wechselte schnell in Ehrfurcht, als ich sah, dass der Mann neben seinem Auto auf einem kleinen gegen Mekka gerichteten Teppich kniete und betete. Nur ein paar Meter weiter, sah ich wie eine männliche Gestalt beim Strassengraben auf einer kleinen Feuerstelle einen verbeulten Emailtopf gestellt hatte. Wahrscheinlich wärmte er sich den Saubohneneintopf, denn schliesslich war es Ramadan, die Sonne war soeben erst untergegangen und der Mann hatte wohl seit Sonnenaufgang nichts mehr zu sich genommen.

Kleopatra

Im November 1991 besuchte ich zusammen mit Walti erneut mein Geburtsland am Nil, diesmal mit einer privat organisierten Gruppe von Leuten, die ebenfalls dort aufgewachsen oder während zahlreichen Jahren in Ägypten gelebt hatten. Hauptzweck dieser Reise war für mich der zweitägige Aufenthalt in Alexandrien, welches ich bei meiner ersten Rückkehr vier Jahre zuvor nur flüchtig gestreift hatte.

Nach einem herrlichen Flug über die tief verschneite Alpenwelt im Abendrot erreichten wir Kairo erst spät in der Nacht, sodass wir dort einen Zwischenhalt einschalteten, bevor wir früh am folgenden Tag nach Aswan abflogen. Nach den Einreiseformalitäten fuhr uns unser Bus in das anlässlich von politischen Unruhen im Januar 1952 völlig zerstörte und 1957 neu aufgebaute Shepheard's Hotel. Ich freute mich auf diese Übernachtung, galt doch das ehemalige, feudale Shepheard's im Stadtzentrum – abgesehen vom «Mena House» bei den Pyramiden – bis Mitte der Fünfziger Jahre als erstes Haus am Platz. In früheren Jahren der englischen Kolonialzeit, als man noch mit Dienerschaft in dieser Nobelherberge abstieg und moderner Massentourismus ein Fremdwort war, gelangte das

Hotel zu ähnlichem Ruhm, wie das vom englischen Autor Somerset Maugham oft besuchte «Raffles» Hotel in Singapur. Leute von Rang und Namen und nach der neuesten Mode gekleidet, zeigten sich auf der grossen Terrasse und gaben sich dort bei Konzerten gern ein Stelldichein. Während den Kriegsjahren verdrängte das Kakibraun etwas die bunten Schmetterlingsfarben der leicht gekleideten Damenwelt und man begegnete des öfteren hochrangigen Offizieren, mitunter auch dubiosen Gestalten, die für die eine oder andere Seite spionierten. Von der Aura, die das Shepheard's einst umgab, war in jenem November nicht mehr viel zu spüren. Wohl waren gewisse Räume reichlich mit orientalischen Möbeln und prächtigen Teppichen ausgestattet und im grossen Speisesaal hing an einer Wand auf halber Höhe – rein als Schmuckstück nicht als Erkergitter gedacht – eine kostbar geschnitzte «Maschrabîja», doch fehlte ihnen die gewisse Patina des ehemaligen Grand Hotels. Als wir unser Schlafzimmer im vierten Stock betraten, war ich ziemlich enttäuscht. Das eine Fenster ging auf einen düsteren Innenhof, indem unten allerlei ausgediente Hotelmöbel wahllos herumstanden, das andere auf eine moderne Hotelfassade, und wenn man sich genügend weit aus dem Fenster hinauslehnte, konnte man gerade noch ein kleines Stück des Nils erkennen. Das Zimmer war mit schweren dunklen Möbeln eingerichtet und im Badezimmer lief nur ein dünner Strahl braunes Wasser in die Wanne. Im Schlafraum roch es muffig und nach Flit. Dieser Geruch erinnerte mich zwar etwas an früher, als wir mit der Flit-Pumpe dem Ungeziefer den Garaus gemacht hatten. Obwohl es Mutter mit der Sauberkeit äusserst peinlich genommen hatte – Zitrusfrüchte und Tomaten wurden vor dem Verzehr immer zuerst mit Seife abgewaschen, während Trauben und Salat in einem purpurfarbenen Permanganatbad landeten bevor sie auf den Tisch kamen – so stand die Flit-Pumpe stets griffbereit. Mit einigen arabischen Kraftausdrücken beschwerte ich mich beim verdutzten Hoteldirektor, der uns schliesslich ein helles, geräumiges Zimmer im siebten Stock zuwies. Die Aussicht entsprach dem gut gelüfteten und geschmackvoll im Empire-Stil eingerichteten Zimmer und entschädigte uns für die Enttäuschung des zuerst zugeteilten Hotelzimmers.

Am folgenden Morgen um sieben Uhr flogen wir ab nach Oberägypten. Zwei Stunden später landeten wir bei etwas frischer Temperatur in Aswan, wo wir die nächsten paar Tage verbringen würden. Wie bereits bei unserem Besuch bei den Pyramiden vier Jahre zuvor, hatte ich wiederum Mühe, mich an die unzähligen Reiselustigen zu gewöhnen, die sich wie Bienenschwärme auf die Jahrtausend alten Tempelanlagen und Königsgräber Oberägyptens niederliessen. Dazu war mir der Anblick des äusserst regen Schiffsverkehrs sowie der Vielfalt der verkehrenden Boote – wie die tempelähnlich gebauten mit Papyrus und Lotusblumen verzierten Fähren – auf dem inzwischen gezähmten Fluss ganz ungewohnt. Waren es früher vereinzelte Feluken, die mit ihrer Ladung an Baumwollballen, Zuckerrohr oder Baumaterialien lautlos über die Wasseroberfläche glitten, und ab und zu ein Nildampfer mit winkenden Passagieren ihr Weg kreuzte, so hörte man nun vor allem das Dröhnen von Schiffsmotoren aller Art sowie das laute Feilschen der Felukenmannschaften mit Fremden, die zu einem möglichst günstigen Preis zu den berühmten Sehenswürdigkeiten der Pharaonenzeit geführt werden wollten.

Vom Balkon unseres Hotelzimmers auf der Insel Elephantine, die mit einer Fähre von Aswan aus erreicht werden kann, hatten wir einen herrlichen Blick auf den sich am westlichen Nilufer sanft erhebenden Sandsteinhügel, dessen golden in der

Sonne leuchtende Anhöhe von einem Schêchgrab gekrönt war. Vor diesem sandfarbenen Hintergrund hoben sich messerscharf die dunklen und hellgrünen Farbtöne der am Ufer sich leicht im Wind wiegenden Palmen und Eukalyptusbäumen ab. Es herrschte eine wunderbare Ruhe, die mich an früher erinnerte, als ich mit den Eltern und dem Bruder hier auf die Elephantine-Insel gekommen war. Auf der vorgelagerten weitaus kleineren Insel, die mit rosa Oleander, violetten Bougainvilleas, Granatapfelbäumen sowie seltenen Pflanzen bewachsen war, hatte Vater uns damals auf die zahlreichen Palmenarten aufmerksam gemacht, die seinerzeit vom Besitzer der Insel, dem britischen Feldmarschall Lord Kitchener, hier angepflanzt worden waren. Nach dem Rundgang in diesem botanischen Garten, hatten die Eltern eine Feluke gemietet, die uns zur Landungsstelle auf der Aswan zugekehrten Ostseite der Insel brachte, denn mein Bruder wollte unbedingt den über tausend Jahre alten Nilmesser sehen. Ich entsinne mich noch gut an diese friedliche Bootsfahrt wie – dank einem lauen Lüftlein im grossen dreieckigen Segel – unsere Feluka geräuschlos auf dem Fluss dahintrieb; nur das gelegentliche Knarren des alten Holzruders und die sich in den Baumkronen um einen Nistplatz streitenden weissen Ibisse unterbrachen diese wundersame Stille. Allzu gerne wollte ich das Wasser über meine Finger gleiten lassen, wurde aber seitens Vaters mit einer strengen Ermahnung rechtzeitig davon abgehalten; ob ich denn nicht wüsste, wie leicht ich dabei eine Amöbendysenterie hätte erwischen können. (So ist es kaum verwunderlich, dass ich noch heute wenig Verständnis aufbringen kann für Leute, die sich in Ägypten leichtsinnig unnötigen Gefahren aussetzen.) Auf unserer Felukenfahrt passierten wir zahlreiche rundgeformte Granitfelsen, die mich durch ihre dunkelbraune glatte oder rauhe Oberfläche, an badende Elefanten erinnerten. Ob dies der Grund ist, weshalb die Insel «Elephantine» genannt wird, oder weil in früheren Zeiten Elefanten angeblich hier gesichtet wurden und später grosse Elfenbeinmärkte abgehalten wurde, wer weiss. Nach unserem kurzen Aufenthalt auf der Elephantine erwartete uns an der Anlegestelle in Aswan das für unsere Gruppe speziell gecharterte Schiff die «Seti II» – die wohl das erste Mal mit einer grossen Schweizerfahne am Heck den Nil hinunterfahren würde. Dieses modern eingerichtete Nilschiff würde uns während den nächsten Tagen zu den verschiedenen Sehenswürdigkeiten Oberägyptens bringen, die ich – mit Ausnahme des Horus Tempels in Edfu und dem Doppeltempel in Komombo – von früher her noch in bester Erinnerung bewahrte. Am Schluss unserer Nilfahrt, die in Luxor endete, verliessen wir «Seti II» und begaben uns zum Flughafen.

Nach einer Stunde Flug erblickte ich von meinem Fenstersitz bereits die ersten Häuser der Aussenbezirke Kairos. Da Walti und ich kein zweites Mal die Pyramiden besuchen wollten, mieteten wir ein Taxi, um einige weniger bekannte Zielpunkte Kairos aufzusuchen. Auf der Insel Rôda fuhren wir zum Manial-Palast, welcher für den reichen Prinzen Mohammed Ali, Sohn des Khediven Tewfik Vizekönigs Ägyptens, Anfang dieses Jahrhunderts gebaut worden war. Im Jahre 1955 wurde er als Museum der Öffentlichkeit zugänglich gemacht. Von Aussen hergesehen, wirkt dieses kleine Stadtpalais umgeben von einem grossen Park mit exotischen und hundertjahre alten Banyambäumen – wie Grosspapa Jacot einige Exemplare in seinem Garten hatte – auf den Besucher nicht so bestechend, wie seine Innenräume. Obwohl das Museumsareal an den Club Méditerranée angrenzt, waren wir höchst erstaunt, dass wir an jenem Morgen bei der Besichtigung der unzähligen Kunstschätze die einzigen Besucher waren, die sich in diesem Museum eingefunden hatten. Abgesehen von Gamil Bey's Villa in Qaha, war es das erste Mal meines Lebens, dass mir Einblick in solch unermesslichen Reichtum ägyptischer und orientalischer Wohnkultur gewährt wurde. Bereits im Treppenhaus stand ein über ein Meter grosses Modell einer in feinster Intarsienarbeit von dunklem Holz und Perlmutter angefertigten Moschee. Oben an der Treppe betraten wir einen etwas dunklen aber angenehm kühlen Raum, dessen Fenster – aus kleinen bunt gemusterten Glasscheiben – nur ein diffuses Licht durchliessen und somit wohl die ärgste Sommerhitze abhielten. Lange niedrige Sofas erstreckten sich entlang der Seitenwänden und davor standen eine Anzahl Kursis. Jedes dieser kleinen Tische war auf seine Art mit den prächtigsten Perlmuttereinlegearbeiten verziert; das einzige was noch fehlte waren die Wasserpfeifen und die kleinen Kaffeetässchen. In den angrenzenden Zimmern waren es nicht so sehr die Möbel, die uns faszinierten, sondern die reich bemusterten blauweissroten Keramikkacheln, die sämtliche Wände verkleideten. Bei näherem Hinschauen entdeckten wir auch einige intime Nischen mit weichen Diwans und schön bestickten Seidenkissen. Einzelne Zimmerdecken waren mit bunten Holzschnitzereien verziert. In den Vitrinen hatte man kostbare Porzellanservice und wertvolle Einzelstücke ausgestellt, unter anderem eine Anzahl Becher und Vasen, die – wie uns der Führer versicherte – aus Nashornhörnern angefertigt worden waren. Schliesslich besuchten wir noch das im Areal befindliche Jagdmuseum sowie den in goldenem Glanze erstrahlenden Gebetsaal der kleinen Moschee.

Anschliessend fuhr uns das Taxi zur südlich der Zitadelle gelegenen «Stadt der Toten», wo wir einige der ganz alten Mamlûkengräber aufsuchten. Als letzten Besuch hatten wir uns die Besichtigung eines aus dem siebzehnten Jahrhundert stammenden Herrschaftshaus, das «Beit as-Suhaymi», in der Kairoer Altstadt vorgenommen. Zusammen mit unserem Taxifahrer klapperten wir zu Fuss zahlreiche schmutzige, enge und winklige Gässchen ab, bis wir es endlich ausfindig machten. Die Mühe hatte sich gelohnt. Prachtvolle Maschrabîja-Erker bedeckten nicht nur die Hauptfassade des mehrstöckigen Hauses, sondern auch Teile des Innenhofes. Die Innenausstattung der Räume war nicht so reichhaltig wie im Manial-Palast, doch die blauen Keramikkacheln an den Wänden, die alten holzgeschnitzten Sessel sowie die einzeln ausgestellten Porzellanteller waren beträchtlich älteren Datums. Unsere Reise ging langsam ihrem Ende zu, aber noch stand der zweitägige Besuch Iskandariya's bevor, der Stadt, wo früher schon Kleopatra gerne gebadet hatte.

Statt der kurzweiligeren aber längeren Verkehrsstrasse durch das verzweigte Nildelta, benützte unser Reisebus auch dieses Mal wieder die Wüstenstrasse. Diese kürzere Reise erlaubte uns einen kleinen Abstecher zu einem der vier von koptischen Mönchen bewohnten Wüstenklöster im Tal des Wâdi Natrûns, wo im Sommer durch das Austrocknen zahlreicher kleiner Seen – Salz und Natron gewonnen wird. Als Schutz vor kriegerischen Beduinenstämmen wurden die ehemaligen Einsiedeleien und Klöster im 9. Jahrhundert als festungsähnliche Klosteranlage mit hohen Mauern und eigenartigen Kuppelkirchen wieder aufgebaut. Das Kloster St. Bischoi, das wir ausnahmsweise besuchen durften, befindet sich etwa auf halbem Weg zwischen Kairo und Alexandrien. Als wir durch das alte Tor schritten, waren wir ganz überrascht, hier mitten in der Wüste, solch üppige Vegetation vorzufinden. Hohe schlanke Dattelpalmen überragten kurze, dichtwachsende Bananenstauden, ein Flamboyant, der aber zu jener Zeit leider nicht mit den prächtigen roten Blüten übersät war, wuchs neben einem hohen Strauch voller sattgelben Blüten und mehreren dunkelroten Oleandern. Eine mit Reben bewachsene Pergola spendete willkommenen Schatten während an einem anderen Ende des Klostergartens zahlreiche Gemüsebeete angelegt worden waren. Im Innern der Klosterkirche gab es nicht allzuviel zu betrachten, aufgefallen sind mir allerdings die mit Bibelszenen und Porträts ehemaliger Mönche bemalten Holztafeln mit den eigenartigen koptischen Schriftzeichen.

Nach unserem Zwischenhalt im Wâdi Natrûn erreichten wir schliesslich den altbekannten Mariutsee mit seiner mir ganz ungewohnten Silhouette vieler moderner Wolkenkratzer. Weiter ging es entlang der nun stark befahrenen Corniche bis wir am anderen Ende der Stadt in Sidi Bishr das Hotel Ramada Renaissance erreichten. Als ich den Balkon unseres Zimmers betrat, hatte ich keine Ahnung an welchem der drei Strände wir uns befanden, hatte sich doch alles so verändert. Alleine den Blick entlang der Corniche in östlicher Richtung mit ihren zahlreichen Hochhäusern, die sich fast bis zum ehemaligen Königspalast von Montazah erstreckten, hatten mein altes Erinnerungsbild vom Sidi Bishr Strand Nr. 3 zunichte gemacht. Vielleicht hatte der Bau des modernen Aswan-Dammes einen gewissen Einfluss auf den Meeresspiegel, sodass die mir in Erinnerung gebliebene Topographie des Strandes nicht mehr mit dem jetzigen Niveau übereinstimmte; wie dem auch sei, vergeblich suchte ich nach Anhaltspunkten. Auf meine Anfrage bei der Réception, um was für einen der drei Sidi Bishr Strände es sich hier wohl handle, teilte man mir mit, dass man bis anhin noch nie etwas von solch einer Strandnumerierung gehört hatte.

Am folgenden Morgen unternahmen wir eine informative Stadtrundfahrt unter der fachkundigen Leitung eines Mitgliedes unserer Gruppe, der in den letzten Jahren öfters nach Alexandrien gekommen war. Wir fuhren zur äussersten Spitze des alten östlichen Hafens und besuchten das Fort Kait-Bey. Danach folgte ein kurzer Abstecher zur Pompejussäule mit anschliessendem Kaffeehalt bei der Konditorei Pastroudis. Ich erkannte diese einst feine Konfiserie kaum mehr. Wo waren die zahlreichen gut gekleideten Damen und Herren geblieben, die hier ein- und ausgegangen waren mit Schachteln herrlichster Törtchen, oder einer farbigen mit bunter Seidenschleife verzierten Pralinenpackung in der Hand? Als wir das dunkle, beinahe menschenleere und schäbige Lokal betraten, roch es mehr nach Desinfektionsmittel als nach Süssigkeiten. Zu mehr als einem türkischen Kaffee hatten wir keine Lust. Draussen vor der Tür stand ein verbeulter, arg verrosteter, schmutziger kleiner hellblauer Chevrolet-Lieferwagen, auf dem in dunkelblauer Farbe der Namenszug «Pastroudis» sichtbar war. Auf die Hauslieferung von Kuchen und süssem Gebäck mit solch einem unansehnlichen Verkehrsmittel hätte ich jedenfalls gerne verzichtet. Im Gegensatz zu anderen Touristen, waren wir eigentlich nicht so sehr an den Sehenswürdigkeiten der Stadt interessiert, die im Grunde genommen auch nicht sehr umfangreich sind; uns lag weit mehr daran, jene Orte aufzusuchen, die mit unserer Kindheit oder den Jahren unseres späteren Wirkens dort in Zusammenhang standen.

Wir waren äusserst gespannt auf unseren Besuch in Chatby, wo wir dank einer speziellen Erlaubnis, zum ersten Mal nach über dreissig Jahren unsere alte Schule – die Ecole Suisse d'Alexandrie – wiedersehen würden. Kaum noch erkannte ich das rote Backsteingebäude, wo ich meine erste Schulzeit verbracht hatte. Auf dem kleinen Platz vor der Treppe, die zu den Primarklassen geführt hatte, tummelte sich eine grosse Anzahl beigeuniformierter Jungen und Mädchen, die uns – wie auch die Lehrerinnen mit ihrem weissen Tschador – ganz erstaunt ansahen. Im Hintergrund der Treppe suchte mein Blick vergebens nach meinem geliebten «Pas de géant», aber anstelle des Rundlaufes und des grossen Pausenplatzes hatte man gleich zwei Gebäude hineingezwängt, wobei das mehrstöckige hintere Haus fast den ganzen Blick zum Himmel verdeckte. Eilig stiegen wir die Stufen empor, um eines unserer alten Klassenzimmer aufzusuchen. Dort wo wir früher höchstens zu acht in einem Zimmer gesessen hatten, standen jetzt unzählige Pulte, an denen dicht gedrängt über vierzig Mädchen und Jungen Platz genommen hatten. Nachdem wir uns bei der Lehrerin als ehemalige Schüler und Schülerinnen vorgestellt hatten, hiess uns ihre Klasse mit einem Lächeln herzlich willkommen. Die Ausstattung des Klassenzimmers als solches hatte sich nicht gross verändert. An den Wänden hingen auch bunte Kinderzeichnungen, doch die Einmaleins waren sorgfältig in arabischen Schriftzeichen geschrieben worden. Nach unserem Besuch, der bei vielen von uns zahlreiche Schulzeiterinnerungen wachrief, verliessen wir das Gebäude durch die gleiche alte schwere Holztüre. Als ich zur gegenüberliegenden Strassenseite blickte, musste ich leise lächeln: dort wo all die kleinen, recht bescheidenen Geschäfte ausnahmslos arabische Namen trugen, hatte ein Ladenbesitzer unter einem roten arabischen Schriftzug in blau das Wort «Lausanne» angebracht. Wer weiss, vielleicht war das als Erinnerung an seine in der Schweiz verbrachten Zeit, oder in Anlehnung an den Schweizer Klub, der sich gleich neben unserer alten Schule befand und den wir als nächstes Ziel aufsuchten.

Abgesehen von der schwindenden Mitgliederzahl – nur einige Dutzend Schweizer Bürger wohnen noch in Alexandrien – hatten sich die Klublokalitäten in den vergangenen fünfunddreissig Jahren kaum verändert. Fast alles sah noch aus wie früher: die von König Farouk oft besuchte Kegelbahn; der grosse Saal mit seiner Bühne, auf welcher ich zur Weihnachtszeit als Engel in weissem Gewand und Kartonflügeln mit kindlichem Stolz beim Krippenspiel mitspielen durfte; die Bibliothek mit dem farbigen Portrait von General Guisan, und den Wandschränken voller Jahresberichte der Helvetischen Gesellschaft und den, in grossen Bänden eingebundenen Jahrgängen des «Journal Suisse d'Egypte et du Proche Orient». Ich war recht erstaunt, als ich in einem dieser Bücher meine Geburtsanzeige entdeckte. Im dunkel getäfelten mit Kantonswappen verzierten Zimmer hatte man zu unserem Empfang ein reichhaltiges Buffet aufgestellt. Nicht nur gefüllte Weinblätter, verschiedene Salate und Fleischspeisen – auch für die Liebhaber von Süssigkeiten hatte man gebührend gesorgt: nebst den vielen in Honig getränkten und mit Nüssen gefüllten Blätterteigröllchen thronte eine grosse rechteckige Torte, auf der mit farbiger Zuckerglasur kunstvoll ein wasserpfeifenrauchender Mann mit rotem Fez abgebildet war. Fast die ganze Palette ägyptischer Köstlichkeiten hatte man uns da liebevoll aufgetischt. Die bereitgestellten weissen Teller mit Schweizerkreuz gehörten zum Geschirr, das schon früher bei Klubanlässen stets gebraucht wurde.

Nach dem Auffrischen alter Erinnerungen und den vielen neuen Eindrücken, die wir an diesem ersten Tag in Alexandrien gesammelt hatten, standen Walti und mir noch einige Stunden zur freien Verfügung. So machten wir uns auf den Weg, mein altes Zuhause an der Rue Marc Aurèle, später – sehr zu Vaters Bedauern – in Rue Ahmed Kamha Bey umgetauft, aufzusuchen. Ich hatte grosse Mühe mich mit dem Fahrer zu verständigen, er sprach ausschliesslich Arabisch und meine Kenntnisse waren über die langen Jahre der Abwesenheit recht bescheiden geworden. Hinzu kam, dass sämtliche

Strassennamen geändert worden waren und das griechische Spital «Cozzika», das wir früher vom Balkon unseres Hauses sehen konnten, und dessen Namen ich dem Fahrer als Anhaltspunkt nannte, bei ihm keinerlei Reaktion hervorrief, denn dieses gehörte nicht mehr den Griechen und hiess nun ganz anders. Schliesslich erinnerte ich mich, dass man auf dem hügeligen Niemandsland gegenüber unserem Haus kurz nach unserem Weggang Universitätsbauten erstellt hatte, doch das arabische Wort für Universität kannte ich nicht und das Wort «madrasa» für Schule schien ihm auch nicht weiter zu helfen. Erst nachdem wir mehrere Male angehalten und uns bei Passanten erkundigt hatten, fuhr er uns schliesslich zur gewünschten Adresse. Für mich war es ein ziemlicher Schock, alles hatte sich total verändert. Dort wo unser Haus gestanden hatte, befanden sich nun mehrere vierstöckige Wohnblöcke mit einer zusätzlichen Querstrasse. Der am Boden liegende Unrat war unbeschreiblich; das einzige kleine Detail, das mich noch an unser ehemaliges Zuhause erinnerte, war die gleiche grüne Farbe der Fensterläden. Im Stillen schämte ich mich fast etwas vor Walti, denn er konnte sich kaum vorstellen, wie es früher hier ausgesehen hatte als ich mit den Eltern und dem Bruder so viele schöne Jahre verbracht hatte.

Am folgenden Tag fuhren wir mit unserem Reisecar erneut der Corniche entlang, diesmal in entgegengesetzter, östlicher Richtung bis zur bescheidenen Ortschaft von Abukir bekannt für ihre zahlreichen kleinen Gaststätten, die allerlei Fische anbieten. Unser Ziel hiess «Zephyrion», das lang eingesessene Fischrestaurant auf dessen Terrasse vorzügliche Fische und Meeresfrüchte serviert wurden. Dieser von Alexandriens Fischliebhabern gerne aufgesuchte kleine Ort hat sich nicht in erster Linie kulinarisch einen Namen gemacht, sondern ist wegen seiner berühmten Seeschlacht in die Annalen der grossen

Weltgeschichte eingegangen, als die Engländer – unter Admiral Nelson – im Sommer 1789 erfolgreich Napoleons Flotte vernichteten.

Auf dem Weg nach Abukir passierten wir in Montazah das ehemalige Lustschloss König Farouks, das ich bis anhin nur von unserem Strand in Sidi Bishr aus in der Ferne als kleine Silhouette am Horizont ausmachen konnte. Jetzt hingegen sah ich zum ersten Mal den zum Teil recht kitschig wirkenden Palast, dessen Baustil eine Ansammlung verschiedenartigster Epochen darstellte. Es war unglaublich, wie stark Alexandrien sich in den vergangenen Jahrzehnten ausgedehnt hatte. Früher lag die kleine Ortschaft von Abukir etwas über 20 km vom Stadtzentrum entfernt. Heute – vierzig Jahre später – dehnt sich die Stadt meiner Jugend fast bis nach Abukir aus. Wir im Bus hatten oft Mühe, uns zu orientieren, denn die zahlreichen neuen Quartiere, die entstanden waren, hatten das Gesicht der Stadt gewaltig verändert. Das Wort «Bauvorschriften» schien hier ein Fremdwort zu sein. Kleine und grosse Wohnblöcke waren wie Pilze aus dem Boden geschossen. Zwischen zwei äusserst schmalen vierzehnstöckigen Hochhäusern hatte man einen niedrigen Wohnblock mit nur fünf Etagen hineingepfercht. Jeder nur erdenkliche freie Raum – manchmal sogar Rohbauten – schienen bewohnt zu sein, denn überall hingen an den Fenstern oder sonstigen Öffnungen Kleidungsstücke und Bettwäsche zum Trocknen. Manchmal konnte man auch einen Taubenschlag oder Hühnerkäfige auf einem der kleinen Balkone ausmachen. Überall das gleiche Bild: Verkehrsvehikel aller Art verstopften die Strasse oder versuchten sich durch das Menschengewimmel einen Weg zu bahnen. Frauen in Tschadors mit zahlreichen Kindern im Schlepptau unterhielten sich vor dem einen oder anderen dunklen Hauseingang, während Jugendliche irgend etwas zum Verkauf anboten. Fast an jeder Strassenecke standen überquellende Mülltonnen, dazwischen leuchteten die von Obsthändlern kunstvoll zu Pyramiden aufgeschichteten Apfelsinen und Mandarinen.

Die letzten freien Stunden, die uns zur Verfügung standen nach unserem Ausflug nach Abukir, benutzte ich zu einem kurzen Besuch des «English Girls' College» (EGC). Das in Ocker gehaltene stattliche Gebäude mit seiner geschwungenen Auffahrt, dem Rasen und den Bäumen sowie den dunkelgrünen Fensterläden schien mir – im Gegensatz zur ehemaligen «Ecole Suisse d'Alexandrie» – als hätte es sich seit jenen Tagen im Frühsommer 1950 als ich dort bei den Abschlussprüfungen zum letzten Mal die Schulbank drückte, kaum verändert. Einige schöne Autos standen vor dem Hauptportal. Von den annähernd viertausend Mädchen, die dieses englische College heute besuchen – zu meiner Zeit zählte die Schule nur etwa vierhundert Schülerinnen jeglichen Alters – begegnete ich an jenem späten Nachmittag allerdings nur einer einzigen. Dieses junge Mädchen trug noch die gleiche Uniform wie sie während der kalten Jahreszeit vorgeschrieben war, mit dem Unterschied, dass ihr Blazer mit dem gelben Monogramm EGC und dem Rock in einem etwas dunkleren Grau gehalten war wie früher und sie sich zur obligaten pastellfarbenen gelben Bluse keine graue Krawatte umgebunden hatte. Als ich den Haupteingang betrat, (ich hatte Walti gebeten, im Taxi auf mich zu warten) versuchte ein älterer Pförtner mir den Weg zu versperren, aber irgendwie gelang es mir doch ins Innere zu gelangen. Hier lief ich gleich einer weiblichen Lehrkraft über den Weg, der ich mich als ehemalige Schülerin der EGC vorstellte. Daraufhin leuchteten ihre Augen wie kleine Sterne und voller Freude begleitete sie mich langsam die Treppe hinauf zur Rektorin. Vom ersten Treppenabsatz blickte ich auf die mit königsblauen Mosaiksteinchen verkleideten schlanken Säulen der offenen Halle im Erdgeschoss und dem gepflegt angelegten Patio in dessen Mitte noch der gleiche kleine Steinbrunnen stand umgeben von bunten Pflanzen und einem echten englischen lawn. Auf einer Seite dieses Stücks Rasens erhoben sich kleine grüne Büsche, die zu den drei Buchstaben E G C zurechtgeschnitten waren. Hier schien die Zeit wahrlich still gestanden zu haben. Oben angekommen sah es allerdings schon etwas anders aus. Meine Begleiterin führte mich zu einer offenen Türe flankiert von drei verschieden grossen Schildern voller arabischer Schriftzeichen, nur auf dem einen grösseren Messingschild stand das englische Wort «Headmistress». Die Rektorin grüsste mich höflich und begleitete uns dann noch ins Lehrerzimmer; als ich eintrat war ich für einen kurzen Moment sprachlos, hatte sich hier doch alles grundlegend geändert: im Vordergrund des Zimmers sass eine grosse Anzahl Lehrerinnen, die alle bis auf einige wenige Ausnahmen einen weissen oder bunten Tschador trugen, während im Hintergrund unübersehbar mehrere Computer eingeschaltet waren. Da ich Walti nicht allzulange warten lassen wollte, war es mir leider nicht mehr möglich, mein altes Klassenzimmer oder den grossen Swimmingpool mit Springturm aufzusuchen, indem wir für die jährlich stattfindenden Elternbesuchstage mit viel Enthusiasmus Schwimmvorführungen eingeübt hatten.

Seit meinem letzten Besuch in Alexandrien in den frühen neunziger Jahre kam die Stadt erneut weltweit gross zu Ehren, als französische Archäologen bei Tauchgängen zu Füssen des Fort Kait Bey – dem Standort des alten Leuchtturmes und Weltwunder der Antike – auf bedeutende Funde stiessen.

Wenn sich auch meine vor über zweitausend Jahren gegründete und geschichtsträchtige Geburtsstadt sich in den vergangenen vierzig Jahren grundlegend verändert hat, so benötigt es kaum solch faszinierender Unterwasserentdeckungen, um diese einst schillernde Stadt in meiner Erinnerung wachzurufen und ich voller Sehnsucht – vielleicht auch Trauer – vom Zauber längst vergangener Zeiten zu träumen beginne.

Februar 1998

Anhang

Seit über sechzig Jahren findet alljährlich in einer anderen Schweizerstadt ein gemütliches Treffen für Jung und Alt der ehemalig in Alexandrien und Kairo ansässigen Schweizern statt. Bei ägyptischen Häppchen zum Apéro und edlem Schweizertropfen zum Mittagessen werden alte Bekannte getroffen und Erinnerungen an vergangene, unvergessliche Zeiten im fruchtbaren Land am Nil ausgetauscht und wachgerufen. Dabei ist wie früher im Cercle Suisse d'Alexandrie die französische Sprache vorherrschend und natürlich unüberhörbar sind die arabischen Ausdrücke, die endlich wieder einmal aufgefrischt werden können.

Anfang der neunziger Jahre ist es einer ehemaligen Schülerin des «English Girls' College» gelungen, mit immenser Mühe, Ausdauer und enormen Zeitaufwand, an die über Tausend in der ganzen Welt verstreuten «old girls» ausfindig zu machen. Vor knapp zwei Jahren feierten wir in London während einem verlängerten Wochenende bereits unsere zweite Zusammenkunft. Höhepunkt dieser Festivitäten: Empfang in einem prächtigen Herrenhaus im Herzen Londons durch den ägyptischen Botschafter. An die über dreihundert «old girls» nahmen an diesem Treffen teil, einige mit, andere ohne ihren Partner. Es war einmalig, Klassenkameradinnen, die ich seit über vierzig Jahren nicht mehr gesehen hatte, wieder zu treffen und mit ihnen in alten Erinnerungen zu schwelgen. Aus der ganzen Welt kamen sie angereist: aus Europa und dem Mittleren

Osten, aus Sao Paulo, Texas, Sydney, Montreal, Südafrika und Japan. Unter den Gästen befanden sich auch noch vereinzelte Lehrerinnen sowie eine der Rektorinnen, die damals, als ich das englische College besuchte, Leiterin der Schule gewesen war. Ich erinnerte mich noch gut an sie, wurde ich doch einige Male ins Rektorat zitiert, als man mich erwischt hatte, mit einer Mitschülerin während der Pause Französisch statt Englisch gesprochen zu haben. Die erteilte Strafe: Abschreiben einiger Seiten aus einem Shakespeare-Drama.

Nebst den grossen Zusammenkünften, die alle paar Jahre in London stattfinden, organisieren die etwa zwanzig Vertreterinnen der jeweiligen Länder Europas, des Mittleren Ostens, der Staaten von Nord- und Südamerika ihre im kleineren Rahmen stattfindenden Treffen. Zusätzlich erscheint ein bis zweimal jährlich ein ausführliches «Newsletter», dessen Inhalt sich in erster Linie mit Erinnerungen an vergangene Schultage befasst. Letztes Jahr organisierte der Verein der Ehemaligen eine Zusammenkunft in Alexandrien – an der ich leider nicht teilnehmen konnte – um das sechzigjährige Bestehen des English Girls» College gebührend feiern zu können.

Etwa zur gleichen Zeit als die Vereinigung der ehemaligen Schülerinnen des «English Girls' College» ins Leben gerufen wurde, bildete ein in Genf ansässiger ehemaliger Schüler des «Lycée Français d'Alexandrie» zusammen mit einigen Ehemaligen der «Ecole Suisse d'Alexandrie» die AAHA (Amicale Alexandrie Hier et Aujourd'hui). Im Gegensatz zur englischen Organisation, die ausschliesslich aus Ehemaligen des «English Girls' College» besteht, setzt sich diese Verbindung aus früheren Schülern wie auch Schülerinnen der verschiedensten frankophonen Bildungsstätten Alexandriens zusammen. Auch hier sind viele hundert Mitglieder in alle vier Ecken des Globus verstreut. Durch die Gemeinsamkeit der zum Teil innigen Verbundenheit mit unserer alten Heimat Alexandrien, bilden wir alle eine auf ihre Art und Weise geschlossene Einheit. Die Gruppe der in der Schweiz lebenden Francophonen trifft sich monatlich in kleinem intimen Rahmen abwechslungsweise in Lausanne oder Genf. Dabei finden nebst dem geselligen Teil auch Vorträge oder Museumsbesuche in Anlehnung an die alte Heimat statt. Zweimal im Jahr freut man sich jeweils auf die vom Initiator herausgegebene höchst kurzweilige «Alexandrie Info» mit dem Leitsatz «Dispersés, mais unis; unis, mais divers» (verstreut, aber vereint; vereint, aber verschieden). Hier findet jedermann etwas nach seinem Geschmack. Leserbriefe, Vor- und Rückschau internationaler Zusammenkünfte, Buchbesprechungen, Neues der verschiedenen Sektionen mit Teilnehmerlisten, alte Aufnahmen von Alexandrien anno dazumal, kurze prägnante Schilderungen von Jugenderinnerungen einzelner Mitglieder, Gedichte über die herrliche Stadt am Meer, einige sogar phonetisch in arabischer Sprache.

Letztes Jahr begegnete ich dem Freund einer Bekannten, der aus Aegypten stammt und in Basel zu Besuch weilte. Unweigerlich kam mein in Deutsch verfasstes Manuskript «Kleopatra, Kranzler und Kolibris» zur Sprache. Als ein in Kairo angesehener und bekannter Journalist bekundete er grosses Interesse für das Werk. Auf sein Anraten hin wurde es ins Arabische übersetzt und im Sommer 1998 in Aegypten in den Handel gebracht.